I0846819

EL VERANO DEL AMOR,

CDMX

ISBN: 979-8-9852303-9-0

Primera edición, enero 2026

Create Sparkle

info@createsparkle.art

ERNESTO MIRELES

EL VERANO DEL AMOR, CDMX

UNA NOVELA

1 — MARTHA

Jueves, 15 de junio de 1967

Por fin aterrizamos en la Ciudad de México, alrededor de las seis de la tarde. Nos sirvieron champaña y lonchecitos en la cabina de primera clase de Mexicana y nos sentimos como unas niñas muy traviesas aprovechándonos de algo prohibido con las bebidas y todo. Una leve brisa nos acarició saliendo del avión. En cuanto pasamos por aduana, el agente revisó nuestros papeles, me dio un sello nuevo, casi pegado al de Italia de dos veranos antes, y luego presidimos el estreno del pasaporte de Sheri. Bienvenidas a México.

La sala nos recibió como el tren expreso de Roma, sometiéndonos al latido del vaivén.

"Qué increíble", se quedó cautivada mi bella amiga rubia y ya sabía que iba a ser yo la responsable de nuestra llegada y de todo. Me orienté entre los rótulos y flechas, escaneando entre las pancartas y las olas de gente, las aerolíneas, puertas, migración, equipaje, taxis y salida. "Es por acá, Sheri", la tomé de un brazo y nos encaminamos hacia los velices y los taxistas. En un segundo, parecía que llegaban todos los jóvenes a ofrecernos su ayuda. Un señor de mediana edad nos habló con mucha cortesía, superando las brechas entre idiomas y ganando nuestra total confianza con la amabilidad de su sonrisa. Nos obsequió una flor a cada una, haciéndolas aparecer como si fuera un mago; a cambio, sus compañeros subieron nuestro equipaje a un taxi vocho verde en donde nos metimos rumbo a los van den Berg.

No nos entendimos muy bien en cuanto al idioma, pero le mostramos la dirección escrita, Flamencos 95, Colonia Insurgentes y listo, arrancó. Tras tanto tiempo imaginando cómo iba a ser, preparando y divisando todo el programa, coordinando los detalles de nuestra llegada con la universidad y la casa, nada se comparaba con estar allí inundadas por la corriente de sonidos, luces y colores desbordantes de la ciudad, la grandeza de las avenidas, la arquitectura de los edificios, los rostros que vimos en la calle, la textura de los asientos y todos los golpecitos que sentimos, apachurradas en el coche mientras este trazaba la superficie de la urbe con sus ventanas abiertas.

—Está increíble —venía diciendo Sheri.

"¡Tacos, tamales, tostadas!", los vendedores pasaron directamente por entre los carros, ofreciéndonos todo lo que había. "¡Carne asada, tacos al pastor, suadero!", las voces hicieron eco entre todos los espacios del taxi.

—Ahora imagina, solamente falta un año para nuestra graduación en UT Austin —dijo ella.

"¡Chicles! Se venden chicles…" Llegó un niño directamente con nosotros, mostrándonos una caja en donde había paquetes de chicles en cuadrícula, de todos los colores. "¿Chicles?" Me enamoré de su pelo rizado y de su inocencia. Quise peinarlo con la mano o secuestrarlo y llevarlo con nosotros, estaba tan lindo, pero no había tiempo ni para pensar en dinero o monedas o saber qué decirle. "¡Adiós!", alcé la voz cuando avanzó el carro. Era el inicio. Más que un cambio de nombre o un disfraz todo lo que había de mi vida en Texas, todo eso quedó atrás.

—Primero vamos a aprovechar este verano —le dije—, ¡y yo estoy lista!

¡La Ciudad de México era enorme! Pasamos por muchas avenidas, glorietas y centros urbanos, ninguno de los cuales era el verdadero centro de la megaciudad. A partir de un punto, pensé que ya debíamos estar a punto de llegar, pero no fue hasta que admití que aún faltaba otra buena medida de avenidas y colonias cuando volteó en una calle no esperada y se paró frente a una casa que se extendía hasta la banqueta. "Flamencos 95", declaró el taxista.

Pensé por un instante que se había equivocado, se veía algo deteriorada por fuera, pero sí era la casa. Nos recibieron todas cuando llegamos a la entrada: la Señora van den Berg, la ayuda doméstica y las otras alumnas: Leslie, Janet y Karen, además de la hija Camila. También había un niño que nos miró curiosamente por detrás de una puerta interior, sin llegar a saludar.

Las manos nos ayudaron a subir los baúles y velices, mientras que la Señora van den Berg nos enseñó la casa. El interior era muy acogedor, de muebles precisos y fieles a su lugar, con algunas pinturas y retratos familiares, estantes de libros y un tocadiscos, una larga mesa comunal rodeada de muchas sillas, una máquina de escribir, dos guitarras imprescindibles que divisé al fondo, ventanas y puertas que integraban muy bien los espacios y los escalones que se doblaban hacia el segundo piso. Nos paramos frente a una jaula donde había un canario.

—Este es Pico, el despertador de la casa.

—¡Hola, Pico! —dijo Sheri entusiasmada.

—Solo no le acerquen los dedos porque sí los alcanza.

Pasamos por una puerta que dio a un zaguán corto y luego al jardín.

—Hay un carro que pertenece a la casa, solo tienen que coordinarse con mi hija, Camila. ¿Ustedes manejan?

—En Texas sí, ji, ji, ji, pero aquí no sería la mejor idea —le contestó Sheri, riéndose a la vez.

—Bueno, hablen con Camila si quieren ir a algún sitio, ella las puede llevar.

—¿Y para ir a la UNAM? —le preguntó ella; ya lo habíamos repasado miles de veces.

—En el camión —intercalé.

—Para llegar a la UNAM van a tomar un camión aquí en Avenida Insurgentes. Las otras alumnas ya saben cómo llegar, es muy sencillo.

—Perfecto —me miró Sheri, disculpándose con una sonrisa.

Llegamos a donde había una fuente de agua, rodeada de tortugas de piedra. Más allá, abundaban los arbustos espesos y las flores.

—Yo duermo en aquella casa —nos señaló la adición que estaba al fondo— el niño también.

Regresamos y subimos al segundo piso, donde había un zaguán muy largo y estrecho que dividía los cuartos, en cuyas paredes resaltaban marcos de fotos, certificados de reconocimiento, un calendario y un espejo.

—El niño y yo estamos viajando muy a menudo. Mi hermana vive en Acapulco con su familia y nos ha ayudado mucho últimamente estar allá, donde el niño se puede entretener con sus primos y la alberca, y sobre todo es bueno para mí. ¿A dónde voy con todo esto?, a que pueden confiar en Camila para todo.

—Gracias.

—¿Es su primer viaje a México?

—Sí.

—¡Pues, bienvenidas! ¿Y qué piensan estudiar?

—Yo quiero estudiar historia, arte, literatura.

—¿Y tú, Sheri?

—No estoy segura. Mañana nos vamos a registrar, ¡tomando el camión!, ji, ji, ji —se echó a reír.

—Pues les va a encantar. En esta ciudad no hay límites.

Pasamos por el baño, un estudio y todas las recámaras. La de Camila. La de Leslie. La de Janet y de Karen. Por fin llegamos a la nuestra.

—Habrá cena —avisó la Señora van den Berg— en la sala principal. ¿Tienen hambre?

—Sí —le dijimos al unísono.

—Bueno, bajen a las 20 horas. *Your 8 o'clock* —nos sonrió y nos dejó acomodar nuestras cosas.

Había una cama grande en medio de la habitación y una pequeña por la ventana que daba al jardín. Las dos estaban maravillosamente tendidas, qué cómodas se veían las sábanas y las cobijas coloridas por encima, sabía que iba a dormir bien en cualquiera de las dos.

—¿Quieres la grande o ventana? —le pregunté a Sheri.

—¿Tú cuál quieres?

—Me da igual.

—¡Ventana! —eligió.

—Bueno, yo tomo la grande.

Todavía faltaba media hora. Acomodamos los velices a un lado de la recámara, cuando Sheri de repente se apresuró a pedirle usar el teléfono a la Señora van den Berg, para cumplir con el deber de hablarle a su familia en Texas. Para no perder el tiempo, colgué todas las faldas y las blusas dentro del armario que había, guardé el maquillaje, mis zapatos, todo lo que podía hacer caber en los muebles, entonces guardé los libros, libretas, papeles, lápices y bolígrafos en uno de los escritorios, escondiendo mi pasaporte, mi boleto de avión para finales de agosto, mis cheques de viaje y mi dinero dentro del veliz. Por fin me senté y me puse a escribir en mi cuaderno liso, que era nuevo, empezando directamente en la segunda página con tinta azul. Ya tenía todas las palabras amontonadas por dentro y fácilmente las liberé. *Jueves, 15 de junio de 1967. Por fin aterrizamos en la Ciudad de México, alrededor de las seis de la tarde. Nos sirvieron champaña y lonchecitos en la cabina de primera clase de Mexicana y nos sentimos como unas niñas muy traviesas aprovechándonos de algo prohibido con las bebidas y todo.* Escuché a alguien tosiendo y unas carcajadas que brotaron a continuación, provenientes de un lugar en la casa que no podía bien precisar. No era Sheri, su risa era distinta. Parecían ser dos de las otras chicas. *¡Estoy muerta de hambre!*

Las enchiladas suizas y las horas de plática liviana acompañadas por guitarra y poesía nos llevaron a todas hasta la madrugada. Sin fijarnos en la hora, Sheri y yo por fin nos retiramos a la recámara, repentinamente vencidas por el cansancio. ¡Ya era viernes! En unas horas nos tocaba registrarnos en la UNAM, pero primero a dormir. Entre la convivencia y las capas de sábana y cobija ya me estaba sintiendo envuelta por la belleza y el bienestar de todo aquello que supuse que era sencillamente México. Me arrullé con la fuente de agua y otra vez con la luz del alba, cayendo en un ensueño muy dulce.

* * *

Pico nos empezó a despertar con sus cantos desde no sabía qué hora de la mañana, pero la gravedad era muy fuerte en la cama. La cobija era gruesa y pesada, tenía unos motivos de colibrí que se extendían más allá de los bordes, tejidos entre los rojos y los grises. Estaba tan cómoda, ¡no me quería levantar!

Un par de horas después, Sheri y yo bajamos ya listas para el sol. Llevaba puesta una blusa blanca, una mini oscura, zapatos blancos, mi collar de buena suerte, maquillaje y un peinado sencillo que lucía mi corte de anteayer.

—¡Desayuno, chicas, desayuno! —nos recibió la Señora van den Berg; éramos las primeras en bajar.

—¡Buenos días!

—Vengan, hay pan dulce y café. ¿Quieren huevos a la mexicana?

—Sí —contestamos casi al unísono.

—Oro, les puedes hacer unos huevos, por favor…

Llegó el niño, se sentó y arrancó un trozo del pan. "Somos diez en la casa y yo soy el único niño", nos decía. "¿A poco somos diez?", Sheri empezó a contar con los dedos, el chisporroteo de cebolla y chile ya avisaba que algo bueno estaba por venir. Empezaron a bajar las otras chicas cuando el niño nos aclaró, "yo soy el único en la casa que tiene un pito". Afortunadamente, Sheri no había empezado a comer o hubiera muerto allí mismo. "¿Cuántos años tienes?", le pregunté. "Discúlpalo", nos pidió la Señora van den Berg desde la cocina, "es su nueva palabra favorita y últimamente está muy orgulloso de ella". "Es lo que me dice mi papá, que yo tengo un pito". "¡Buenos días, chicas!", se sentaron Leslie, Janet y Karen con nosotros. Pronto salieron los huevos a la mexicana de Oro, que eran deliciosos, ¡picaban mucho! Oro era quien le ayudaba en todo a la Señora van den Berg.

Después del desayuno nos aventuramos las cinco alumnas hacia la UNAM, fácilmente consiguiendo el camión. Apenas nos sentamos cuando Sheri y Leslie empezaron a hablar entre ellas en inglés. Sus voces eran tan recias, ¡qué vergüenza! ¡No venimos a México para estar hablando inglés! Se subió una mujer embarazada con dos niños de cabello chino, era el pretexto perfecto para ofrecerle mi asiento e irme más atrás para sentarme detrás de Janet y Karen. Sin vacilar, estas dos me empezaron a hablar de la cultura beatnik en San Francisco, donde vivían. Me hablaron de Jack Kerouac, uno de sus llamados escritores subterráneos, de los viajes alucinógenos, del comunismo. "El peyote es muy mexicano", afirmó Karen, "pero el lubricante cotidiano es el tequila".

Janet nos empezó a hablar, con mucho interés, sobre todas las cadenas de montañas que había en México, en lo que se paró el camión para cargar más pasajeros. De repente venía muy despacio por el pasillo un señor de la tercera edad, llevaba un sombrero de paja, las prendas harapientas, unas sandalias que se estaban deshaciendo. Sus pasos eran muy tenues debido a los movimientos abruptos del vehículo. No escuché bien lo que decía Karen, algo de Real de Catorce y Venado y Moctezuma, pero estaba hablando de sitios. "¿En dónde está Moctezuma?", le pregunté, cuando vi al señor llegar hasta la última fila, donde consiguió asiento, saludando a la persona de al lado. "Moctezuma está en todas partes", aseguró Karen.

Me inscribí en seis clases: arquitectura colonial, arte mexicano contemporáneo, arte español, cultura maya, Don Quijote y literatura latinoamericana. Sheri me copió, ya sabía que lo iba a hacer, solamente optando por la obra de William Shakespeare en vez de Cervantes. ¡A veces no la entiendo! ¿Para qué venir a México y estudiar Shakespeare?

La secretaria me entregó mi credencial y una copia de mi horario, empezando el lunes a las ocho de la mañana. Revisé todo el registro. ¡Qué grande la visión de todo lo que procuraba hacer dentro de un verano! "Fundación UNAM", leyó una chica en voz alta enseguida de mí, "Por mi raza hablará el espíritu". Ya era oficial, entre los sellos

de la aduana y la universidad, ¡qué orgullo pertenecer a la UNAM!

Guardé todo con mucho cuidado en mi bolsa y me sometí al azar. Salimos con el propósito de recorrer el campo cuando empezaron a rodearnos todos los chicos. Primero llegó Salvador Cárdenas, de Michoacán, llevaba traje y un maletín. "Mi abuelo era el presidente de México en los 30", me explicaba, mientras que dos chicos llegaron con Sheri. "¿Entonces, son americanas?", me preguntó. "¡Qué pendejo, si le acaban de decir que son tejanas!", se echaron a reír unos chicos detrás de mí. Hablamos de las distintas facultades y de Siqueiros, y que me era imprescindible conseguir un buen mapa del campo, cuando Leslie apareció a mi lado.

"Hola, soy Salvador Cárdenas, de Michoacán", abrió de nuevo, "mi abuelo era el presidente de México en los 30". Giré para esquivar aquella conversación, entrando en la esfera de otro chico de vestidura informal y de buena estatura. "Soy Fernando de la Torre", se presentó, "y mi amigo es Francisco". "Hola, me llamo Martha y soy de Texas", me presenté como si fuera el primer día de clases. Fernando me saludó de mano. "Qué suerte conocerte, Marta, me encanta tu nombre". Me agradó cómo cortó la *t*, haciéndola muy aguda, ¡sonaba muy internacional! "Y tu cabello radiante", añadió, en lo que me encendía un cigarrillo. "Gracias", sonreí agradecida. "¿Ella también es de Texas?", preguntó Francisco. "Sheri, sí. No, ella es de Ohio". "¿De Pittsburgh?" "¡Uy, pendejo!", se burlaron las mismas voces al fondo. "De Cleveland. Se llama Leslie". "¿Qué tal?, yo soy Alex", llegó otro chico intercalándose entre grupos y palabras, "mucho gusto", nos dijo, saludándonos de mano y luego con un beso, sin preguntar quiénes éramos o decir nada más. "¿Qué tal, señor presidente?", llegaron otra bola de chicos, saludándose entre sí. Empezaron a hablar muy rápido entre ellos, hasta que ya no los entendí. Me volví a encontrar con Sheri y unos chicos con quienes hablaba. "¿Tiene novio?" "¿Quién, Leslie?" Alex partió, llevándose las mejillas de todas las chicas. Por un rato parecía haber un bucle de una sola conversación.

Empecé a escanear el campo para ubicarme mejor, había un señor vendiendo refrescos, algunos jóvenes en bicicletas, otros manifestándose con pancartas, un malabarista lanzando pelotas al aire mientras pedaleaba un monociclo, había además mucho monte de fondo. Escuché a alguien decir que Texas era un estado muy plano, cuando me di cuenta de que Karen y Janet no estaban en ninguna parte. Vagaba entre las distintas conversaciones y los muros y edificios cuando regresó Fernando decididamente a hablar conmigo.

—¿Qué clases vas a tomar?

—Arquitectura, arte, literatura…

—¿Qué literatura?

—Latinoamericana y Don Quijote.

—¿Cervantes?

—Sí. ¿La has leído?

—Intenté una vez. Llegué a la tercera parte de la primera parte, lo suficiente para saber que está bien escrita, o sea, es una epopeya genial, pero las páginas pesaban mucho más a partir de entonces. Allí la dejé.

—¡Espero leerla este verano!

—Sabes, la obra singular de Cervantes pesa casi lo mismo que todas las obras de Shakespeare; y los dos murieron con la misma luna.

—Sheri está en Shakespeare —reaccioné, descartando lo fascinante de lo que me decía—. ¿Y tú, de dónde eres?

—Soy de México.

—¿De México ciudad o de México país?

—Soy de México, México.

—Ja, ja, ja.

—Es que cuando decimos México, queremos decir México ciudad. El DF.

Estaba oscilando aleatoriamente en mis movimientos cuando giré y me quedé frente a la muy distinguida biblioteca de la UNAM, que reconocí de inmediato. Allí estaba el venerable núcleo que buscaba, ¿cómo no lo había visto antes?

—Impresionante, ¿verdad? Deberías mirarla algún día con tiempo, sus muros cuentan toda la historia de México. Sabes, hablas muy bien el español.

—Gracias —sonreí.

—¿Y cuándo llegaron?

—Ayer.

—¿Ayer, ayer?

—Ayer, ayer.

—Francisco tiene un carro, más bien es el carro de su papá. ¿Quieren ir con nosotros a Chapultepec?

Vi que Leslie se había quedado en la otra conversación, con el propósito de esperar a Janet y Karen, permitiendo que el conjunto se dividiera caprichosamente y que Sheri y yo nos fuéramos con Fernando y Francisco. Pasamos por Las Islas y la alberca a lo largo del campo hasta que llegamos a un carro azul chiclamino y nos fuimos al bosque. Los chicos fueron nuestros primeros guías no oficiales de la ciudad. A veces éramos los cuatro, otras veces oscilamos entre ser chicos y chicas y ser parejas, Fernando acercándose más a mí mientras que Francisco se iba con Sheri. Hubo un tiempo en que Fernando y yo nos quedamos solos. Nos inundamos en la profundidad y luego nos desviamos por una calle estrecha y sinuosa, donde no había nadie.

"Allá está el castillo", me señaló repentinamente con la mano, "podemos subir por aquel camino para verlo". El camino era muy empinado y de tierra; no veía nada del castillo del que hablaba. "¿No quieres subir?", me preguntó cuando no me encaminé hacia él, ofreciéndome una mano. "Prefiero esperar a Sheri y Francisco", le dije con mi español estudiado. "Sí, claro, vamos a buscarlos". Sabía que estaban cerca y que Sheri la estaba pasando bien cuando las olas sonoras de su risa empezaron a filtrarse por los árboles y llegar con regularidad. Para cuando nos dejaron en la casa van den Berg, ya nos habían citado para la noche. Sheri y yo aprovechamos entonces para caminar lo más que pudimos hacia el sur por Insurgentes. La avenida era muy amplia, estaba dotada de carteles y pancartas, con bastante movimiento de vehículos y de gente. Más que eso, cada momento estaba colmado de la emoción de qué pasaba, qué era nuevo y qué seguía.

—¿Te gusta Francisco? —le pregunté en un tiempo.

—Me cae bien… ¡Pero parece que a Fernando ya le gustas mucho! Cada vez que podía, se iba a tu lado, ji, ji, ji.

—¡Era para que Francisco se acercara más a ti! —repliqué.

En un momento nos detuvimos con un vendedor de paletas, pagándole con un billete y recibiendo muchas monedas de cambio. ¡Pesaban mucho los pesos! Le dimos hasta un parque en San Ángel y subimos por el otro lado de la avenida. Pasaban seguido los camiones, muchos de ellos con destino a la UNAM. Ya casi llegábamos a la casa cuando Sheri me miró y se detuvo.

—¡Martha!

—Sheri.

—¡Martha!

—¿Qué?

—¡Tienes el collar de buena suerte al revés! ¿Tú sabes lo que eso significa?

Tenía razón. Me lo quitó y me ayudó a que quedara bien.

—¡Sheri, Martha! —escuchamos a alguien llamarnos, desde la distancia.

—¡Leslie!

La vimos con dos chicos a la entrada de la casa, uno de ellos parecía ser su novio. Caminamos hacia ellos, esperando que nos los presentara. Desde lejos, desprendían muy buena energía, los dos eran muy intrigantes y atractivos.

—Son mis amigas de la UNAM, vienen de la Universidad de Texas en Austin.

—Mucho gusto, soy Arturo Hernández —dijo primero su novio—. ¡Leslie nos ha contado mucho de las dos!

—Yo soy Sheri.

—¡Bienvenidas a México!

—Gracias.

Llegó su amigo entonces a saludar.

—Hola, yo soy Carlos René —me saludó de mano.

—Encantada, yo soy Martha —sonreí.

Pasó una brisa de cien aves, acariciando todos los sentidos en su estela. Giré por un instinto mío, que no reconocí, levemente tirando mi cabello hacia atrás.

—Soy Sheri.

—Mucho gusto, Carlos René.

Tenía el cabello liso, partido del lado izquierdo, las patillas largas, había mucho destello en su expresión, su sonrisa aportaba inocencia, buena onda y felicidad.

—Ellos son alumnos de arquitectura en La Salle, en la Condesa

—explicó Leslie.

—¡Bien! Nosotras vamos a tomar una clase de arquitectura colonial —dijo Sheri.

—Hablan muy bien español —nos dijo Carlos, ahora mirándome a mí.

—Hablamos un poquito —respondí.

Arturo regresó a estar al lado de Leslie.

—Pues mucho mejor que nuestro inglés. ¿Cuándo empiezan en la UNAM?

—Empezamos el lunes.

—¡Suena magnífico! —encendió Carlos cigarrillos para Sheri y para mí—. ¿Ya conocen la ciudad?

—Solamente hemos visto la UNAM y un poco del bosque.

—Esperen, ¿es su primera vez en México?

—Sí… Apenas llegamos ayer, ¡todo es nuevo!

Los ojos de Carlos se dilataron.

—Pues las tenemos que llevar a conocer. Aquel carro es de Arturo…

—Es de mi papá, igual nos subimos y las llevamos a conocer toda la ciudad.

—¡La verdadera arquitectura de México y todo!

Sheri y yo nos miramos.

—¡Sería excelente!

—¿Quieren salir con nosotros en la noche? Les podemos enseñar el centro y luego ir a cenar y a bailar…

—Solamente que ya quedamos con estos dos chicos de la UNAM —los frenó Sheri.

Carlos apartó brevemente la mirada.

—Pero mañana sería genial —añadí— estamos disponibles todo el día.

—¡Perfecto! —me sonrió—. Podemos hacer un picnic en el Lago de Guadalupe. De allí queda cerca la quinta de mi tío donde vamos a montar.

Carlos era justo como el quinto de los Beatles, sus ademanes y gestos alineándose perfectamente a la voz, tan emocionado por invitarnos a salir. Así nos pusimos de acuerdo para vernos al día siguiente a las doce, como ya habíamos quedado Sheri y yo con Fernando y Francisco para la noche.

—Oye, qué raras horas de comer aquí —me dijo Sheri después de la cena, mientras nos arreglábamos el cabello frente al espejo—. Todavía tengo hambre.

—¡Yo también! Tengo tanta hambre que no he podido comer bien.

—Pues a ver si nos llevan a cenar estos dos.

—Parece que ya llegaron —los oí en la entrada de la casa.

—¡Te ves muy guapa! —nos miramos juntas en el espejo—. Apenas llevas 24 horas y ya tienes a todos estos chicos detrás de ti.

—Te quiero mucho, Sheri —le soplé un beso.

Los cuatro fuimos al Panorama, una cantina internacional con salón de baile donde Sheri y yo nos entregamos al azar de los daiquiris y las margaritas, los chicos bebiendo tequila y cerveza. Estaba atascado. Había una banda detonante y muy amplia energía que integraba las voces y los aullidos de toda la gente. Fernando me tomaba la mano y me sacaba a la pista a bailar, abriendo sendero entre todas las personas que había para hacernos llegar, mientras que Sheri y Francisco guardaban la mesa. Así nos turnábamos, pasando entre mesa y baile, ¡las bebidas me pegaron mucho más fuerte de lo que hubiera pensado!

Ya avanzada la noche nos quedamos apachurrados en donde había poca luz, mucho más pegados que antes. Nos envolvimos, él y yo, llegando de algún modo a encontrarnos los labios. No estaba segura de qué tanto lo quería o si no, cuando sentí sus brazos como tentáculos entrando en vigor, acariciando mi cintura y mi costado. Entonces pensé en detenerlo, lo sentí rozándome los senos, estaba segura de que no lo quería así, aparté los labios, quise alzar los brazos para abrir un espacio entre nosotros cuando empezó de nuevo y me besó.

—*You're coming with me, girlfriend!* —me tomó Sheri de la mano y, dejándolo solo, me llevó a estar con ella más allá en el club—. ¡Tú estás pasada de copas y Fernando está desenfrenado contigo!

—Solamente fueron dos bebidas… —traté de explicarle, gritando directamente en su oído.

—¡Fueron tres! —me corrigió ella—. ¡Además, eran muy fuertes y tú no estás acostumbrada a la altura!

Le agradecí tanto. Sheri y yo nos conocíamos mejor que nadie, siempre nos vigilábamos muy bien entre las dos, atentas al impacto del alcohol, atentas sobre todo a los movimientos y motivos de los chicos, valiosas lecciones de vida adquiridas en la Universidad de Texas.

—¿Quieren ir a comer? —ofreció Francisco, ya que estuvimos en su carro cerca de las dos de la mañana; Sheri y yo nos miramos con entusiasmo total en los asientos traseros, el apetito todavía por encima de todo.

—¡Pinche gordo tragón! —replicó Fernando—. ¡Siempre estás pensando en comer!

Su respuesta me agitó bastante, ¡no supe de dónde surgió!

—Qué buena idea, yo tengo mucha hambre —respondió Sheri.

—Yo también —añadí.

Era la verdad. Aparte, había que apoyar a Francisco.

—Perfecto, aquí cerca hay un puesto que es uno de los

mejores del centro.

Un silencio incómodo se apoderó del carro, pero todo fue olvidado cuando nos estacionamos y caminamos la cuadra y media hasta el puesto de Francisco. Se llamaba Tacos Octavio. Llegamos y le entramos con vigor a los mejores tacos de toda mi vida, comiendo parados entre la gente que había. Los campechanos de suadero que nos recomendó Francisco eran fácilmente los mejores. No sabía de qué eran, solamente que eran sumamente deliciosos, las tortillas de maíz llevaban la salsa y todo ya adentro. Nos atiborramos, cada mordida llevándonos al redescubrimiento de un éxtasis muy mexicano y fugaz.

* * *

—Martha —toc, toc, toc—, ¡tienes visita!

Era muy temprano para eso, ¡apenas estaba en la ducha!

—¡Martha!

—¡Ahí voy! Dile que me espere.

Me vestí lo más rápido que pude y bajé, con el cabello mojado, sin nada de maquillaje. Casi me resbalé en los escalones. "Mi abuelo fue uno de los mejores presidentes en toda la historia de México", le estaba contando a Janet cuando entré.

—¡Salvador! —exclamé.

Estaban sentados en la sala, él llevaba traje, su maletín yacía sobre la mesa de centro.

—Buenos días, Marta —se levantó para saludarme.

—Buenos días, pero ¿qué haces aquí?

—Te traigo algo, un regalo —abrió su maletín, lo sacó y me lo entregó en la mano— para ti —sonrió.

Era un mapa de Ciudad Universitaria. ¡Qué imprudente que haya llegado tan temprano sin avisar y que me haya sacado de la ducha desprevenida, solamente para entregarme un mapa!

—¡Gracias por el regalo! —reaccioné como pude.

—De nada. Hay mucha historia en el campo que se ve plasmada en el mapa. Vas a notar que los ejes se orientan en torno a las distintas facultades, los circuitos peatonales y los muros de Siqueiros.

Oro vino y nos sirvió a cada uno una taza de café con leche. Salvador no se detuvo. "¡La escala del mapa es primordial!", nos explicó entre sorbos, "imagínense lo que pasa entre más que se acerque a escala real, ¡el mapa deviene la misma UNAM!" Escuchamos atentas por un rato, yo traté de seguir las palabras y no el argumento, cuando nos empezó a hablar de los precedentes de la reforma agraria, proyecto de su abuelo. Allí me perdí por completo. No supe si fue lo mismo con Janet, o si quizás se había aburrido, pero de repente ella se levantó. ¡No me dejes sola!, le clavé una mirada cuando pasó por donde yo estaba. ¿Cómo no captó la desesperación en mis ojos?

—¿Quieres salir conmigo a desayunar? —lanzó Salvador directamente.

La pregunta me ayudó a recobrar conciencia de mi autonomía propia e interior, qué desgraciado y repugnante era Fernando el borracho, trasformado y revelado a fondo por el tequila, pero había que distinguir; este chico todavía no se merecía ninguna crítica o reprobación, además, supuse yo, nos íbamos a seguir viendo en la universidad y lo acababa de conocer, pero todavía me faltaba ponerme el maquillaje, arreglarme el pelo, despertar a Sheri, encontrar a Leslie, comer algo y darnos los últimos toques para estar listas para cuando llegaran Carlos y Arturo, qué bonito sería si me tocara sentarme al lado de Carlos en el carro, además pensé en qué ricos que fueron los tacos de anoche que seguramente me ayudaron a evitar la mala suerte de una cruda.

—Muchas gracias por el mapa y por pensar en mí, Salvador. Fíjate que ya tengo planes para el día, pero seguramente te veo en la escuela.

Nunca llegó Arturo, pero sí estuvo su hermano menor Pavo en su lugar, acompañando a Carlos. Todos nos subimos diligentemente al carro color palo de rosa, Pavo al volante y Sheri adelante, Carlos y yo nos sentamos en al asiento trasero, como si estuviéramos cumpliendo con una tácita coordinación. ¡Era el libre albedrío disfrazado de azar!

No sabía a dónde íbamos, todavía nos rodeaba toda la urbe y la plática bilingüe cuando me tomó de la mano y me declaró: "*You pretty!*" Así me lo decía una y otra vez: "*You pretty!*" Sabía que estaba siendo sincero, sobre todo cuando me di cuenta de que había muchos hoyos en su inglés, lo hablaba mal. Hablaba muy seguido y con mucho orgullo de *Blackstone City*, una ciudad fronteriza en donde creció, de donde era su numerosa familia. Así la llamaba: *Blackstone City*. Seguimos tomados de la mano, la calidez de su piel y su sonrisa adueñándose de todos mis sentidos, hasta que empezamos a apartarnos de la ciudad y a entrar paulatinamente en campo abierto, mientras que a cada rato me miraba y decía: "*You pretty!*"

El Lago de Guadalupe nos recibió, había mucho pájaro cantando alrededor del sitio y nos sentamos a comer. Pavo era buen tipo, pero no era muy su estilo, me di cuenta de que probablemente le estaba debiendo un enorme favor a Sheri. Nos tomamos unas cervezas y luego Carlos y yo nos fuimos a pasear por el agua, tomados de las manos, ¡no había nadie en el mundo más que nosotros dos!, inundados en el son de las aves. Íbamos juntos por el sendero, conociéndonos a través de la plática liviana, conociéndonos a través de la naturaleza y las manos, cuando nos paramos debajo de unos árboles y me volvió a decir: *"You pretty!"*

Toqué sus labios con el índice extendido por un segundo, "ahora dímelo en español", exigí. "Ay, qué preciosa", me miró a los ojos, "qué preciosa eres". Entonces hubo la más natural concordancia de instinto y búsqueda y giro entre los dos, que nos llevó a encontrarnos en nuestro primer beso, que pronto dio la entrada al segundo y al tercero. ¡Qué ternura!

Era tan buena onda este chico, me estaba enamorando de la confianza e inocencia que irradiaba con cada palabra, movimiento e intención, con sus ojos que rebosaban de pura felicidad, me sentí tan cómoda y segura con él. Nos tomamos de la mano y seguimos caminando, ¡de veras que esto nos estaba pasando a los dos!, qué perfecto el agua y el día, ¡qué bello este chico que acababa de conocer!

Nos paramos a cada rato para volver a encontrarnos. Recibía un beso de Carlos y luego me volvía a besar, sus manos nunca desviándose de mi espalda baja. Abrí los ojos alguna vez entre besos, para saber si alguien acaso nos veía, y luego me rendí a que me besara más y más y más.

Para cuando regresamos, Sheri y Pavo se habían quedado dormidos en el carro. Carlos y yo nos echamos a reír, era algo muy entre nosotros dos, casi íntimo. No había nada de prisa, así que nos sentamos donde antes y compartimos un pan dulce y otra cerveza que me llevaron a la cima, algo que mantuve hasta la hora de reacomodarnos en el carro como antes y partir.

Pasamos por una serie de caminos de tierra y luego por una granja donde había mucho maíz, hasta que caí totalmente rendida en el asiento trasero y sin saber cómo o cuándo, me vi sentada en la mesa de la casa de Big Spring con dos de mis tías, ante la tarea de rellenar todo el pan dulce de nueces y miel para el festival, tarea que no avanzaba por más que lo hacíamos. Yo estaba totalmente hundida en aquella silla cuando repentinamente sentí la mano y oí la voz que me rescataron del ensueño y me devolvieron al asiento trasero del carro del papá de Arturo y de Pavo.

—¡Martha! ¡Despierta, Martha! —era Sheri—. ¡Ya llegamos a la casa!

Subí brevemente para cambiarme la blusa y echarme un vistazo al espejo, luego bajé para unirme a la plática. Allí estaban Leslie y Arturo, sentados en uno de los sofás. También estuvo Marcel Hidalgo, otro amigo de los chicos que había llegado en un vocho rojo, era alto, con un físico muy desarrollado de boxeador. Para entonces, Sheri y Pavo ya habían desaparecido.

—¿Y cuándo se conocieron?

—Hace un año, cuando estuve aquí en México, en la UNAM —hablaba Leslie.

—¿Pero regresaste a casa después del verano, verdad?

Ella asintió con la cabeza, dando una calada al cigarrillo.

—Yo la visité en diciembre —me explicaba Arturo—. Era todo un proceso con mis papás, tenía que pedirles el boleto de avión con mucho tiempo e inventarme pretextos para recibir su permiso…

—¿Qué les dijiste?

—Que me había involucrado en un estudio de latín en una universidad que está cerca de Cleveland, donde tenía un amigo.

—¡Notre Dame está a 5 horas de Cleveland!

—¡Sí, pero funcionó! ¿Qué más les iba a decir?

—Sus papás sí tienen dinero, pero son muy codiciosos, les compraron una casa nueva a su hermana mayor y su esposo cuando se casaron, mientras tienen a Arturo y a Pavo rogándoles cada vez que llegan a pedirles el uso de un carro que nadie más está usando.

—Es que siempre han chiflado mucho a mi hermana… Pero aún más problemático fue el hecho de que mis papás no sabían nada de Leslie.

—¿Pero pudiste ir a verla? —pregunté.

—Sí, tras el debate y todo, accedieron y me compraron el boleto como regalo de Navidad, para ir a quedarme con Ronald.

—¿No fue Robert? —lo corrigió Leslie.

—¡Fue Robert, tienes razón! Mi amigo, Robert Roark de Cleveland, Ohio.

Leslie puso los ojos en blanco; Marcel estaba sentado todo este tiempo sin decir nada, dispuesto a reírse de lo que sea; el mapa de la UNAM que me dio Salvador en la mañana aún yacía en la mesa de centro, apelando sin éxito a que alguien lo tomara o mirara.

—¡Pero llegué! Llegué y pasé todo diciembre en Cleveland con mi bella Leslie Bell —le dio un beso, inclinándose hacia ella; luego la envolvió con su brazo.

—¿Y qué fue del estudio de latín?

—Puras mentiras —aclaró Leslie—. ¡No había nada!

—De hecho, sí había un profesor que sí existía y con quien sí había hablado por teléfono a principios de noviembre.

—¡Ja, ja, ja! ¿A poco llegaste?

—Sí, fuimos a Notre Dame. El señor Bell nos hizo unos panqueques una mañana y luego me pidió ver mi licencia de manejar…

—Mi papá es un policía —aclaró ella, irguiendo su postura.

—Su papá no reconoció la licencia por ser la de México —Arturo reclamó su brazo— pero igual nos prestó su carro.

—Es que eres de total confianza —afirmó Carlos— seguro

le caíste bien.

Quería llevármelo y volver a besarlo cuando lo dijo.

—Gracias —le sonrió, agradecido— solo nos advirtió que teníamos que cuidarnos del invierno que había en las carreteras. ¡Lo que no se sabía el señor Bell! Una vez estuvimos los dos en su carro, era un estacionamiento totalmente vacío, recién nevado, cuando Leslie…

—¡No se los tienes que decir! —chilló; tomó uno de los cojines del sofá y se tapó la cara.

—Leslie giró el volante hasta donde paró y luego le dio *full gas* al carro de su papá, hasta que perdió el control… ¡Allí estaba toda la patrulla! —ella le pegó con el cojín—. Pero no le pasó nada, ¡eran todos amigos del señor Bell!

—¡Ja, ja, ja! ¿Y el profesor de latín?

Mi pregunta se disipó debido a que Sheri y Pavo y Karen y Janet bajaron entonces, fueron una esfera muy animada de expresividad, como otra variante del tren expreso de Roma.

—Vamos a llevarlas al centro —hablaba Pavo, ahora con más avidez que antes— quieren ir a Tenochtitlan.

—Estamos por venir por encima de la mera manta de la arqueología… —venía proclamando Karen, desprendiendo un fuerte aroma a marihuana.

—¡Ay, sí, quién te quiere! —estalló Sheri.

Todavía estaba conociendo a Pavo, a Karen y Janet, pero la disposición de Sheri puso todo en claro, se puso a bailar como si fuera una marioneta, impulsada por una energía sobrenatural, pero interna a ella. A una medida del tiempo que pertenecía únicamente a aquel momento, incorporando los lentos y los animados, la cerveza repentina de Pavo y Marcel, nos amontonamos por fin en los dos carros y nos fuimos hasta la Plaza Garibaldi en el centro, donde había luces blancas y tríos de mariachis cantando en la plaza. De allí, caminamos hasta el Zócalo y la Catedral, pasando por encima de lo que era la ciudad antigua. Estuvimos en un tiempo muy cerca de una manifestación, sentí la densidad apretarse alrededor de nosotros, cuando Marcel alzó la voz para concordar con una expresión de tres palabras que no entendí, siendo respondido por uno de los manifestantes. Se rio y le dijo algo a Pavo, entonces nos guio por un callejón donde había menos gente, que daba a todos los puestos de tacos. ¡Los tacos en el primer lugar en que nos paramos fueron terribles! Pertenecían a no sabía qué parte muy del interior de la vaca, además, el puesto era tan sucio, eran de mala muerte.

—¡La venganza de Moctezuma está aquí! —le advertí a Sheri, quien ya iba en su segundo taco.

—¿En serio? ¡Qué tacos tan deliciosos te estás perdiendo!

Dejamos aquel puesto y nos fuimos caminando para probar otro, Carlos y yo tomados algo tenuemente de la mano, "¿a qué profundidad está la capa indígena?", preguntó Karen, en medio de todo este rebaño de chicos y chicas que se estaban llevando la noche al azar, descubriéndonos a través de la unión de las manos, no lejos de donde iban Leslie y Arturo y sus manos acostumbradas, escuché a alguien decir que éramos nosotros la nueva capa de Tenochtitlan.

—Llegaron estos dos muchachos de la UNAM pidiendo por ti y por Marta —escuché a Camila decir, cuando por fin regresamos a la casa— los dos nombres empezaban con la *F*.

—¿Francisco y Fernando? —adivinó Sheri.

El hecho y el mensaje advertido en voz alta me pescaron desprevenida, en cambio, la reacción automática de Carlos fue invitarme al Museo de Antropología para el día siguiente. Yo acepté. Cinco minutos después subí a mi cuarto sola, dejando blusa, falda y brasier sobre el lado cerca de la cama, busqué un camisón para dormir a la escasa luz de la luna y me acosté, estaba fundida.

*　*　*

La persiana está abierta, puedo ver los rayos del sol cayendo, bañando los polvos que nadan al aire libre, bombardeando al suelo duro, a Sheri y su cama. De vez en cuando me llegan las olas sonoras de su respiración. Un ritmo dentro de un ritmo. ¡Espero que no se vaya a enfermar ella por esos tacos de muerte!

Es muy bello este chico que acabo de conocer, ¡aunque se cree mucho! Indudablemente, trabaja muy rápido y luce pura confianza. Él estudia arquitectura en La Salle. Es fabuloso contar con un guía que nos lleva por toda la Ciudad de México, ¡y que nos besamos! Creo que me está gustando mucho este Carlos René…

No fue Arturo ni Pavo, sino Marcel con quien llegó Carlos, vinieron por nosotras en el vocho rojo alrededor del mediodía y encontramos el museo, bien metido en el bosque, donde había una exposición del pintor ruso Kramskói. Nos paramos frente a su retrato de León Tolstói, descrito por el cartel como contemporáneo suyo, autor de la epopeya grandiosa *Ana Karenina*, la amante de Vronski.

—¿Por qué dice que Ana fue la amante de Vronski, cuando toda la obra le pertenece a ella? —pregunté.

—¡Porque son rusos! —dijo Carlos al instante.

—¡Ji, ji, ji!

Pasamos lentamente por la exposición, haciendo comentarios y avanzando poco a poco, como las cuatro patas de un perezoso, nadie se alejaba mucho de los demás.

—¿Cómo se llamaba el amante ruso de Frida Kahlo? —preguntó Sheri.

—¿No fue Vronski?

—¡Ji, ji, ji, ji, ji!

—Ja, ja, ja, no me acuerdo… Carlos, ¿quién fue el amante ruso de Frida? —le pregunté.

—¿No fue uno de estos leones…? Ahorita te digo el nombre…

—¡Carlos tampoco sabe! —exclamó Sheri—. A ver, ¿Marcel?

Este le dijo algo muy rápido a Carlos que no entendí, provocando una risa breve entre los dos.

—León Trotski —afirmó en fin Carlos.

—¡Ay, sí, Trotski!, ji, ji, ji…

Salimos de la exposición y pasamos a la sala principal cuando Carlos tomó mi palma en la suya para empezar el recorrido antropológico. Al inicio solíamos leer los carteles a profundidad, resaltaban con todo detalle y precisión las composiciones de los fósiles, piezas precolombinas y figuras antropomorfas que ninguno de nosotros iba a poder asimilar con mucha claridad, sin decir nada yo cambié la unión de las palmas para entrelazar los dedos, sin decir nada empezamos a leer por encima de los carteles y mirar más con los ojos, las calaveras correspondientes a una ofrenda antigua, el enorme Calendario Azteca que estaba en la Sala Mexica, cuando Sheri y Marcel se enfilaron para conseguirse algo de una máquina expendedora, ya le debería un favor después, dándonos la oportunidad de escondernos en un rincón del museo y reencontrarnos los labios.

Fue algo muy repentino y mutuo entre los dos, yo lo besaba tanto como él a mí, ¡qué dulce el sabor de este chico que apenas conocía! ¿Quién eres, Carlos René?, me preguntaba allí en el rincón, todavía se podían escuchar los ecos variables de las voces en la sala cercana. No quise desviar nuestra energía, nuestro encuentro seguramente era mejor sin preguntas o palabras exiguas… de repente escuchamos el rechinar de una puerta, por donde venía alguien. Nos fugamos del rincón y salimos del museo corriendo tras la lluvia hasta el vocho de Marcel, acomodándonos en los asientos traseros, besándonos nuevamente, ambos levemente resoplados y mojados, cuando Carlos dejó de besarme repentinamente y me habló.

—¿Tú qué eres?

—Yo soy marciana.

—Sí, pero…

—¡Ja, ja, ja!

—¿Cuántos años tienes?

—Veintiuno. ¿Tú?

—Yo también tengo veintiuno. ¿Tienes una religión?

—Yo soy judía.

—Y, y, y…

—¿Y, qué?

—Y nada, perdón.

—Sí, algo. ¿A poco soy la primera judía que conoces?

—No, no, no.

—¿Entonces, qué?

—Quisiera preguntarte cosas, pero temo meter la pata.

—¿Meter la pata?

—Temo hacerte enojar o decir algo estúpido por ignorancia, que jamás quisiera hacer.

—Adelante, tú pregunta.

—¿Crees que dos personas de distintas religiones pueden ser pareja?

—¿Hablas de nosotros o hablas en general? ¡Nos acabamos de conocer!

—En general, por supuesto.

—Sí, ¿por qué no?

—Muchas culturas piensan que no y yo no conozco la tradición judía.

—Si no te has dado cuenta, ¡yo no soy una persona tradicional!

—¿Y tu familia?

—Mis papás son muy tradicionales en su estilo de vida, pero no en su religión.

—Ah.

—¡Pero estamos hablando en general!

—Sí, ¡claro!

—¿Y tú? ¿Qué eres tú?

—Nada.

—¿Nada? ¿Qué es nada?

—Bueno, toda mi familia es católica, pero yo no creo en nada.

—¿Tú crees en nada? ¿O tú no crees en algo específico?

—¡Algo así!

—¿Vas a misa?

—No, o sea, a veces. No por obligación. Bueno, quizás a la familia, pero no a la iglesia. Es más por costumbre. La Pascua o Navidad. ¿No sé si me entiendes?

—Sí, te entiendo —sonreí—. Yo tampoco creo en nada.

Me arrimé a Carlos, me sentí muy cómoda así como quedamos, sin decir más, oyendo las gotas salpicando el techo del coche, arrullándome, de pronto me sentí entrando y saliendo de un ensueño ligero al ritmo de la lluvia que llegaba como un desfile de todas las gotas, las entradas que intuía a distancia, las voces y los cambios no molestaron el estado de placer y quietud que era todo lo que había por encima de las gotas, "mira, son placas de Texas", decía una voz que no turbó el molde de mi conciencia, entonces llegaron las risas que me llevaron a una casa de antes, una voz de la calle y un cambio de velocidad, "¿no tienes suelto?", oí a alguien preguntar, las gotas que cayeron por el espacio de la ventana abierta, "aquellos eran tus paisanos", ya no se escuchaban tanto como antes, estaba mi hermano diciendo que le dijera a nuestra madre que la puerta de atrás se había quedado atrancada, "vas en contra", "oye, es la otra calle", oí a alguien decir, alguna vez lo sentí irguiendo su postura cuando adiviné que yo estaba dentro de mi cuerpo, abrí los ojos y me asomé por mi lado para ver lo que había, todo lo que percibía era nuevo para mí, una señora tendiendo ropa, un camión expulsando nubes negras al aire, el esqueleto de una bicicleta sin llantas, todos los niños descalzos vendiendo lo que había, pidiendo dinero, los barrios más humildes que había visto en toda mi vida, carentes de la lluvia de antes, entonces me di cuenta de que me urgía hacer pipí, allí estaba Carlos hablando como solía hablar muy rápido con Marcel, su camisa se había arrugado donde había estado yo, tomamos una serie tergiversada de calles menores y avenidas, todo seguía pasando muy rápido por la ventana, como un lienzo que se pintaba solo un sinfín de veces.

—¿De quién es ese aquel carro azul chiclamino? —preguntó Marcel sospechosamente al estacionarse.

—Han de ser Fernando y Francisco —contestó Sheri.

Me senté derecha al escuchar las palabras, ahora estaba totalmente despierta.

—¿Quiénes son estos Fernando y Francisco que siguen llegando?

—Son alumnos de la UNAM —aclaró ella.

—Sheri, te necesito arriba, ahora mismo.

Subimos y nos turnamos entre las dos yendo al baño, después nos pasamos al espejo.

—Martha Ann, parece que este Fernando te trae algo.

—¿Pero qué quiere conmigo?

—¡Ya sabemos lo que quiere!

—¡Es demasiado persistente! Yo no quiero que Carlos se dé cuenta.

—¿Qué se dé cuenta de qué?

—No sé, no sé, no sé. ¡De nada! No vaya a pensar que haya algo…

—¡Pero tú eres una mujer libre! Como me has dicho tantas veces, ¡tú tienes tu propia autonomía!

—¡Ya sé! Pero no se trata de eso… es que no quiero poner en riesgo lo que tengo con Carlos y por supuesto no por este Fernando.

—No creo que te tengas que preocupar, tú nomas haz tus cosas y ya —toc, toc, toc—. ¿Quién es? —nos miramos espantadas, ¿a poco nos estaba escuchando Fernando por la puerta?

—Soy Janet.

—¡Janet! —sentí un alivio repentino—. ¿Qué pasa, chica?

—Vamos a llevarnos las guitarras al jardín y fumarnos un churro… ¿Nos desean acompañar?

—¿Y la Señora van den Berg y el niño?

—Se fueron a Acapulco en la mañana.

—¿Y Camila?

—La idea fue suya… Amigas, ¡la casa es nuestra!

El churro fue la apertura. Janet lo encendió y le dio unos toques, inhalando y exhalando con destreza ensayada, entonces se lo pasó a Sheri, de ella a Camila, después vino a mí, sentí el fuego ardiendo en los pulmones, pero me aguanté lo más que pude para no empezar a toser, yo se lo pasé a Karen, quien cerró la cadena con Janet. "Ay, sí, quién te quiere, ¡ji, ji, ji!", Sheri ya estaba en su modo de reírse de todo. Camila le entró con toda su esencia al siguiente toque, sin perder nada de su equilibrio o postura. Después vino a mí. Empecé a sentir el bucle de tiempo rodeando el jardín, entre tanto la pobre de Karen fue abrumada por el humo, tosiendo sin remedio. Camila le alcanzó una botella de cerveza para tranquilizarla, su falda tenía unos verdes imposiblemente terrestres que me envolvieron. El churro seguía rindiendo para más y más rondas en que iba y venía, yo llegué a un claro más allá del pantano, donde había un reposo gracioso de buganvilia y de palma, un sendero húmedo y desnudo, regado del resplandor de las flores. Me sentí tan minúscula. Qué fresco y hermoso estaba todo.

—¿Quieres una guitarra? —preguntó Camila, ya terminada la sesión.

—¡Vamos! —oí la respuesta de Janet disipándose, ya lejos de mí.

Alguien me encendió un cigarrillo. Lo recibí mientras quedé inmersa en una pared gruesa e inesperada, que se atrevía a imponerse en medio del bosque, por donde trepaban las ramas.

—"Los ojos se me fueron detrás de una morena que pasó…" —empezó Karen a citar— "…pasó una clara rubia como una planta de oro balanceando sus dones."

—¡No puedo contener los pies! —chilló Sheri.

—"Cuando he llegado aquí se detiene mi mano… Dime por qué, como las olas…"

—¡Espera, versos! ¿Son los versos del aire?

—¡Son los versos del capitán!

—¿Qué capitán?

—"…La piel redonda de la fruta oscura que arranqué de la selva…"

—¡Espera, Karen, espera! ¿Estoy respirando?

—Pues yo diría que sí.

—¡No puedo recibir bien el aire!

—¡Uy! ¿Qué te pasa?

—¡No puedo distinguir la frontera…! —se jaló el cabello—. ¡Ya no puedo colmar!

—¿Qué frontera? ¡Ja, ja, ja…!

—¿Dónde empieza el aire?

—¡¡…ja, ja, ja…!!

—¿¡Dónde termina el pulmón!?

—¡¡¡…ja, ja, ja…!!!

—Qué suerte verte, Marta… —entró otra voz masculina, desentonada de todo lo demás que había.

Karen fue consumida por las risotadas malvadas provocadas por el ataque de nervios repentino de Sheri, a quien yo estaba muy acostumbrada a ver, y de pronto vencida por el siguiente ataque de tos.

—Me quería disculpar por lo del sábado…

Karen se agachó, apoyándose en una piedra. ¿Por qué carajo no la estaban ayudando?

—Se me pasaron los tequilas y me propasé contigo…

Vi la cerveza de antes que había dejado en el suelo y se la pasé a ella.

—¿Quieres que te traiga agua, chica?

—No, yo voy —me señaló además con la mano, mientras trataba de recobrar su serenidad.

—Sabes, yo también quisiera tomar literatura latinoamericana. ¿Estás lista para empezar mañana? —persistió aquella voz necia y hostigosa.

Sheri se había quedado sola, hacía como si estuviera pintando en una pared invisible, cuando empezaron a vibrar las cuerdas animadas de una canción muy conocida. ¿Dé donde venían? Me sentí instantáneamente vinculada al origen y me desaté, tomando la mano de Sheri, corriendo a donde estaban Camila y Janet tocando las guitarras para unirnos a las voces: *"Help me if you can, I'm feeling down, and I do appreciate you being 'round, help me get my feet back on the ground, won't you please, please help me!"*

Después de la cena muy generosa de Oro y una taza de café, Carlos y yo fuimos a ver *Not with My Wife, You Don't!* en el Cine Manacar. "¡Ay, qué preciosa!", me volvió a decir mientras hicimos fila para conseguir los boletos, me enamoré entonces cuando evocó la sonrisa espontánea del señor de la taquilla, hablándole muy a su ritmo. Nos sentamos hasta atrás del teatro, *trataba de leer los subtítulos en español en vez de escuchar el inglés, pero Carlos me distraía besándome a cada rato. Me cautivaron por completo su expresión, cómo me hablaba, su fluidez y confianza, todo. Me deseó buenas noches y me besó al despedirse de mí enfrente de la casa, pero no sin invitarme a salir la próxima noche. ¡Un verdadero amante latino!*

*   *   *

¡Primer día de clases! La levantada fue brutal, a pesar de los esfuerzos muy valientes de Pico, no nos podíamos despertar. En la UNAM estaban todos los chicos, Fernando, Francisco, Salvador... Carlos me sorprendió cuando llegó en la tarde, había estado Fernando cerca de mí ofreciendo llevarme de compras para conseguir las provisiones escolares, cuando Carlos se interpuso y lo enfrentó, hablándole en un español que parecía ser muy de barrio y de calle, oscilando entre severo y diplomático, no llegué a entender lo que decían, los dos se quedaron mirando fijamente por un tiempo, hablando muy apasionados con las manos, retándose entre gestos y ademanes muy de su cultura, Fernando se burló de algo y después le extendió el brazo, "no quiero bronca contigo", lo escuché decir, Francisco solamente se quedó mirando desde un lado, sin hacer y sin decir nada, hubo otro intercambio como antes, por fin un apretón de manos, me di cuenta de que todavía me faltaba mucho por aprender de este idioma que todos me seguían diciendo que hablaba muy bien. Entonces llegaron conmigo, cambiando de tono y hablándome en su español modificado.

—Qué gusto tenerte a ti, Marta. Parece que ambos nos hemos fijado en tu belleza y resplandor, sabes, tu esencia es la envidia de todos los soles… —hablaba Fernando, mientras Carlos solamente se quedó parado, sacudiendo levemente la cabeza, con las manos en la cadera, viéndose muy seguro, con una sonrisa, por lo tanto, satisfecha— …mi estimado colega y yo te quisiéramos implorar poner fin a este debate que nos ha consumido a los dos, a través de la voluntad de tu juicio y merced…

—¿Quieres salir con Fernando o quieres conmigo? —lo interrumpió Carlos, haciéndome la cosa sencilla.

—Yo quiero salir contigo —lo miré solamente a él; me guiñó el ojo y luego volteó para cerrar el tema con Fernando.

—Estamos, amigos —le sonrió gloriosamente, extendiendo los brazos— asunto cerrado.

Le ofreció una mano a Francisco, quien aceptó sin renuencia, entonces a Fernando, quien aceptó con aparente reconocimiento; ambos se fueron sin decir más.

El martes dejé la clase de literatura latinoamericana para esquivar a Fernando, no a falta de mejor pretexto, aunque me había gustado el profesor Cadena y sabía que la obra de Octavio Paz se estaba convirtiendo en una parte fundamental de la historia de México, se me hacía mucho más riguroso de lo que buscaba para un verano y no quería que una sola clase se adueñara de todo mi tiempo libre, Sheri también optó por faltar a su clase de

Shakespeare sin que yo se lo pidiera hacer y nos lanzamos con el mapa de Salvador para por fin hacer el recorrido de la Ciudad Universitaria. La arquitectura y el diseño del campo y los edificios evocaban pura grandeza de pensamiento.

—Las fachadas de ese edificio me recuerdan a Italia —le dije.

—No se parece a nada que yo he visto —se dejó cautivarse.

—¡Es que no has salido de Texas!

Sheri me sacó la lengua. Entre más nos acercamos a los edificios, notamos que estaban muy desatendidos. Había mucho azulejo y mosaico que se había desatado de su lugar, las vigas y columnas resaltaban negligencia, faltaba ladrillo por doquier y todo necesitaba pintarse.

—¡Mira qué sucio! ¿Por qué no limpian las ventanas?

Fuimos a comprar los libros para la clase de cultura maya, pasando por debajo de un letrero enorme que decía "¡ABRE LOS OJOS!", cuando Fernando apareció de la nada, aparentemente no disuadido por la tregua del día anterior.

—Qué privilegio verte aquí, Marta. ¿No estuviste en la clase de literatura?

—¿No ves que somos dos? ¿Por qué no saludas a…?

—Hola, Sheri —le sonrió torpemente— un gran gusto y un placer.

—Fernando… —le dijo en tono de amonestación, como si ella ya lo tuviera bien medido.

—Me sentí profundamente desorientado y desolado sin ti a mi lado —me habló él.

—Ja, ja, sí, ¿cómo no?

—Estaba en mi propio laberinto de soledad.

—Todavía estoy pensando en qué clases tomar.

—¿Ah, estás barajando las cartas? Haces muy bien. Sabes,

muchos se toman así la primera semana pasándose entre salones para decidirse. Es algo muy recomendable.

—¡Estupendo! ¡No sé qué haríamos sin tus sugerencias ingeniosas! —replicó Sheri; me aguanté lo más que pude la risa que surgió en mi interior.

—De hecho, te sugiero pasar por el salón del profesor Lizardi, su clase de poesía es indispensable.

—¿Y tú la estás tomando? —lo miré y me enorgullecí; se estaba bamboleando en su lugar, se estaba desmoronando por dentro.

—Sí, digo, no, digo… La tomé el semestre pasado. Je, je, je.

Miércoles. He dejado la clase de arte española. Se me hace gratuito tener dos clases basadas en los pintores, aun perteneciendo a distintos movimientos y filosofías, y quería seguir tomando la mexicana contemporánea para vivirla de cerca en todos los museos con mi guía de la ciudad. El rival de Carlos llegó a la clase de Cervantes. No se desanima fácil este Fernando de la Torre. Carlos me explicó que México siempre piensa en grande y erige edificios verdaderamente monumentales, pero que suelen caer en desuso debido a la falta de recursos. Camila van den Berg nos presentó a su amigo, Germán, no sabemos nada de él o dónde lo conoció.

El jueves dejé la clase de Quijote, en su lugar me inscribí en la historia de España. ¡Sentí que Fernando estaba detrás de mí todo el día! Por suerte, Carlos me estaba esperando en Las Islas cuando terminamos la última clase, ¡genial que estuvo allí! Acudí a sus brazos y dejé que me besara frente a todos, ojalá que me esté viendo Fernando, entonces nos reunimos con Sheri y le dimos a la casa para recoger a Leslie y Arturo.

—¡Hola! —saludé brevemente a Janet, ya que íbamos de salida—. No te vi en la escuela.

—Allí estaba, acabo de ir a la de poesía. ¡Es muy buena!

—¿Cómo se llama el profesor?

—Lizardi.

—¡Uy, qué interesante! ¿No quieres venir a comer?

—Sí, pero ahora tengo sesión de baile. ¡Te veo después!

Caminamos las pocas cuadras que había para llegar al Sanborns que colindaba con el Cine Manacar, en donde nos juntaron dos mesas cuadradas para caber todos. Sheri estrenó un nuevo paquete de Newport, compartiendo con Leslie y conmigo, dejando a los chicos fumar de sus propias marcas. Arturo encendió los cigarrillos de todos y luego pedimos unas Coca-Colas y unos panecillos.

—Este lugar es fabuloso, tienen todas las revistas americanas aquí —dijo Leslie.

—¿Cuáles tienen? —se interesó Sheri.

—¡Las que tú quieras! Glamour, Vogue, Cosmopolitan…

—¿Escuchaste, Martha? ¡Tienen todas tus revistas!

—Newsweek, Life, Time Magazine…

—Ji, ji, ji. Si alguna vez no me encuentran, ¡vengan a buscarme aquí!

—Pasaba muchas tardes del verano pasado aquí, hojeando revistas.

—¿Por qué quieren leer revistas en inglés de Estados Unidos? —intercalé yo—. ¡Estamos en México!

—Ay, Martha, ¡me duele la cabeza de hacer todo en español!

—Pero acabamos de llegar, Sheri.

—Pues yo necesito un poco de casa.

—Anda, yo todavía prefiero leer en español.

—También están todas las revistas mexicanas —ofreció Arturo.

—¡Qué buena idea! —le sonreí.

—Y las europeas —añadió Leslie; sus palabras tuvieron el efecto de poner fin al tema.

Nos trajeron los platos y cubiertos, vasos con hielo, los refrescos en botella y los panecillos, colocando todo con cuidado y atención al detalle sobre las mesas, sirviéndonos a cada uno un poco de la Coca-Cola.

—Allá es donde nos sentamos cuando nos hicimos novios —señaló Arturo una mesa al fondo, pegada a la ventana.

—¿Y cómo fue?

—En inglés.

Sheri y yo nos atacamos de risa, aunque no podía precisar bien la razón, tenía algo que ver con la sencillez de su respuesta y su ademán, como si estuviera siempre al margen de irrumpir en sus propias carcajadas, pero deteniéndose, solamente para hacernos reír.

—¿Desean pedir algo más? —estuvo el mesero.

—¿Tienen hambre? —nos preguntó Carlos a la mesa.

—Yo sí.

—¡Yo también!

—Enseguida les traigo las cartas —dijo el mesero.

—Pero no fue todo…

—Gracias —le dijo Carlos.

—¡No fue todo en inglés! —reclamó ella.

—Sí, lo fue —insistió Arturo— recuerdo que lo había ensayado miles de veces la noche anterior…

—¡Pero también había una parte en español!

—¿Y al final qué le dijiste?

—*I would like to make girlfriend boyfriend with you…* Algo así.

—¿Fue así, Leslie?

—De hecho, así fue —accedió ella.

—¿Y tú que le dijiste?

—Que sí.

—*I love you, my Leslie Bell!* —estalló Arturo, con una sonrisa que daba hasta mañana.

Me encantó su acento inglés. ¡No sabía qué le pasaba por la mente a Leslie! Arturo era tan auténtico y sincero y obviamente la quería mucho. ¡Se fue hasta Cleveland para visitarla! ¿Por qué tenía que ser ella tan tensa y renuente a decir lo que fue? Yo pedí las enchiladas suizas. ¡Le haría bien divertirse y reciprocar algo de su emoción!

Aquella noche entró una llamada no esperada, seguramente eran mis papás en Big Spring o mi hermano o algo de Texas, ¿quién más hubiera sido?, Oro me llevó al estudio donde estaba el teléfono y se fue para dejarme hablar. "*Hello?* Ah. ¿Qué? No puedo. No quiero". Solamente le podía responder con mi español estudiado, si fuera en inglés, seguramente lo hubiera puesto bien en su lugar, si fuera en Texas, lo hubiera machacado. "¿Qué? ¿Qué? No, gracias". No me había fijado cuando Carlos entró, pero me preguntó discretamente si era Fernando y cuando le señalé que sí, tomó el teléfono y le gritó al micrófono: "¿¿Qué no oyes?? Ella ya te dijo que no, te lo ha dicho miles de veces. Ya te dije. Soy Carlos. Escúchame bien, ¡si sigues llamando a Marta te voy a romper tu madre!"

Colgó, vino y se sentó a mi lado. Allí nos quedamos por un rato sin decir nada, cuando escuchamos los gritos repentinos que hicieron inflexión, de Leslie y Arturo, reaccionando fuertemente al partido de fútbol que veían por la tele.

—¡Ay! ¿Crees que fue un gol?

—No fue grito de gol.

—¿Cómo sabes?

—Porque he visto mucho deporte con Arturo. Aquel fue un grito de casi gol o de buena defensa o de alguna oportunidad perdida, pero no de un gol.

Agradecí la explicación, entonces le tomé la mano y le sonreí; me sentí tan cómoda con él.

—Vamos a mirar el fútbol —me levanté para llevarlo conmigo, pero se detuvo; entonces me miró de frente y declaró: *"I would like you and me make relations"*.

Se veía tan chulo, pero no entendí para nada lo que quería decir. Creo que se dio cuenta, porque cambió para hablarme en español.

—Quisiera que tú fueras mi novia, Marta.

—¿Novia? *Like a girlfriend?*

—Sí, pero no *girlfriend*, sino novia.

No sabía cuál era la diferencia o distinción entre *girlfriend* y novia, pero en aquel entonces no me importaba. No quería abrir o descubrir baches nuevos o complicaciones; solamente quería tenerlo y hacerlo mío.

—Sí —le dije más con los ojos y el tono de mi voz que con la palabra.

—Prométeme que no vas a salir con ningún otro chico.

—¿A poco crees que quiero salir con Fernando?

—No, no, no —se disculpó— pero hay muchos chicos en la UNAM que andan detrás de ti.

—¡No te tienes que preocupar por eso!

—Sí, me tengo que preocupar porque yo los conozco… son todos mis paisanos y piensan igual que yo.

—Bueno —me di cuenta de que era lo más importante para él— yo sí te lo prometo, pero solamente si tú me prometes lo mismo.

—Sí, te lo prometo —escuchamos otra serie de gritos de Arturo y de Leslie que marcaron el espacio sin atenuarse.

—¿Fue un gol?

—Sí, aquel fue gol —nos besamos y luego nos abrazamos para

constatar nuestro acuerdo, antes de volver a reunirnos con Leslie y Arturo y la tele.

Los chicos mexicanos son tan educados, tomándonos los brazos al cruzar la calle, dejándonos por instinto el lado de la banqueta, encendiendo los demás cigarrillos, siempre acompañándose entre ellos mismos. ¡Qué bonito estar por una vez con gente tan amable y cortés! Ahora soy la novia oficial de Carlos, lo que sea que eso signifique. Me encanta este chico, es tan divertido y chistoso. ¡A Popeye el Marino le dice po-pa-ya! ¡Ja, ja, ja!

*   *   *

"Háblenme de algún camino literario que han tomado en la vida, un segmento por el que han pasado", nos pidió Lizardi. Escudriñé el salón. Entre los alumnos, éramos 6 chicas vestidas con faldas y un chico, ocupábamos poco menos de la mitad de los escritorios y las sillas. Todas las ventanas estaban abiertas, las altas y las bajas, además era viernes, había elegido todas mis clases, era la novia de Carlos, el día era soleado y feliz.

"¿De qué largo debe ser el segmento?", interrogó una de las alumnas, notando que un segmento pudiera ser un bucle o incluso consistir en cero. Salvador estaba sentado en la esquina al fondo del salón, escribiendo detenidamente con una pluma fina. Llevaba un traje oscuro y el maletín que lo solía acompañar reposaba sobre la silla a su lado. No lejos de él estaba Janet, me fijé bien por primera vez en que ella era verdaderamente guapa, con su cabello largo y lacio, portaba unas gafas negras que no había visto antes, escuchando atentamente lo que decía el profesor. "Un segmento que se aferre a un tiempo, que abarque un cambio", decía Lizardi, llevaba zapatos y un saco oscuro, pantalones azules, corbata y una camisa blanca, "un segmento que consista en por lo menos dos pasos". Alguien citó *The Great Gatsby* de Fitzgerald y *Poet in New York* de Lorca. "Cuéntame más", pidió Lizardi.

—Fue un salto de prosa a poesía, anclado en la metrópoli de Nueva York de los años 20. Fue además un salto de idiomas, que trascendió la frontera entre la literatura americana y la española. Lo sentí como un paso muy potente, que me abrió un sendero más amplio…

—Cuéntame más —pidió Lizardi, señalando repetidamente con las manos.

—Con Lorca sentí que había una apertura a los versos, que todavía no preciso, pero que provienen de mi propio interior, como si fueran un pan sin mermelada o mantequilla, con aquel café negro y tibio que se da a las dos de la mañana, que fue la misma conjetura de Fitzgerald, ¡sin nada de filtro!

—¡Para llegar a la esencia! —exclamó Lizardi, se despegó de su silla y se puso a andar energéticamente entre los extremos del salón, alzando los brazos— para llegar a la esencia —repitió, haciendo muy largos los espacios entre las palabras colindantes.

No me sorprendió demasiado ver que Fernando me había estado esperando cuando terminó la clase. "¿Lizardi es genial, verdad?, qué bueno que mi sugerencia te haya servido", se atrevió a acompañarme mientras yo seguí caminando. "No vayas a pensar que lo hice por ti", aclaré, "fue la sugerencia de una muy fiel amiga". Me eché el bolso al hombro de su lado, mientras él se apresuró a no quedar fuera de mi esfera. El chico era claramente fastidioso y algo mediocre, pero no le tenía miedo. "La otra cosa que te voy a decir es que yo soy la novia de Carlos", sonreí, "y no voy a tener nada que ver contigo hasta que tú hables con Carlos". "Sabes Marta, te felicito", seguí caminando sin mirar hacia atrás cuando se quedó parado en su lugar, "ya no te voy a molestar", fueron las últimas palabras que escuché.

Me integré a las capas de cielo y dulzura que rodearon la Ciudad Universitaria, caminando por la biblioteca y los muros, encontrándome a Sheri y hablando de todo, su clase de arte española iba a hacer una excursión a un antiguo monasterio en Culhuacán el sábado e insistió en que fuera con ella, deambulando por la Avenida Insurgentes palpitante y el fin de semana que de pronto nos envolvió en una lluvia repentina y la fiesta de la novia de un amigo de La Salle en la Condesa de espeso humo, guitarra y tequila, Pavo me contó que a Marcel le gustaba Sheri, pero que era muy tímido cuando se trataba de hacer relaciones, mientras Leslie no se dejaba besar por Arturo en toda la noche, no sabía qué le pasaba a esa chica que se puso tan fría. Logré entenderme maravillosamente con un Alejandro, superalto y delgado con el cabello chino, quien nos confeccionó una ronda maravillosa de margaritas para Sheri, Leslie y yo, me la tomé en seco y empecé a desear otra bebida cuando apareció Carlos en una camisa curiosa de lunares verdes, "te quiero", me susurró, nos acabamos su cerveza entre los dos, salimos al carro y nos besamos frenéticamente, no sabiendo a dónde llevar toda esa energía que nos consumió como un magnetismo corporal, besándonos sin límite y sin prisa hasta que todo nuestro ímpetu se empezó a atenuar muy paulatinamente y a su ritmo, nunca desviándonos de los toques cada vez más acostumbrados, que me hablaban de ternura y afección.

Ya eran las once de la mañana del sábado cuando Oro nos despertó a las dormilonas, alentándonos con su salsa, huevos y frijoles refritos. Le había dicho desde antes a Sheri que no me despertara para ir al monasterio, sabiendo que no me iba a sacar de la cama.

—¿Qué estás leyendo? —le pregunté a Janet, sentándome en la mesa comunal.

—*On The Road*.

—Ah, ¿es aquel autor que me dijiste?

—Sí, es Jack Kerouac. Es fabuloso… ¿Quieren ver? —nos pasó el libro a Leslie y a mí; la portada mostraba dos chicos compartiendo el espacio debajo de un árbol con languidez y un veliz, al fondo había cada variedad de rótulos llamándolos a compartir en las depravaciones irresistibles de barrio.

—*Oh my god, they're going to San Fran!* —exclamó Leslie.

—*You got it, gal!* —afirmó Janet; me impresionó que Leslie lo supiera.

—¿Qué está pasando en tu ciudad? —le pregunté a Janet, mientras hojeaba un poco el libro.

—¡Tú te refieres a nuestro verano del amor! Es la toma urbana por los jóvenes poetas, músicos y activistas de la nueva cultura. Han colmado las calles, desde *Haight-Ashbury*, hasta *Golden Gate Park* y el océano, nuestro paraíso terrenal.

A las pocas páginas ya leía cómo el autor vislumbraba a San Francisco y todo el oeste como Meca primordial del continente, pero era una visión anclada en la perspectiva desde el este de los Estados Unidos.

—Se ve increíble… —le dije—. Y todo lo que estás contando. ¡Es todo un manuscrito de cómo vivir la vida!

—¡Sí, lo es! Aunque leyéndolo aquí, el afán mexicano desde el norte es parte de la misma visión, y la UNAM es una pieza clave —aseguró Janet—. Además, tú tienes a este chico que te adora.

—*It's called Free Love, Martha!* —recordó Leslie, luciendo un entusiasmo que hablaba por toda la mesa; jamás la había visto tan relajada como entonces—. Te está disponible todo el amor que quieras con Carlos.

—¿Me prestas alguna vez el libro?

—Ni me preguntes, ¡nos pertenece a todas!

Carlos vino por mí en un vocho amarillo y nos fuimos los dos, él vestía pantalones, una camisa de manga larga y un cinto café con una enorme hebilla; yo llevaba una falda azul con una blusa blanca y sencilla y mi collar de la buena suerte. Arrancó y le dio por las avenidas que conformaban una extensión del andamio, llegando a llevarme por unas calles jamás conocidas.

—Mira, allí está nuestro monumento hawaiano —señaló, no logrando suprimir la ola de risa que ya lo había consumido por dentro.

—¿Cuál es?

—Aquel —señaló.

—¿Dónde? ¡No lo veo!

—¡Allí! —insistió, apuntando a una de las palmeras que delineaba la banqueta.

—¡Ay, tú! —le pegué en el brazo; estaba en la cima, qué alegría y encanto estar con él en su carro, descubriéndonos al azar en la Ciudad de México; su sonrisa y ademán, el destello en sus ojos estaban tocando todas las cuerdas de mi interior, ¿cómo pudiera haber algo mejor que esto en toda la vida?

—Esta colonia se llama El Pedregal —me dijo; qué casas impresionantes que vimos, una Casa Puente, una Casa China, una Casa Televisor, destacaba toda la modernidad—. Imagínate vivir juntos en una de estas —me invitó a imaginar.

—¡Mira! Aquella casa se abre hacia el cielo…

—¡Es la Casa Telescopio! —metió el cambio y aceleró—. Cuando me gradúe, te voy a dar la casa que quieras.

—¿Dónde? ¿Aquí en México?

—Sí —contestó con toda confianza.

Yo sonreí, pero no dije nada, gozando el aire fresco circulando por el carro.

—Ahora estamos entrando en la Colonia del Valle —me dijo unos minutos después; ya no tardó en llegar a una casa que se veía relativamente normal en donde se estacionó, apagando el carro— y aquí es la casa de mi familia.

—¿Qué? —entré en un pánico espontáneo, fijándome muy bien en el espejo—. ¿Por qué no me dijiste antes?

—¡Perdón! No lo pensé... Además, no sé quién va a estar. Solamente venimos por mi hermana.

—¿Tiene nombre tu hermana? —le pregunté, mientras me delineaba ligeramente los ojos.

—Elda Rosa. Te ves superbién.

Empecé a oír una sinfonía de pío píos desde el descansillo, enseguida mis ojos se dilataron cuando pasé a la casa. Era muy blanca, con motivos de negro, café oscuro y dorado, sumamente grande y distinguida, con escalones de mármol que hacían una curva muy amplia para subir y una araña que iluminaba todo el interior desde la cúpula.

—Qué gusto conocerte, Marta —llegó una señora, extendiéndome una mano— yo soy Gabriela Mediero de René. Bienvenida a México.

—¡Muchas gracias!

—¿Qué tal, cómo te está gustando la ciudad y la UNAM?

—Me encantan —le dije, entrando en nuevas tierras, deseando sobre todo que no me fuera a fallar el español— me está gustando mucho la UNAM y es muy bonito conocer la ciudad con mi guía.

—Pues para eso está, cuenta con nosotros para lo que se te ofrezca en México —me estaba diciendo cuando empezó a bajar una mujer algo mayor que Carlos y yo— estás en tu casa, Marta.

—¡Muchas gracias!

—¡Hola, Marta! ¿Cómo estás? —me habló ella, su voz era tan fina y penetrante, hacía eco por toda la casa—. ¡Yo soy Elda Rosa!

—¡Hola, Elda Rosa! —respondí, hablando lo más alto que pude; mis palabras se intercalaron entre los cantos que emanaban de todas las jaulas—. ¡Mucho gusto en conocerte!

—¡Bienvenida al concierto de los canarios!

—Gracias —me permití desviar la mirada para asimilar brevemente algo de lo que me rodeaba—. ¿Cuántos canarios tienen?

—*Around 20! Don't worry, I also speak English!* —me aseguró; su inglés era mil veces mejor que el de Carlos—. *Though your Spanish is great!*

—Gracias. ¿Dónde estudiaste inglés?

—En Estados Unidos y en el teatro.

—Mi hermana canta, actúa, es artista profesional... ¡Un poco de todo!

—Oye, ya vámonos, ¿no? —le dijo a Carlos, no perdiendo la alta calidad o la proyección de su voz; llevaba el cabello teñido de rubio y muy elegantemente rizado en capas relucientes—. Se me hace tarde.

Nos subimos los tres al carro y fuimos a dejarla en el Palacio de Bellas Artes, aprendí que había trabajado en *Funny Girl* y *Fiddler on the Roof* en Nueva York, de repente llegó un niño directamente a mi ventana para pedirme limosna cuando estuvimos parados en un semáforo, Carlos me pasó unas monedas para darle, tenía las manos sucias el niño, pero era muy lindo y me agradeció, seguí platicando muy entusiasmada con Elda Rosa hasta que me di cuenta de que ella se estaba resguardando para lo que iba a dar en su obra aquella tarde, desde entonces dejé de exigir que usara su voz, aunque nunca dejó de hablarme con todo gusto, empezaron a llegar más personas a pedir dinero en el centro, pero ya se nos habían acabado todas las monedas.

—*Just wow!!!*—exclamé, ya que la habíamos dejado en Bellas Artes.

—¿Te cayó bien Elda Rosa?

—¡Tu hermana es increíble! Su voz es impecable…

—Sí, es soprano.

—¡Carlos René! ¿Y qué otros secretos te has estado guardando?

—Ninguno —me guiñó.

Nos pasamos sin prisa por la feria en donde había una exposición de pinturas, le comenté que *Fiddler on the Roof* era una historia que profundizaba en la cultura y tradición judía, dando la entrada sin que fuera mi intención a una prolongada plática transcultural, me llamaron mucho la atención dos pinturas de terciopelo impregnadas de azules y morados muy vibrantes, mientras que Carlos estaba muy enfocado en comunicarse bien, quería saber si yo estaba dispuesta a casarme con alguien como él, a pesar de que había tantas diferencias de origen y prejuicio y costumbre, era una preguntaba que oscilaba entre ser muy generalizada y muy de nosotros dos, entonces nos paramos debajo de un árbol donde me aseguró que me quería tanto y que no le importara que fuera judía o atea o lo que sea, pero parecía decir todo desde la sombra de una expectativa muy vaga, que seguramente nos iba a impedir a los dos nombrar lo que fuera. Nos apartamos del árbol y seguimos caminando tomados de las manos, me aseguró de nuevo que estaba tan enamorado de mí y temió que yo lo fuera a olvidar cuando regresara a Estados Unidos.

Dejamos la plática pesada para sentarnos en un café donde había pinturas al estilo de El Greco, besándonos a cada rato para deshacernos de las complicaciones y mirando a la gente pasar. Había dos guitarristas que estaban descifrando las cuerdas de una canción, que se aproximaba a ser una de Simon y Garfunkel, sin serla. "Te quiero mucho", me decía seguido. Las guitarras y la tensión acumulada por la conversación me dieron unas ganas tremendas de reorientarme con uno de los churros de Camila.

En vez de eso, nos enloquecimos aquella tarde en la montaña rusa, desenlace inesperado y alternativo, ¡qué increíble cosa!, sentí que toda la emoción me iba a destapar la cabeza y chorrear como una fuente, allí habrían estado todas las pistas de mi subconciencia para discernir lo que quería aquel verano y de la vida, una realidad que se estaba acomodando en vivo a través de la evolución de nuestra felicidad amorosa, las manos y los besos.

Carlos y yo hablamos por primera vez de casarnos. Qué bonito saber y sentir que me quiere tanto, ¡pero no sé si estoy lista para casarme! Es la primera vez que estoy pasando por esto… En verdad lo quiero mucho. No puedo creer que él tema tanto que lo voy a olvidar. ¿Cómo, pero cómo, pudiera olvidarlo?

*   *   *

Lo más cerca que empezó a haber que asemejaba una sensación de ritmo y ritual fue entre semana, arraigada en las levantadas y el sol matutino, en alistarnos y hacer toda nuestra rutina de maquillaje y cabello, en aprovechar el desayuno y el café de Oro y salir con los bolsos repletos para esperar el camión en Insurgentes, en el viaje a Ciudad Universitaria que nos aferraba al vaivén con su síntesis de libros y periódicos, de pasajeros obreros e intelectuales, artistas y escritores, de su aire de inconformidad frente a la propaganda política que pasaba por las ventanas a lo largo de la avenida. Ya estando en la UNAM, todo el albedrío y el campo abierto estaban a nuestra disposición. Asistía con fidelidad a todas las clases de la mañana, pero todo era muy aleatorio a partir del mediodía. Las chicas íbamos a estudiar a la biblioteca para perdernos entre los chismes de piso y pasillo, impulsadas por la infinidad de todos los libros. Es donde los chicos nos sabían buscar primero, en la biblioteca. Si no, se pasaban por Las Islas o se iban a la Facultad de Filosofía y Letras. Ya reunidos con ellos, nos arrinconábamos en uno de los carros e íbamos a Sanborns para tomarnos un café o a Vips por las hamburguesas, o le dábamos al bosque o al centro para visitar un sitio histórico o arqueológico. O a veces no llegaban. Una tarde fui con Sheri a la Comercial Mexicana por una botella de Bacardí, que dio inicio a un churro enorme que compartimos con Camila y Germán, todos sentados en el jardín en un círculo. Sheri ya se estaba riendo de todo desde antes y yo estaba volada para cuando encendimos los cigarrillos posteriores.

—Quiero más churro —empezó a clamar Sheri, jalándose el cabello.

—Yo creo que estás superbién —le aseguró Germán, aportando pura calma con su voz; ella estaba entrando en su modo frenético, no sabía qué hacer con las manos.

—¡Algo! Pero no sé qué, ji, ji, ji.

—Yo sí sé —se levantó y se fue, pasando descalzo a la casa.

—Espera, ¿a dónde vas? —las olas sonoras de su voz se difuminaron en el cielo abierto; saqué mi libro de poesía, pero Germán no tardó en regresar.

—¿Quieres una guitarra? —le ofreció.

—¡Ay, sí, quién te quiere! —reaccionó Sheri.

—Léenos algo —me pidió Camila.

—"Canto de los ancianos: Nos llamaron para embriagarnos en Michoacán, en Zama...", ¡no puedo decir!

—A ver... —Germán pidió que le enseñara el libro—. "¡En Zamacoyahuac!"

—"¡En Zamacoyahuac! Fuimos a buscar ofrendas, nosotros mexicas. ¡Vinimos a quedar embriagados!"

—¡Son como nosotros! ¡Venimos a quedar embriagados!, ji, ji, ji —Sheri estaba acercando un oído lo más que pudo al socavón de la guitarra.

—*You are such a scream!* —le dije con todo mi afecto— no sé si es buena idea hacer eso con el instrumento.

—*Stop!* Yo sí puedo —insistió ella.

Camila tomó la guitarra con calma y empezó a rasguear, mientras que Germán me ayudaba a pronunciar todas las palabras en náhuatl.

—¿Y esta palabra? —se la enseñé.

—*Tepantzin.* A ver, di -tzin.

—¡Sin!

—No sin, -tzin.

—¡Zin!

—No zin. Es una *t* instantánea, que está pegada al resto, -tzin.

—¡Sin! Ja, ja, ja, ¡no puedo!

Pronto llegaron Janet y Karen y Leslie con unas cervezas, extendiendo el radio del círculo. Dejé el libro. Sheri se levantó y empezó a juntar unas flores del jardín, cuando alguien se fijó en la botella nueva de Bacardí.

—¡Espera! ¿No estás tocando aquella canción? —exclamó Janet.

—Pensé que te iba a gustar… —le sonrió.

—¡Me vas a transportar, ni te puedes imaginar!

—Marta, toma esta guitarra —me ofreció Camila.

Empecé a equilibrarme un poco hasta que ella regresó con la otra, me estaban fallando todas las cuerdas. Traté de seguirla: sol, mi menor, do, sol, re. Había perdido mucha práctica, pero en teoría ya me las sabía. En cambio, ella rasgueaba con tanta precisión y dulzura.

—Sol sostenido —empezó Sheri a balbucear— sol sostenido…
¡ji, ji, ji!

—Sol sostenido por los mexicas —dijo Germán.

—¡Janet! —llamó Sheri—. ¿En dónde estás?

—Camila —llamé, pero no me escuchó.

—¡Aquí estoy! —recibió Janet una flor de la mano de Sheri—.
¡Qué bella!

—¡Camila! Tú dale y yo te sigo, a ver cómo nos va.

—Bueno, allí va.

Empezamos a rasguear hasta que logramos sostener el ritmo
sencillo de las cuerdas, entonces nos unimos a cantar: *"If you're going
to San Francisco, be sure to wear some flowers in your hair…"* Sheri siguió
repartiendo flores a cada quien, mientras les sonreí a Carlos y Arturo,
quienes se sumaron a la rueda. *"If you're going to San Francisco, you're
going to meet some gentle people there…"* Me perdí un poco entre los versos,
pero Camila acertó, llevándonos con seguridad hasta el final. *"If you
come to San Francisco, summertime will be a love in there…"*

—¡Son maravillosas! —aplaudió Janet, muy agradecida.

—¡Qué bonita flor! —le dije a Sheri.

—No puedo tocar guitarra, pero a veces hago las cosas bien.

—Ay, no digas eso —le pasé la guitarra a Germán para envolverla
a ella en un abrazo—. ¡Tú eres la mejor!

—Hola —llegó Marcel al fin con la botella en la mano, buscando
una entrada para hablar con Sheri.

Carlos y yo nos la pasamos besándonos y platicando hasta la
medianoche, había tanto de qué hablar que llegó al día siguiente
para buscarme entre clases, yo había estado conversando con Nick en
inglés, era un alumno de la Universidad de Texas que solía quedarse
dentro de su tribu de paisanos, amigable y locuaz en su lengua nativa;

cambié a español cuando llegó y los presenté, se saludaron con efusividad y luego nos quedamos charlando sobre los detalles nimios del horario escolar, cuando sentí la tensión enorme irradiando del centro de Carlos, que no tardó en despachar al pobre de Nick, él y yo nos despedimos en inglés, enseguida me convenció de faltar a la clase de cultura maya. "Pero es muy buena clase", insistí. Él replicó que me podría llevar a todos los monumentos y museos que yo quisiera ver, que valían mil veces más de lo que se hablaba en el aula, no sabía si estaba de acuerdo; por fin accedí a irme con él, pero estaba muerta de hambre y primero tenía que comer, así que nos subimos a su carro y le dimos al Tomboy, con la cabina del vocho liada en toda su tensión.

—Oye, ¿qué te pasa? —le pregunté.

—Tú me prometiste que no ibas a andar con ninguno —contestó, pitándole impacientemente a los carros que iban por delante.

—Sí, te lo prometí.

—¿Entonces, qué?

—¿Qué, tú?

—Pues te acabo de ver con ese gringo…

—¿Estás endemoniado porque estaba hablando con Nick?

—Ay, Nick, perdón —dijo muy sarcástico.

—Deja. Nick es un colega de la escuela. Además, yo no necesito tu permiso para tener amigos o hablar con otros chicos.

—Pero yo los conozco y piensan igual que yo.

—¿No hablabas de tus paisanos? Nick no conoce a gente de aquí y todavía se está acostumbrando a estar en México.

—Ay, pobrecito… No confío para nada en ese pinche gringo.

—¡Carlos René! ¿A poco piensas que voy a salir con cualquier chico que me hable? ¿Qué piensas de mí?

El silencio se adueñó de la cabina, abrumando los sonidos del motor y todo lo que emanaba de la megaciudad. ¡No lo podía creer! Quería dejarlo y volver a la clase, si no fuera por la voracidad del hambre que sentía. Estacionó el carro y entramos al Tomboy. Yo solamente pedí lo mío, insistiendo en que él se metiera en la otra fila. Entonces me senté sola.

—Lo siento, Marta —empezó a hablar desde otra mesa— lo siento, Marta, discúlpame —volví a escuchar.

—¿De qué te estás disculpando? —le pregunté en voz alta, ya iba a la mitad de la hamburguesa.

—Perdón, Marta.

—No me contestaste.

—No te hubiera perdido la confianza —dejó de hablar, esperando que yo dijera algo, pero solamente seguí comiendo—. ¿Puedo sentarme contigo? ¡Perdón, no lo vuelvo a hacer!

Las hamburguesas mexicanas eran superdeliciosas. Accedí a que se sentara conmigo y luego me acabé sus papas fritas en cuanto el argumento se disipó. Estuvimos disfrutando las Coca-Colas con languidez cuando me dijo que tener hijos era la realización fundamental de un matrimonio. "Yo no quiero hijos", le dije, y me pidió contarle lo que yo quería. "Quizás después, o sea, después, después, pero no por un rato. Primero quiero estudiar y viajar y trabajar". Se puso algo orgulloso y lo escuché decir que su esposa no iba a tener que trabajar, además él quería que sus hijos fueran católicos. "Pero si no crees en nada, ¿a poco los vas a estar llevando a la iglesia?" Él guardó silencio. Yo le dije que la tradición judía era mejor opción. "¿Para qué bautizarlos si no les vas a enseñar nada?"

* * *

Sin saber cómo, ya estaba concluyendo el primer trimestre. Sentí que el tiempo se me iba esfumando, jalándome sin cuidado o consentimiento mío hacia la fecha inevitable de mi regreso a Texas, una fecha que yo había desplazado de mi mente, colocándola vagamente más allá en el tiempo, lo más lejos que pude.

A propósito, todo era muy condensado y acelerado en la UNAM para hacer caber las clases de verano dentro del espacio otorgado de las pocas semanas. Yo tenía una serie de exámenes y proyectos a los cuales me dediqué por completo, pasando tres días y noches consecutivas escribiendo y estudiando; le había dicho a Carlos desde antes, para que él también pudiera aprovechar y avanzarle a todos sus pendientes escolares que se le habían amontonado encima. Los exámenes eran todo un viernes, eran muy rigurosos, pero pensé que me había ido bien, y pasando para el otro lado, allí estuvo Carlos esperándome cuando terminé el último examen de la tarde. Era la primera vez que habíamos pasado tanto tiempo sin vernos desde que nos conocimos. Acudimos desesperadamente a nuestros besos y abrazos, como si hubiesen sido meses y mares de separación, pero no fue todo, me invitó a ir a Puebla con él y su hermana el sábado. Le dije que sí, mi respuesta fue automática, sin pausa, sin nada de contemplación. Primero había tiempo para llevarnos todo el entusiasmo al Cine Manacar para ver *From Russia with Love*. Nos sentamos donde antes, detrás del teatro, en los que rápidamente se estaban deviniendo nuestros asientos preferidos.

—¡Quiere salir conmigo! —llegó Sheri desenfrenada aquella noche, ya que había regresado a la casa.

—¿Qué?

—¡Marcel me invitó a salir con él mañana! —apenas se podía contener.

—¡A ver, cuéntame!

Nos quedamos platicando hasta las dos de la mañana, en lo que le hice una manicura y junté todo lo esencial para Puebla. Llegaron por mí unas horas después, pasando brevemente a la casa. Elda Rosa me saludó muy entusiasmada y luego me presentó a su amiga Ulrike, una mujer alemana que estaba haciendo una gira profesional en Bellas Artes, vestía una falda oscura con un suéter verde, su cabello rubio estaba impecablemente recogido en un moño. Me despedí de Oro, agradeciéndole nuevamente el pan dulce y el café que me acabé deprisa, y arrancamos sin falta de qué hablar. Ulrike era muy encantadora y hablaba un español muy gracioso y estudiado, pero las consonantes le salían como a mí el náhuatl.

El paisaje era hermoso, empapado de mil verdes peinados suavemente por la gravedad de colinas que evocaban añoranzas y leyendas antiguas, la panorámica de Iztaccíhuatl y Popocatépetl que se sumaron al fondo cuando íbamos según Carlos a la mitad del viaje. Me sentí tan cómoda con ellos en el carro, donde disfrutamos libremente los caprichos de mi novio al volante, fue entonces cuando Elda Rosa empezó a sospechar que nos quedaba poco combustible, "este carro jamás me ha fallado", aseguró Carlos orgullosamente, "todavía llega hasta el Golfo de México".

Aproveché para pedirle a Elda Rosa que me contara sobre su familia. Ella me platicó de sus bisabuelos, los cuales dieron inicio a las cinco ramas extensas de su familia. El bisabuelo Emilio era un comerciante francés, muy refinado y educado, acostumbrado a sufrir los mareos lamentables de altamar; y su esposa era la bisabuela, se llamaba Momo, era una mujer de origen vasca, una codiciosa que tenía la fama de robarle los pollos a sus hijas, fundamentalmente malhumorada, de ojos espeluznantes que vislumbraban los residuos ancestrales de pura pesadilla para las siguientes generaciones, que la veían obligatoriamente retratada en las paredes de las casas heredadas de ella en Piedras Negras. "Por lo menos, eso es lo que se cuenta sobre ella", añadió Elda Rosa, sonriendo y volteando para verme a la vez. Su voz extremadamente clara y aguda acentuaba la veracidad de lo que me decía.

De las cinco ramas, provenientes de tal unión tan extraña e inverosímil, las cuatro hijas crecieron a ser unas damas espléndidas que impulsaron todas las ramas de la alta sociedad fronteriza y que dieron luz a sus veintitantos tíos y tías. En cambio, el abuelo de ella y de Carlos era el único varón de Emilio y de Momo, y tuvo la fortuna de casarse con una mujer alemana elegante y distinguida del todo, él era gran empresario y emprendedor, fundó la radiodifusora *La Rancherita del Aire* en Piedras Negras, además fue en algún tiempo su presidente municipal.

—¡Increíble historia! —reaccioné—. ¿Y cuántos hermanos y hermanas son?

—¡Somos ocho en total! Carlos es el séptimo, ¡es uno de los bebés! —lo miró con afecto, cosa que él ignoró.

—¿Y de primos y primas?

—¡Olvídate! Eso es lo bueno de estar aquí en la capital, que nadie nos conoce. En cambio, todo mundo se conoce en Piedras Negras. ¡No hay nada de privacidad!

—¿Se reúnen de vez en cuando?

—¿Una reunión de toda la familia René? —se detuvo brevemente—. No, eso jamás se ha logrado. ¡Ya somos tantos que es imposible saber cómo!

—Pues, quizás un día alguien se encargará del gran proyecto —dije, dejándome ser llevada por la imaginación.

Cargamos combustible en las afueras de Puebla y luego Elda Rosa alquiló una habitación de dos camas para que pudiéramos pasar la noche, muy cerca de la Catedral. Dejamos las maletas y luego caminamos del centro hasta la zona histórica y los fuertes de Loreto y Guadalupe donde los mexicanos lanzaron sus ataques contra los franceses. Entonces nos sentamos para disfrutar unas cervezas y la oferta común en un restaurante que era el de todos, tamales de pollo que llevaban una salsa más un huevo, todo encima del arroz en un plato hondo.

—¡La comida es muy rica! —exclamó Elda Rosa—. ¿Cómo dirías eso en alemán?

—*Das Essen ist sehr lecker!* —proclamó Ulrike.

Carlos se pidió un segundo plato de comer, mientras los demás nos tomamos las cervezas. No hagas eso, pensé repentinamente, yo tengo una mejor idea. ¡Quería correr con él al hotel y echarnos encima de la cama!

—¿Y la cerveza?

—*Das Bier ist sehr gut!*

Elda Rosa insistió en pagar la cuenta, se lo permitimos y le seguimos dando, conociendo la ciudad sin nada de prisa. Cuando Carlos y yo en una ocasión nos alejamos un poco de ellas, él retomaba algún hilo de la conversación de antes.

—¿Si yo sí fuera católico, si yo de veras creyera en todo eso, me seguirías queriendo? —insistió en saber.

—Sí —afirmé claramente.

Nos tomamos de la mano y dejamos el tema caer detrás de nosotros. Ya no quería que él estuviera pensando tanto en eso o dudando de mí o de nuestras diferencias de religión o de cultura. El verano se nos iba a acabar tan pronto, ¡no había tiempo para eso! De Puebla nos fuimos a pasar un tiempo en Tlaxcala, estacionándonos cerca de la Catedral de aquella ciudad.

—¡Hay muchos indios aquí! —reaccionó Ulrike, ya que anduvimos en las calles del centro—. ¿Dónde viven o a dónde van?

—Son de aquí —dijo Carlos.

—¿Y dónde duermen? —insistió—. ¡Es muy sucio y muy pobre!

Había muchas señoras sentadas en los callejones con las manos abiertas o que habían dejado algún recipiente o un trozo de una tela para recibir limosna, también llegaban los niños muy seguido con nosotros a pedir dinero o vender barato, la mayoría de ellos andaban descalzos, entre todos se nos acabaron las monedas y sabía que no era prudente acudir a los billetes de la bolsa o la cartera.

—¿No tienen dinero chico? —nos pidió Ulrike.

—¿Dinero chico?

—*Kleingeld* —aclaró, buscando la palabra en español mientras frotaba los dedos con el pulgar.

—¡Ah, monedas! No, ya se me acabaron.

Carlos se fijó bien entre los bolsos de sus pantalones y la camisa, pero él tampoco tenía, cuando vi una tienda turística a un lado de la Catedral.

—Vamos a comprar unas postales en aquella tienda —le dije, con el propósito de recibir un puñado de monedas de cambio que repartí entre todos para poder darle a la gente que nos pedía.

Ya era de noche cuando regresamos al centro de Puebla. Había una música muy acogedora que pudimos escuchar hasta adentro del hotel, que poco a poco se iba atenuando, dando lugar a unos ladridos muy profundos de los perros callejeros. Elda Rosa tomó las riendas, decretando que Ulrike y yo deberíamos compartir una cama, y que Carlos podía dormir con ella en la otra cama, o en el suelo, si lo prefería.

Hola familia, estoy en Puebla y en Tlaxcala con mi novio Carlos, su hermana Elda Rosa y Ulrike, ellas dos son artistas y cantantes en el Teatro de Bellas Artes. Nos estamos divirtiendo mucho. Carlos es maravilloso y me está enseñando todo México. Pronto les mandaré fotos. Mis clases en la UNAM van superbién. Mi favorita es la de poesía. Escríbanme, Marta (mi nombre en español).

*   *   *

Empecé a escuchar las campanadas desde muy temprano. Era domingo, había dormido bien y seguía muy cómoda dentro de la cama, en un tiempo escuché a Elda Rosa diciéndole a Carlos que ella y Ulrike querían ir a la misa en la Catedral, yo fingí estar dormida todo el tiempo en que ellas se alistaron, en otro tiempo Carlos se puso de acuerdo con ellas para almorzar todos juntos después de la misa, sentí el corazón acelerándose, cómo no se iban a dar cuenta de que yo estaba despierta detrás de mis párpados cerrados, debajo de la cobija, ya iban en las últimas, el maquillaje, las bolsas, los zapatos, me quedé callada hasta que por fin escuché la puerta exterior cerrar y el alejamiento de sus voces. Me desaté de la cama, entre él y yo cortamos instantáneamente la distancia, apasionadamente encontrándonos los labios. Nos envolvimos brevemente allí parados en medio del cuarto, él llevaba un pantalón sencillo y una camisa, no tardé en traérmelo a la cama donde yo había estado, metiéndonos debajo de la cobija, rodando horizontales, entrelazando las piernas y acelerando el calor entre nosotros hasta que llegué a estar encima de él, empezamos a ser más y más movidos de las cinturas, recibí sus manos tan cálidas acariciándome por debajo del camisón, encajaban perfectamente mis pechos, nos seguimos besando hacia el infinito, de repente me quité el camisón, me sorprendí un poco haciéndolo, aunque en ese momento se me hizo la cosa más natural, todavía tenía puestos los pantalones cortos, así fue justo como lo quería debajo de mí, sentí el fuego ardiendo entre las piernas, solamente quería besarlo más y más así como lo tenía, súbitamente él me volteó y empezó a jalarme inesperadamente los pantalones cortos con todo el calzón hacia abajo para desnudarme, fue algo que me sacó de onda, "¿qué estás haciendo?", le pregunté.

—Haciendo el amor.

—¿¡Qué!? —ya hubo un intermedio claro en la energía de antes, que iba precipitadamente en descenso.

—Teniendo sexo contigo —dijo, algo torpemente.

—¡Pero apenas estamos empezando! Yo no estoy lista para tener sexo completo.

Me puse el camisón y nos erguimos un poco, pasando unos segundos callados y carentes de nuestras mayores gracias, hasta que quedamos casi sentados en la cabecera de la cama.

—Perdón, no sabía, yo nomás pensé que… bueno, no pensé.

—¿Cómo pensaste que íbamos a tener sexo sin hablarlo antes?

—No sé, no sé —balbuceaba; pareció no saber cómo explicarse o a dónde iba— solamente sé que te quiero mucho —es donde se ancló.

No nos acercamos más que eso en entendernos o en descifrar las intenciones o lo que había pasado, aunque sí nos quedamos acurrucados por un tiempo y sí sentí el lenguaje entre los dos cuerpos que decían lo mismo, que de verdad había mucho amor sincero entre nosotros.

—Yo también te quiero mucho —fue lo último que dije en ese

entonces; me levanté y me llevé la ropa al baño, cerrando la puerta para meterme a la ducha.

El almuerzo con Elda Rosa y Ulrike nos obligó a estar presentes con ellas, aunque Carlos estuvo tan inquieto a veces, ya sabía que le urgía volver a estar conmigo. Escuchamos de fondo las voces que hacían cada variedad de peticiones políticas desde el Zócalo de Puebla, y más cerca, los tintineos de los tenedores y cuchillos en todos los platos. Hubo algo en un tiempo que llevó a Ulrike a declarar al aire libre que éramos una pareja muy linda y encantadora. No supe qué fue lo que habría visto en aquel entonces, pero creo que sus palabras nos tranquilizaron a los dos, a mí me hicieron sentir enormemente agradecida y especial, ¡sobre todo delante de Elda Rosa! Les di las gracias, primero a ella por sus palabras, y luego a Elda Rosa cuando volvió a pagar la cuenta de todos.

Aquel día había elecciones en todo México. Me explicaron cómo funcionaba todo eso ya que íbamos de regreso, que básicamente siempre ganaba el Partido Revolucionario Institucional. Los otros dos partidos eran el Partido Popular Socialista, que eran los izquierdistas, y el Partido Acción Nacional, que eran los católicos.

—¿Hubo un presidente Cárdenas? —pregunté; la plática me hizo pensar en Salvador.

—Sí, Lázaro Cárdenas en los años 30 —afirmó Elda Rosa— él era de Michoacán.

—¿Y no hay un partido comunista?

—En un tiempo, sí lo había. Ahora hay tantas facciones de este marxismo que son muy fragmentadas, de los distintos movimientos e ideologías, de intelectuales, de clandestinos, de revolucionarios… de todo.

Ulrike nos compartió algo de su historia, que su familia había sido forzadamente dividida al final de la Segunda Guerra Mundial, que ella, su hermano y su mamá tuvieron la fortuna de poder establecerse en el Múnich de la Alemania Occidental, donde disfrutaban de una libertad ostensiblemente transparente, sino cautelosa, mientras que su papá y el resto de su familia quedaban atrancados detrás del Muro de Berlín. También compartió que aún recordaba los sonidos terribles y vertiginosos de los bombarderos rayando el cielo en su niñez, además de la escasez de comida, que le era muy prolongada y cruel. Su historia era muy impactante y personal, algo enormemente suyo; me pasmé pensando que era solamente una aportación a la infinidad de todo lo que tenía que ver con la guerra. Lo extraordinario fueron las voces de ella y de Elda Rosa, que eran por naturaleza tan animadas y alegres, capaces de perforar cualquier gris que se impusiera. Las dos se despidieron muy cariñosas de mí cuando por fin me dejaron enfrente de la casa. Me quedé allí por un tiempo, viendo a Carlos alejarse en el carro hasta que llegaron al final de la calle, donde desaparecieron. Percibí desde luego un silencio curioso, no acostumbrado. Todas las ventanas de la casa estaban abiertas, pero no se oía nada, haciéndome sentir repentinamente como un vivo de otra época.

—¡Ay, Marta, eres tú! —exclamó la Señora van den Berg cuando pasé hasta dentro—. ¡Qué susto me diste!

Se había ido la luz, me llegó a decir, así que ella y yo pasamos lo que quedaba de la tarde platicando sentadas en la terraza del segundo piso, pocos metros arriba de la banqueta, donde le conté todo de la UNAM y un poco de Carlos, creo que ella se sintió muy cómoda hablando conmigo porque empezó a compartir de la nada que el papá del niño nunca lo quiso, que él siempre le echaba la culpa por haber quedado embarazada, que terminó dejándolos unos meses atrás y que había sido fuerte el impacto para ellos. Sentí mucho lo que me decía y probablemente lo notó en mis ademanes, aunque no sabía cómo empezar a responderle y lo que más temía era meter la pata, como hubiera dicho Carlos. Me quedé mirando con languidez la calle Flamencos. Era difícil discernir los límites del apagón, aunque ya se supo que había ganado el PRI; tiempo después vino el niño a estar con nosotras, diciendo que tenía mucha hambre. La Señora van den Berg se puso a pensar en qué hacer; yo entonces vi lo realmente precioso que era el niño, aún muy tímido, pero ojalá deseando superar esto y deviniendo en más atrevido en cuanto crecía. Ya se estaba atenuando el último rincón del alba en el cielo cuando decidimos salir por unas hamburguesas; además de nosotros tres, no había nadie más en la casa.

No hay luz en el vecindario, pero la Señora van den Berg me ha encendido una vela para iluminar la recámara. Adoro a Carlos y pienso en todas las razones por casarnos o no casarnos. A veces me siento arrinconada entre dos emociones, la de siempre, de contar con todo el tiempo en el mundo para sentirme lista, y la de ahora. ¡Él insiste en tener hijos! ¿Quizás soy yo la que necesita cambiar? ¿Y qué si terminamos separados como la familia van den Berg?

* * *

Llegó nuestro día de Independencia, sigilosamente intercalándose entre el 3 y el 5 de julio. Sheri y yo nos encontramos tan pronto como terminó la última clase, ya que nos urgía ponernos al tanto. Primero tomamos un pesero muy lento y sobrecargado en el que apenas pudimos respirar; íbamos apachurradas las dos entre toda la gente que estaba parada, no había ningún hueco para un cuerpo o alma más. Por fin llegamos al Hotel del Prado, donde destacaba un muro de Diego Rivera. ¡Qué alivio volver a respirar aire fresco! Allí nos quedamos mucho tiempo para recibir y verdaderamente sumergirnos en su obra y los distintos personajes que hacían apariencias cameo entre los árboles vigentes, los globos y el vaivén cotidiano. Allí estaban Frida Kahlo, Benito Juárez y Emiliano Zapata, entre muchos más que no reconocimos.

—¡Me fascina cómo Rivera reúne a todas estas personas de distintas épocas, que jamás se hubieran conocido en vida! —le dije a Sheri.

—Se vinieron todos para la fiesta, ¡ji, ji, ji!

—¡Mira, Sor Juana! —la señalé al fondo.

De allí nos pasamos al Mercado de San Juan, pasando por alto los puestos de revistas, por fin consiguiendo una apertura para hablar entre nosotras.

—¡Marcel y yo estamos saliendo!

—¡Anda, amiga! ¿Y cómo van?

—¡Increíble! Fuimos al cine este sábado, nos pasamos casi toda la película besándonos, hasta el cierre de la cortina.

—*Look at you go, Sheri!* —concedí a decirle en inglés—. ¿Y qué tal está?

—Él es algo reservado por fuera, así como lo ves, pero poco a poco se está empezando a abrir… ¡De repente le saco una risa!

—¡Qué bien!

—Tú me conoces, ji, ji, ji, ¡yo se la voy a sacar! Lo fascinante es que es todo lo contrario hablando con sus amigos en español, como si fuera una persona distinta.

—¿En serio? —me detuve para comprar una mantilla y un rebozo, pagando sesenta pesos, mientras que ella me siguió contando todo.

—Más noche nos llevó a una fiesta en la Zona Rosa, lo que él llamaba "la segunda sesión", con Janet y Karen. Todos conocían a Marcel… Llegaban a saludar, él nos presentaba, después se hablaban entre ellos, ¡uno se quedó muy interesado en Janet!

—¿Y cómo eran?

—¡Muy aleatorios!, algo entre poetas y bohemios y comunistas, ¡ji, ji, ji! Había una pipa de agua en forma de pirámide por donde fumábamos, un sinfín de botellas y poca inhibición. ¡El baile se puso muy bueno! Se sacaban los libros de los bolsillos en medio de la lujuria…

—¿Cómo sabías que eran comunistas? —le pregunté; ella solía exagerar, pero no la quería acusar de hacerlo.

—No te puedo explicar con detalles, pero, pues, obviamente lo eran.

—¡Qué fiesta! —reaccioné.

—Ay, sí… ¡Lo mejor es que me quiere como soy! —resumió, cautivada hasta el fondo.

—Es lo que te mereces… ¡Porque tú eres maravillosa en cada aspecto! Y si no lo ve, entonces él no te merece a ti.

—Gracias —me sonrió— es muy respetuoso, con cada gesto y ademán, con sus respuestas sencillas de una o de dos palabras, así a su modo… Siento que nos estamos entendiendo bien.

Caminamos hasta el centro mientras que ella me contaba lo de Leslie y Arturo, que habían estado peleando últimamente, pasando por la Alameda Central y por Bellas Artes, cuando le hablé de Elda Rosa y su belleza y su voz para llegar a Liverpool. Allí le conté todo lo de Puebla mientras nos pasamos por la enorme tienda departamental, la confusión de lo que había pasado en el hotel, en lo que buscamos zapatos y unas pilas para la radio portátil, toda la plática de casarnos y de tener o no tener hijos y cuándo y de religión o de no, enloqueciéndonos repentinamente al son de los Beatles y el estallido de colores en la sección de los dulces, complaciéndonos entonces en una indulgencia plenamente merecida.

Los chicos nos estaban esperando en el carro cuando regresamos. Era entre semana y el regreso de la Señora van den Berg y el niño había apaciguado el sentido previo de libertinaje que prevalecía cuando ellos estaban en Acapulco. Carlos y yo nos besamos al vernos, pero pronto tuve que darle el alto, porque no había ningún lugar o espacio privado en donde pudiéramos estar solos para besarlo como verdaderamente quisiera. La próxima tarde, yo estaba tocando la guitarra cuando llegaron Carlos y Leslie y Arturo.

—Buenas tardes, señorita, ¿acaso has visto a Marta? —preguntó Carlos; los demás empezaron a reírse de mí.

—¿Qué les pasa? —los miré; Carlos estaba en su modo de burlarse de todo.

—¡Ay, Marta, perdón! ¡No te reconocí con pantalones!

—Sí, para que conste —me levanté para enseñarles el estampado a cuadros.

—Yo la apoyo —me defendió Leslie— yo también uso pantalones de vez en cuando.

—¿Cada cuándo es de vez en cuando? —le preguntó Arturo, cosa que ella ignoró.

Nos subimos al carro color palo de rosa para ir a la casa de Carlos, cuando empecé a percibir toda la tensión que había entre Arturo y Leslie. Había insinuaciones, gestos y palabras ignoradas, provocaciones directas, y mucho ceño fruncido entre los dos. Carlos y yo tratamos de mitigar su descontento, simplemente estando con ellos en el carro, pero todo estalló en la casa René cuando Arturo la acusó abiertamente de estar saliendo con otro chico.

—Pueden platicar en el estudio —les sugirió Carlos; al poco tiempo nos quedamos solos—. ¿Quieres que te enseñe el segundo piso?

—Oye, ¿qué onda con Leslie y Arturo? —le pregunté, mientras subimos.

—Siempre se están peleando —me dijo, aparentemente descartando la seriedad del argumento— esto no es nada nuevo.

Llegamos al umbral de su recámara, la inercia fácilmente me hubiera llevado a pasar de lado, donde me quedé congelada.

—¡Hijito del alma! —le susurré, deteniéndolo del brazo—. ¿Dónde está tu mamá?

Me imaginé un escándalo enorme brotando entre la familia René, sabiendo que yo había estado en la recámara de Carlos; de allí, no tardará en saberlo todo mundo, desde la Señora van den Berg y la UNAM, hasta mi familia en Big Spring y la Universidad de Texas, y por fin, toda la ciudad de Piedras Negras.

—Ella está fuera —trató de asegurarme, insistiendo entonces— Marta, no hay nadie aquí.

De repente estaba en la mera guarida del león, era fresco y medio oscuro; el escritorio estaba atestado de libros, hojas de calcar, reglas y lápices de toda variedad, los pósteres en las paredes la hacían sentir muy chica, aunque el espacio empezó a sentirse muy quieto y acogedor cuando prendió una lámpara. Había unos retratos familiares, allí en el rincón estaba la cama prohibida.

—En México es normal que las chicas pasen a las recámaras de los chicos —me dijo.

—¿Ah, sí? —lo miré curioso—. ¿Y cuántas chicas has tenido aquí?

—Tú eres la primera.

Nos besamos parados hasta la eternidad del espacio otorgado, caprichosamente cayendo entre nosotros, dejando las manos y los cuerpos convertirse en una energía orbital que nos consumió a los dos. Fue solamente el gesto inevitable que hizo Carlos y la tendencia natural hacia la cama lo que nos apartó físicamente, una brecha arraigada en toda la confusión que permanecía entre nosotros, el pavor de ser descubiertos por la mamá de Carlos y el hecho de que sobraba tanto de qué hablar.

—Yo nunca he tenido sexo —le dije de la forma más directa que pude, esperando que de algún modo me entendiera— yo no quiero sexo, tampoco quiero quedar embarazada o tener hijos en esta etapa. Yo no estoy lista para eso. Apenas tengo veintiún años.

—Perdón, fui un idiota en el hotel pensando que ya íbamos hacia el sexo… Estoy tan enamorado de ti y eres tan bella… Yo simplemente le seguí dando, sin pensar.

—O sea, de pasarla bien, eso sí. De eso se trata… Pero hasta cierto punto y ya.

—Entiendo, nada de sexo —me dijo, jalándome hacia la cama.

—No, aquí no. ¡Imagina si nos pesca tu mamá! ¡No, no, no, no, no! Además, estamos hablando.

Me senté en su silla y él sobre la cama. Me dijo que si él tenía suerte nos podíamos casar en octubre y si no, pues seguramente para diciembre. "Para nada", le dije, "todavía me queda un año para recibirme en UT Austin". "Bueno, entonces el siguiente julio", concedió brevemente. "Pero si no vas a trabajar, ¿para qué preocuparte por la escuela?", insistió a continuación. "¿En serio?", reaccioné. "Así de pronto, ¿vas a menospreciar mis ambiciones y anhelos?" Me sacó de onda, sabiendo que de veras estaba listo y dispuesto a casarse conmigo. Dejó su pregunta sin persistir, las palabras literales se sumaron a todos los dichos imprecisos que no iban a perdurar, aunque algunas sí aportaron un empujón hacia un entendimiento superior, antes de ser reclamadas por el olvido.

—Yo te amo —se levantó y se vino a mi lado, acercándome a él con un brazo.

—*I love you, Carlos* —me levanté y nos envolvimos en un abrazo tan tierno y sincero que perduró sin nada de prisa, acompañados en un tiempo por los cantos de los canarios René, solo llegando a pedirle saber quiénes eran las personas y los motivos detrás de las fotos, sin soltarnos, escuchándolo hablarme de fiestas de cumpleaños, reuniones familiares y viajes… era un abrazo que fecundaba puro amor.

*   *   *

El profesor Lizardi estuvo parado frente al salón. Ya estábamos todos sentados, guardando silencio, esperando atentos, no sabiendo a dónde nos iba a llevar aquel día. Se quedó así por un tiempo. No quise mirar hacia atrás o desviar la atención. Tenía mi libreta y una pluma al alcance. Cerca quedaba mi libro de poesía. Estaba lista. Pensé brevemente en lo que me había dicho el niño aquella mañana mientras desayunamos en la mesa comunal, que probablemente se iban a tener que regresar a Acapulco y que no le gustaba su papá, cuando Lizardi empezó a pasearse de lado a lado.

—La necesidad de artistas, poetas y escritores jamás ha sido más urgente que ahora, siempre ha sido la verdad —constató—. Ahora, tomando lo antedicho como verídico, como ley universal, la pregunta que les tengo es: ¿cuáles son las exigencias recurrentes que cada sociedad, que la sociedad vigente, le hace a la literatura?

Volvió a haber silencio. Nos quedamos como antes, esperando a que alguien dijera algo.

—Marta, adelante, por favor —fueron sus siguientes palabras, que me llevaron el corazón a la cima.

—Yo creo que tiene que ver con captar el momento —empecé a decir, sin saber a dónde iba— como una cámara o un pintor, para preservar cada época y volver a contarla.

—Cuéntame más.

—Bueno, más que un solo momento, porque la sociedad siempre está cambiando. La literatura puede mostrar de dónde vino para vislumbrar a dónde va…

—¡Cuéntame más! —me pidió, alentándome con las manos.

—Hace unos días estaba frente al muro, *Sueño de una tarde dominical en la Alameda Central*. Reconocí a algunos de los protagonistas, que son de las distintas épocas… Estando aquí en la UNAM y en la Ciudad de México, estoy aprendiendo más de ellos por primera vez y entendiendo su papel en la historia… También había ricos y pobres, españoles e indios, todos reunidos en el escenario… De repente, me di cuenta, ¡allí estaba la historia de México a través del tiempo, plasmada en un solo lienzo!

—¡Para llegar a la esencia! —exclamó Lizardi; se paseó muy animado, deambulando enérgicamente de lado a lado, pontificando por unos minutos sobre los muros en el contexto urbano como causa y efecto de la misma vitalidad—. Gracias, Marta. Ahora, Salvador Cárdenas, adelante, por favor.

—La literatura explica la sociedad en la que se remonta —elaboró— esa es la exigencia recurrente y trascendental.

Pensé que Salvador había acertado claramente con sus pocas palabras, pero Lizardi no se conformó con la respuesta.

—Cuéntame más…

Me empecé a preguntar cuántos trajes tenía Salvador, cada vez que lo veía parecía llevar uno nuevo. Por fin llegó a la última alumna, a poco tiempo de que terminara la clase.

—Janet, adelante, por favor.

—Se trata de acercarnos lo más que podamos a la respuesta universal. Es algo que jamás hemos podido contestar, pero que cada sociedad se pregunta. De vez en cuando sentimos que estamos cerca de entender, aunque no lo estemos, es cuando nos dices, ¡para llegar a la esencia! —irrumpimos en unas risas muy naturales que expresaron la gran admiración que sentimos por Lizardi y el gozo de estar en su clase—. ¿Cuál es el sentido de la vida? Esa es la exigencia que sintetiza todo. Por eso escribimos.

Acabamos aplaudiéndole muy fuerte a Janet cuando dejó de hablar.

Sheri salió esa tarde con Marcel, mientras tanto yo me llevé el entusiasmo del salón y disfruté del tiempo para visitar La Pinacoteca Virreinal de San Diego, un convento que se había convertido en un museo, cuya belleza me recordó el Palacio de Mirabell austriaco. Había una capilla blanca con detalles barrocos dorados y un muro que destacaba la epopeya indígena en medio de toda la arquitectura colonial del siglo dieciocho. De allí fui a comprar *Ciudad Real* de Rosario Castellanos y a conseguir dos boletos para el Ballet Folklórico, generando mucha anticipación por entrar en las dos obras y el orgullo de haber hecho todo eso sola, antes de sentarme a liberar lo que tenía por dentro.

Me siento muy inspirada y estimulada por los sonidos y movimientos del centro, las risas y las charlas indistintas, los cláxones de los carros, las campanas del tranvía, ¡como si yo fuera una pequeña parte del mecanismo del reloj! Qué bonito estar en los brazos de Carlos. De veras que es tan, tan bello. Me quedo pensando si lo amo de verdad, si él me ama a mí. Sé que me gusta más que cualquier otro en mi vida. ¿Cómo puedo saber lo que es un amor verdadero y eterno? ¡Es imposible saber! Solamente el tiempo dirá. Toda la idea de casarnos me tiene revuelta. Entre los dos, hay tanto que nos falta descubrir. ¡Carlos es tan inocente! Me estremeció escucharlo decir que diciembre, pero cuando hablamos de julio, de repente se me hizo mucho tiempo que esperar. Si de veras lo amo, de aquí hasta la graduación es una eternidad. ¡Ya estoy lista para quedarme en México y hacerme la vida aquí! ¡Me encantaría conocer más historia, arte y literatura y viajar por todo el país! Aún hay tantos problemas… Creo que religión, hijos y familia son los más grandes. Me pregunto qué tanto importan.

*   *   *

La Señora van den Berg y el niño regresaron a Acapulco unos días después. Ella me dijo que esperaba volver lo más pronto posible, pero que no podía saber cuándo. Camila parecía tener muy buena relación con Oro, desde luego le empezó a dar como descanso días remunerados para que pudiera estar más tiempo con su familia. A cambio, solamente le pidió asegurar a su mamá de que todo estaba perfectamente en orden en la casa, cuando ella llegara a preguntar. "Así no se tiene que preocupar", le explicaba Camila. Oro le agradeció mucho y apuntó el teléfono de sus papás, diciéndonos que iba a pasar cada tres días, para hacernos de comer y para darle unos toques de limpieza a la casa.

La casa de pronto se convirtió en pachanga abierta, con las guitarras, las bebidas y los siguientes toques del churro siempre estando al alcance. Marcel y Sheri se seguían viendo cada vez más, acurrucándose en el sofá, yendo a cafés y sitios, llegando a viajar a Cuernavaca un fin de semana y todo lo demás que me contaba ella. Karen y dos de sus amigos de San Francisco, que estaban vagabundeando por México, con las barbas tremendamente desarrolladas, partieron un domingo con las mochilas repletas, fumándose un churro entre los tres para dar inicio a su peregrinaje y luego tomando un camión hacia el norte. Justo antes de partir manifestaban que su destino era someterse a la profundidad del desierto para regresar al origen, cuando todo lo que había era la red de rayos de luz viajando entre los soles, regidos por los rieles del espacio. "Seremos guiados por el peyote y la sabiduría ancestral que abundan en la sierra", nos aseguró Karen. A los pocos minutos que se fue supimos que se había llevado el libro de Jack Kerouac sin avisarle a nadie, restándonos la obra que estuvimos compartiendo entre todas.

—Oye, qué impertinente, ¿no?, ¡llevándose el libro de la casa sin preguntar!

—*On The Road* es lo que ella está haciendo… —la defendió Leslie— se está nutriendo de la misma obra.

—Sí, pero iba entre Nebraska y Wyoming… ¡El protagonista estaba a punto de llegar a Denver!

La otra cosa fue que se empezaron a escuchar los gemidos muy prolongados del éxtasis una noche radiando de la recámara de Camila, que Janet y yo vinculamos como detectives a ella y Germán. Al inicio era algo incómodo escucharlos, haciéndonos sentir obligadas a no hacer ruido o incluso a salir para darles privacidad. Pero esa sensación se disipó cuando devino cosa de todos los días, a veces en la tarde o de madrugada hasta al amanecer. "¿Están otra vez?", nos preguntábamos. La respuesta siempre era que sí… tanto que empecé a tener alucinaciones auditivas de noche, imaginándolos estar en la mera cúspide del placer cuando ni siquiera estaban en la casa.

La UNAM nos coordinó una lectura especial una tarde, dada por el escritor Justino Fernández, ubicada en la encrucijada entre arte contemporáneo y crítica literaria. Estaba verdaderamente genial la lectura, haciéndome sentir plenamente apegada al vaivén como participante, no solamente como testigo. Eso se lo estaba contando a Nick mientras caminamos por el campo, cuando vi a Arturo y Carlos llegando hacia nosotros. ¡Espero que Carlos no vaya a hacer otro escándalo!, fue lo primero que pensé. Nick, por su parte, no se fijó en ellos, él simplemente me siguió hablando en inglés con mucha avidez, ni dándose cuenta de cuando llegaron los dos con nosotros.

—Hola, Nick —llegó saludando— yo soy Carlos, por si no me recuerdas.

—Claro, hola Carlos.

—Este es mi amigo, Arturo Hernández.

Hablamos un poco de Justino Fernández y de sus aportaciones a la Facultad de Filosofía y Letras cuando Carlos rompió el molde, invitándonos a todos al Sanborns para comer. Pensé que lo había entendido mal.

—Anda, ven con nosotros —se lo dijo en tan buena onda, fácilmente superando el pretexto inicial de cortesía que ofreció Nick y luciendo todas las mismas cualidades que me atrajeron a él cuando lo conocí.

Carlos nos llevó en su carro al Sanborns, donde nos acomodamos para disfrutar los refrescos. Nick siguió muy platicador, hablando de los vínculos entre la Universidad de Texas y la UNAM en el campo de la arqueología, haciendo un buen esfuerzo para quedarse en español, acudiendo de vez en cuando a que yo le tradujera algo de inglés. Así supimos que también era judío, el menor de 6 hermanos y hermanas; el mayor era su medio hermano nacido en Europa; su mamá y él huyeron de su hogar y su país, llegando a conseguir una entrada segura para poder establecerse en Texas, donde nacieron todos los demás. Temí que toda la conversación se pudiera haber entristecido, solamente imaginando las fuerzas detrás de los detalles, que proyectaban una enorme sombra del pasado. Se vislumbraba la enorme potencia de la maleta que guardaba una familia y, como la historia de Ulrike, la enormidad de lo que no se sabía y que no se acostumbraba a hablar de la guerra. Fue un alivio que Nick nos contaba los hechos sencillamente, sin otorgarles alguna carga histórica o emocional. Pedimos unas hamburguesas con papas fritas. Nick compartió que había pasado los veranos de la *high school* en su rancho, él daba clases de natación y salvavidas en el lago por las mañanas, arrastraba balas de heno y jugaba béisbol por las tardes, su papá hacía una barbacoa enorme cada cuatro de julio en donde estaban todos los rancheros cercanos, invocaban la fiesta cada vez con un disparo conmemorativo de su cañón, entonces regresaba con fidelidad al lago para volver a sumergirse en el agua, que abundaba de avispa y zancudo, y marcar la hora menguante de los atardeceres. "Ya había pasado por aquel verano tantas veces", nos comentó, llevándome a trazar brevemente algunos de mis propios recuerdos de veranos pasados en Texas, haciéndome agradecer aún más donde estaba entonces. Indudablemente era tiempo de hacer algo nuevo. Me sorprendí al saber que era dos años menor que nosotros, yo lo veía de la misma edad que Carlos. Él estaba muy emocionado porque dos de sus amigos lo venían a visitar en agosto, iban a hacer un viaje muy anticipado a Acapulco antes de que terminara el verano y regresara a Texas.

Me enloquecí por dentro cuando lo dijo. ¡Ni íbamos a la mitad! ¿Agosto? ¿A poco no le dijeron? ¡Te está prohibido hablar de agosto! No, no, no, no, no... ¡Mes prohibido!

Nick se despidió muy cordialmente de nosotros un tiempo después para pasarse por el Sanborns y el Manacar, dejando unos billetes sobre la mesa y agradeciendo nuevamente la compañía, sin ocultar su entusiasmo por descubrir todas las revistas que había en inglés.

—Son maravillosos —les dije a Carlos y Arturo, mientras encendimos unos cigarrillos— de veras que sí.

Llegó un mesero a entregarle un caldo al señor en la mesa colindante, con unos totopos y un plato lleno de chiles. Más allá, había un tipo alegre con un afro tremendo coqueteando con la jovencita a su lado. Los chicos por ahora se quedaron tranquilos.

—Oye, ¿cómo estás con Leslie? —pregunté.

Arturo tomó una calada del cigarrillo y lo sacudió en el cenicero.

—Pues espero que bien. Le dije que la quería volver a visitar este diciembre, con suerte y ojalá con alguna ayuda de mis papás, lo debería de hacer.

—¡Ah, qué bonita emoción! —reaccioné, ya pensando en qué íbamos a hacer Carlos y yo.

—Sí, fue genial pasar diciembre allá con su familia… Parece que le caí bien a sus papás. Me gustaría seguir con este ritmo, por lo menos mientras seguimos estudiando, hasta que podamos decidir qué hacer…

—¿Y cómo reaccionó ella?

—Pues no sé —se volvió a subir el cigarrillo— la vi algo distanciada para ser honesto, yo quería persistir, quería entender a profundidad, ¿que nos está pasando a los dos? Pero me di cuenta de algo… sentí que quizás se estaba alejando debido a mi propia insistencia. Así que dejé las cosas sin preguntarle más. Y así quedó.

—Espero que todo esto pase —le aseguró Carlos— no es el primer argumento entre los dos.

Por fin quedamos Carlos y yo y una canción de Los Panchos que lo animó a alzar la voz lo más alto que pudo y cantarme su amor en medio de la banqueta, nos subimos a su carro y le dimos, "llévame a donde sea", le dije, "llévame a ver cosas", le dimos con la radio sonando hasta más allá de la densidad, el cabello caprichosamente tomado por el viento, llegando a pasar por las mismas calles que aquella primera vez con Sheri y con Pavo, me quité los zapatos cuando llegamos al Lago de Guadalupe y me los llevé en una mano, con la otra tomé la de Carlos y nos fuimos corriendo por donde los cantos de las aves se unieron a las brisas que acariciaban la superficie del agua, me pudiera haber dicho lo que sea en aquel tiempo, allí estaba, tres pulgadas perfectas más alto que yo, *"you beautiful eye"*, me decía, nos besamos tiernamente y nos desatamos de nuevo retozando por debajo de los árboles hasta el otro lado, donde el sol iba paulatinamente convirtiéndose en alba. El aire era toda una preciosura, sentí que podría volar.

Yo me volví a enamorar de Carlos cien veces más. Me contó del baile que había en La Salle ese agosto, "desde luego", le dije. Incluso en agosto, ya tendría que conseguirme un vestido, me dijo que me quería llevar como su novia, y qué más, tomamos la cámara de la mochila para sacar unas fotos. Le dije que me inquietaba todo lo de Leslie y Arturo, trató de asegurarme que todo estaba como antes, pero temí que había algo más a fondo que no se decía. "Espero que se vuelvan a encontrar", le dije, "solamente veo todo el amor que Arturo le tiene". Había más gente que antes, reuniéndose alrededor del lago, ya que se estaba atenuando decididamente el sol. "Deberíamos volver aquí con Sheri y Marcel", le dije, "qué bonito verla a ella cada vez más feliz, no hay mejor cosa que eso en la vida cuando se trata de la mejor amiga". Me preguntó si acaso tenía alguna idea de cuándo quisiera yo tener hijos. Había unas familias sentadas al borde, entre ellos, dos niñas y un niño reuniendo las voces y las seis manos para hacer una casa de palos en la arena. Lo quería tanto y tanto más de lo que fuera suficiente y necesario para poder decirle que sí, algún día estaré lista y dispuesta para dejar atrás todo de mi vida anterior y venir a hacerme una nueva vida con él en México.

—¡Cuando tú quieras! —me enamoré de él una vez más, dejándolo envolverme en la calidez y serenidad de sus brazos como al lago la oscuridad.

* * *

Hubo un día conmemorativo en la UNAM para marcar noventa y cinco años de la muerte de Benito Juárez. Sentimos la cuerda del tiempo jalándonos vertiginosamente hacia delante, inevitablemente; vivimos nuestro verano de amor y encanto a través de la felicidad y el gozo pleno del presente que se nos iba con tanta rapidez, apenas dejándonos asimilar los acontecimientos tejidos por tanta maravilla.

Una de las camisas más extrañas de Carlos era la azul, con manchas que iban entre amarillo y dorado. Creo que era una de sus favoritas, yo ya la había vinculado a las cervezas en el Apache, a la vez que se escondió detrás del árbol más delgado de todos para sorprendernos, a la cena en la casa de su familia, no podía creer que su mamá todavía les servía el café y les untaba la mantequilla sobre el pan a los chicos... me llevó de paseo a la oficina de su papá, donde había muchos retratos con el presidente Díaz Ordaz y un libro escalofriante que sobresaltó entre todos los cientos de libros en su estante titulado *El judío internacional: el mayor problema del mundo*; después nos espantó Alonso, el hermano menor de Carlos, bajándose los pantalones frente a todos, qué alivio cuando vimos que llevaba bien puestos los pantalones cortos por debajo. Habíamos visto recientemente al mismísimo Díaz Ordaz, presidiendo la ceremonia conmemorativa frente al monumento a Juárez. Aquel día parecía bifurcarse entre solemnidad y manifestación, llevábamos los corazones acelerados por el pulso de la ciudad, los tambores y trompetas que nos aferraron a las olas de movimiento que surgían entre los límites de plaza y edificio, calle y banqueta. La densidad era extrema en algunas ocasiones, yo iba al lado de Carlos, siempre atenta a que no se perdiera Janet. Marcel y Sheri iban delante de nosotros, debido a la generosa estatura y fortaleza de Marcel y su inclinación hacia la muchedumbre. "Vénganse por acá", nos decía, cada vez que nos atrapaba una corriente de resaca. De vez en cuando parecía identificarse con alguna parte de una manifestación. "Obreristas", nos explicaba así con una palabra. A veces los menospreciaba o se burlaba de ellos, tachándolos con una etiqueta como capitalistas, gobiernistas o fascistas. O se interesaba por algo que había. El espacio se abrió cuando llegamos al Zócalo, donde había una diversidad de voces patrióticas, lemas y pancartas de manifestación en contra del gobierno actual, algunas protestando por la guerra en Vietnam.

Otra camisa de Carlos era la rosa con un estampado de serpientes rojas, que solía llevar con una chaqueta de corderoy. Así se vistió cuando vimos el Ballet Folklórico, fue algo tan impresionante, toda la energía colectiva de los integrantes, los mariachis y los colores desbordantes nos conmovieron profundamente. Era el mismo atuendo que llevaba cuando vimos *Flight of the Phoenix* con James Stewart en el Cine Manacar, se había llevado la pipa consigo y una sola rosa roja. Ya casi me morí cuando regresamos a la casa y me estaban esperando tres docenas de rosas, menos la una, que se multiplicaban en los floreros ante el espejo. Era la misma camisa que llevaba, pero sin la chaqueta, aquella vez que tuvimos uno de nuestros argumentos entre naciones. Él empezó a reclamarme por la forma en que los estadounidenses blancos trataban a los negros desde el origen del país, fue algo muy de la nada, mi reacción natural fue decirle que los mexicanos hacían lo mismo con la población indígena, estancándolos en pobreza y suciedad, me causó tanta ira su provocación que crucé la avenida para estar del otro lado, aún nos seguíamos gritando y maldiciendo a través de todo el tráfico.

Entonces me volvió a sorprender con la camisa curiosa de lunares verdes, no había nadie más en la casa aquella tarde, lo cual me dio motivo, ya lo había pensado miles de veces, pero nunca pensé que habría la posibilidad de llevarlo a la recámara. Como si él también lo estuviera pensando, nos señalamos y subimos sigilosamente para entrelazarnos encima de la cama, la grande en medio de la recámara, estuve atenta solamente por un rato con los oídos a que no iba a regresar nadie, no tardamos en reencontrarnos los labios y la energía corporal que nos llevó, gozamos cada beso y movimiento y toque que había entre los dos, cada ola que surgía más y más de las cinturas, me desabroché la blusa para que me pudiera acariciar, ¡qué manos increíbles!, así era justo como lo quería, descubriéndonos al azar, llevándonos a subir más y más hasta la cima de la pasión, llegando a ser espontáneamente consumidos por las llamas que envolvieron el horizonte en su esencia y ardor, solamente para devolvernos muy paulatinamente a un abrazo infinito y al ensueño más plácido que había tenido en toda mi vida, quedando acostados, fundidos en la cama.

*   *   *

Lunes. Janet nos alcanzó entre el desayuno y el camión, cuando dos de sus amigos con quienes había ido al Pico de Orizaba la dejaron en la casa. Ella estaba eufórica y prendida de emoción, habiendo conquistado uno de sus principales senderos el domingo. Todas nos quedamos tan impresionadas. ¡Ni sabíamos que lo estaba haciendo!

Martes. Carlos me dijo que todavía le faltaban ¡dos años y medio! para recibirse y que yo no tendría que trabajar ni un solo día si nos casáramos. No sé cómo va a funcionar todo esto, cuando le quedan tantos años de escuela. ¡Ahora es tan conservador! Él rehúsa dejarme tomar pastillas anticonceptivas. Aún realmente lo amo. Noto que él también está cambiando y aprendiendo de mí.

Miércoles. Marcel y Carlos nos sorprendieron hoy en la escuela, Sheri y yo estuvimos tan animadas por verlos. Nos subimos al Ford Galaxie azul de la familia René. Sheri encontró hilo y una aguja en los asientos traseros y Carlos no podía resistir, diciendo que necesitaba coserse los calzones. Están tan pésimos sus chistes que siempre nos hacen reír. Después de comer, acompañamos a Carlos a que le cortaran el cabello. Temí que se lo iban a dejar muy corto, así que hablé con el peluquero para decirle lo que yo quería. ¡Como el quinto de los Beatles!

Jueves. Hubo un espectáculo de baile y música en la UNAM. El escenario era una composición muy vívida en donde los integrantes interpretaron las ceremonias antiguas. Allí estaba Erika, llevaba un vestido turquesa y unas bandas coloridas que ella desplegaba en armonía con los movimientos. Fernando se sentó cerca de mí y me dijo que mi español había mejorado admirablemente en las últimas semanas. Nos apresuramos entonces a la Escuela Nacional Preparatoria para estudiar los muros de Orozco. Su obra de Malinche y Cortés era muy fascinante y conmovedora, manifestando el choque de dos culturas a través de los personajes desnudos. Yo me quedé parada frente al muro por mucho tiempo, jamás lo había apreciado tanto como ahora. Una de las presentadoras de la UNAM nos deseó que nos lleváramos algo muy especial de México dentro de nosotros cuando regresáramos a casa. Si fuera por Carlos, aquel sería un bebé en camino.

Viernes. Fuimos a comer pizza en el Acuario. Carlos se burló de mi acento español, atacándose de risa cuando dije la palabra perezosa. Le dije que ya no iba a hablar español con él, que a partir de entonces todo iba a ser en inglés.

*   *   *

El canario Pico siempre nos cantaba desde muy temprano, alabando la primera luz del alba. Esto solía arrullarme nuevamente en la profundidad de más horas de descanso, haciéndome consciente de lo cómoda que era la cobija y sentir que el canario estaba vigilando la casa y nuestro ensueño.

Llegaron los chicos un sábado, ya que el sol había avanzado bastante en su ascendencia de la mañana. Los escuché hablando enérgicamente y con mucha coordinación, sobre todo dada la hora. Pensé que había escuchado a Carlos y Arturo, pero las demás voces se difuminaron entre sí, no llegando claramente hasta arriba. Me levanté de un salto para meterme a la ducha, todavía se estaban despertando Sheri y Leslie cuando por fin bajé yo, llevaba una camisa azul de manga larga y una mini gris, con el maquillaje y el cabello listos.

—¿Cerveza? —ofreció Marcel al verme bajar, estaba pisteando alegremente con Pavo, como si ninguno de los dos hubiera dormido.

—Ja, ja, primero un café —sonreí.

Pasé a la cocina, donde vi a Carlos rallando queso, más adentro, Camila y Janet obraban sobre la tabla de picar y el molcajete, mientras que Arturo vigilaba un sartén enorme de huevos revueltos, que colindaba con una cazuela de arroz y un jarro de frijoles.

—Hay que despertar a Germán —dijo Camila.

—*Just wow!!!*—exclamé, cuando vi la bandeja de enchiladas rojas sobre la mesa—. ¡Todo se ve increíble!

—Son de nuestra abuela —dijo Pavo— el arroz y los frijoles también.

—Primero el desayuno… —llegó Carlos con un beso—, ¡y después a Xochimilco!

Germán encendió el churro al bajar y se lo pasó a Marcel; yo opté por no entrarle, sabiendo que Carlos no lo haría y para no desviar la gloria del día, que no carecía de nada. Éramos diez sentados alrededor de la mesa comunal: yo me senté entre Carlos y Janet, más allá de ella iban Leslie, Camila y Germán, Sheri y Marcel, Pavo y Arturo. Encendimos las velas y desayunamos hasta la eternidad de la mañana, entrándole con todo nuestro entusiasmo y vigor a lo que había, con un disco de Agustín Lara tocando de fondo. ¡Qué convivencia tan extraordinaria y estupenda! La salsa picaba, las tortillas se doblaban al azar de las manos, el buen provecho envolvió a las almas en regocijo y felicidad.

—Arturo y Pavo, qué buena está la cocina de su abuela —proclamó Camila, ya que habíamos terminado de desayunar.

—¡Ay, sí!, ji, ji, ji.

—¡Las enchiladas y los frijoles eran de otro mundo! —resaltó Janet.

—Gracias —dijo Pavo— ella es de Michoacán.

—¿Ella es tu abuela de qué lado?

—De mi mamá. La familia de mi papá es de Argentina.

—Pues espero que les haya gustado a todos —dijo Arturo.

Su comentario era curioso, dado la contundencia del festín, pero me di cuenta de que era su forma de buscar alguna reacción de Leslie.

—¡Todo fue delicioso! —exclamé—. ¡Gracias por la sorpresa!

Hubo un rugir entre todos, que no aplacó la insistencia al fondo de Arturo.

—Espero que a ti también te haya agradado, Leslie —ya se notaba el sarcasmo en su voz.

—Sí —respondió en un tono defensivo, plenamente disgustada de que le había arrojado la luz—. ¿Qué más quieres que te diga?

El intercambio destacó la discordancia que permanecía entre ellos y marcó el salto abrupto que dieron entre ostensiblemente bien a decididamente mal. Arturo le clavó los ojos y se quedó así, mientras ella estiraba su enfoque, mirando vagamente entre Pavo y Marcel y más allá de la mesa. Ellos dos empezaron a hablar a su estilo entre sí, entonces Marcel se rio y fue a traerse otras dos cervezas.

—¿Qué tan lejos está Xochimilco? —pregunté para preservar la fachada de equilibrio.

—No está lejos —dijo Pavo— al sur de Coyoacán, una media hora.

—¡Una media hora si no se nos acaba la gasolina! —aclaró Carlos.

—Ja, ja, ¡qué confianza inspiran nuestros conductores!

—¡Ji, ji, ji!

Germán empezó a decir algo que jamás se escuchó; Arturo se levantó abruptamente impulsado desde su centro, dejando su silla caer detrás de él, hizo una bola de su servilleta de tela y la arrojó hacia el vacío del cuarto, saliendo de la casa con la furia y determinación de un tren de vapor.

—¿Qué fue eso? —reaccioné, brevemente fingiendo sorpresa.

—Ahorita voy a ver... —dijo Carlos, levantándose de la mesa— no se vaya a llevar el carro, ¡ya no nos podemos apachurrar en el otro con tanto desayuno!

—No hay cuidado, René Mediero, yo tengo la llave —le aseguró Pavo.

—Anda, cuñado —señaló, agradecido.

Éramos nueve en total que nos dividimos entre el vocho rojo y el carro color palo de rosa para llegar a Xochimilco. Janet se identificó desde luego con dos chicas de San Francisco, con quienes habló por un tiempo en la cabeza del lago, donde estaban todas las lanchas. La manera en que recordaban viajes de su ciudad al Lago Tahoe y toda la cadena de la Sierra Nevada era tan nostálgica e inspiradora, seguramente había algo extraordinario que ver o hacer allá en California.

Abordamos a *Lupita*, una trajinera larga y colorida cuyo apodo estaba plasmado en un arco de flores. Nos separamos muy al azar en la cubierta, algunos tumbándose al sol, mientras que otros tomaron asiento debajo de la lona. Zarpamos. La brisa y todo el andar eran muy lentos y suaves, las ondulaciones nos permitieron asimilar poco a poco a las entradas que había, la diversidad de árboles y sonidos y de las otras lanchas. Nos integramos plenamente al entorno. *Alicia* venía muy lenta, casi paralela a nosotros por un periodo de tiempo, emitiendo el son de alguien tocando el xilófono, hasta que empezó a ralentizar su andar y caer en otro rumbo. Detrás de ella venían otras tres lanchas. La superficie del agua matizaba todo el conjunto de bosque, cielo y profundidad. Llegó una lancha que se alineó perfectamente a *Lupita*, permitiendo que dos mercantes saltaran a bordo. Carlos empezó a probarse anillos en lo que los chicos negociaban el precio de un rebozo. "Cincuenta pesos", les pidió el mercante. Carlos se puso todos los anillos sin conseguir uno que le gustara, entonces el mercante silbó enérgicamente para llamar la atención de otra balsa, mientras que Germán hablaba muy persuasivamente con el otro vendedor. "Cuarenta pesos", había logrado a través de su empeño delicado, en lo que llegaban otros dos mercantes abastecidos de anillos, parecían tener una forma de coordinar la venta muy bien ensayada entre ellos. "Los he visto en el Mercado de San Juan por treinta pesos", le comenté a Germán. Carlos se consiguió un anillo de plata, comprándome además un mono de peluche. Me tuve que reír cuando el mercante les dejó el rebozo por fin en los treinta pesos. "Háganse a un lado chicos", exclamó Leslie orgullosamente desde su lugar, ya que todos los mercantes habían saltado a otra balsa, "Martha es la que debe negociar por todos". Pasamos por un estrecho muy largo en donde solamente éramos nosotros. Los chicos se turnaron jugándole vencidas a Marcel, pero no le hacían absolutamente nada. Le ganó contundentemente a Pavo y luego a Germán. Cuando era evidente que fácilmente iba a despachar a Carlos, los otros dos se sumaron instintivamente para apoyar su brazo, esforzándose entre todos y orientándose para aplicar su potencia colectiva, por fin revirtiendo la dirección y bajando a Marcel. "¡Victoria!", proclamó Carlos sin vergüenza, alzando los brazos y alentando la risa de todos, "¡así se le gana al campeón!" Al poco tiempo Marcel se había quedado dormido a un lado de Sheri enfrente de la balsa. Sin saber cómo, llegamos a estancarnos en una plática muy repugnante sobre la Segunda Guerra Mundial, en la que Carlos afirmó que el ataque a Pearl Harbor había sido provocado por Estados Unidos. Él trató de explicarse con una teoría muy alargada, que se desvió de toda base de realidad desde el inicio y que jamás logró recuperar. Leslie desenvainó el arma potente de su mirada, aún midiéndolo, como si estuviera contemplando arrojarlo ya de una vez al agua, para acabar con su argumento.

—¿De qué diablos estás hablando? —me impuse desde luego, temiendo que él llegara a ofender irremediablemente a las otras chicas o hacerlas pensar menos de él o de mí.

—No fue así, Carlos —lo educó Janet con calma, sin agitarse

o enojarse, sin perder en lo absoluto la amabilidad en su voz o su bienestar, explicándole muy bien en palabras sencillas.

—*Me sorry!* —trató de disculparse con ella— creo que pueden olvidar todo lo que les dije —pidió avergonzado.

—No hay problema —lo perdonó ella así de fácil.

—Gracias, Janet —murmuró Leslie sarcásticamente.

—¡Ji, ji, ji!

—¡Gracias, Janet! —reafirmó Carlos, sonriéndole a ella.

—¿En serio, de dónde sacaste eso? —persistí tiempo después, solamente entre nosotros dos.

—No sé, no sé, perdón, mi amor… Es que a veces hablo sin pensar las cosas bien…

—No solamente hablas sin pensar, sino también hablas sin saber.

—Perdón —me dejó un beso en la mejilla y el mono de peluche en las manos y se pasó al otro lado de la balsa para acostarse.

Hubo un trozo de tierra densamente poblada de cientos de árboles muy delgados, que se estiraban hacia el cielo, al fondo de una ensenada que quedó bañada en su sombra, en donde se habían agrupado decenas de trajineras, entre ellas estaban *Rosa* y *Xóchitl* y *Teresita*, más la agrupación de *Lilia* y *Metztli* donde se llevaba a cabo una enorme fiesta familiar, con cena y mariachis a bordo. Leslie y Sheri respondieron al ritmo y se pusieron a bailar y cantar lo que se sabían de las canciones, los niños se estaban pasando libremente entre las dos lanchas, a un lado había una mujer en un bote pequeño, dándole flores a una de las niñas, en lo que los músicos se pasaron de *Cielito lindo* a *El son de la negra*, ya dándole con todo. Con el paso del tiempo llegué a sentir que quizás mi reacción había sido desmedida, incluso si fuera obligada, era necesario corregir sus estupideces; yo no lo iba a tener mal educando de tal modo a nuestros hijos del futuro lejano. Algunas de las niñas a bordo de *Metztli* nos empezaron a señalar, les dijimos hola entre Sheri y Leslie y yo, alzaba la mano con el mono de peluche y terminé aventándolo para que les llegara, adiviné con el tiro salvo que se topó con la lona de aquella lancha y cayó en el agua, por suerte allí estuvo la vendedora de flores para rescatar al mono al instante y pasárselo a las niñas, nos echamos todos a reír y luego fui a donde había estado Carlos, acostándome lineal a él, pero al revés, con las partes superiores de nuestras cabezas tocándose.

—¿Me quieres nuevamente? —me preguntó.

—Nunca dejé de quererte, mi amor —extendí los brazos para tocar su cuerpo y su cara.

El son de los mariachis se había atenuado en gran medida, aunque todavía nos alcanzaban algunas de las olas sonoras de las trompetas a través de la distancia. Seguimos acostados los dos, hablando muy al ritmo de las pequeñas ondulaciones de la balsa, saltando entre temas chicos, grandes y medianos, me preguntó con toda languidez si deberíamos casarnos tres veces, civil, judío y católico, "sería mejor quedarnos con el civil", le dije, declarando que no teníamos que complacer a nadie más que nosotros. Concedió que estaba pensando en dejar los estudios cuando nos casáramos, yo aseguré que su comentario no iba a llegar a más, diciéndole que no y que no y que no, que la educación era muy importante y que además él necesitaba cumplir con sus propios sueños. "Pero si tú eres mi sueño", fue su único reclamo. Me enamoré por la forma en que me lo dijo, pero aún tenía que mantener firme la condición: si no hay escuela, no hay nosotros. Así que nos quedamos con una ceremonia civil, con escuela para los dos, con una fiesta para los amigos y una luna de miel. Él alzó los brazos encima de nuestras cabezas para que lo pudiera ver jugando con el anillo, le quedaba grande en el meñique, pero le apretaba en el anular. Me dijo en otro momento que Elda Rosa me estimaba mucho y que ella me quería visitar en diciembre, sus palabras me colmaron de agradecimiento y entusiasmo por recibirla, desde ya me puse a pensar en todos los lugares que la podría llevar a ver estando en Austin.

—¿Y tú cuándo vienes a verme? —le pregunté.

Me prometió entonces que me iba a visitar en octubre, que solamente necesitaba pasar los obstáculos de sus proyectos y exámenes y asegurar el apoyo de su papá. Me sentí tan amada pensando en su visita, aunque la concordancia de su papá y la condición de su apoyo me hicieron sentir muy incómoda; ya supuse que él me odiaba o, por lo menos, menospreciaba por ser una judía; no quise abrir la puerta a toda esa caja de Pandora indagando de más.

Toda la plática de casarnos todavía era abstracta y visionaria; aunque habíamos progresado tanto en nuestro entendimiento, era imposible saber si nuestro castillo de compromiso era de acero, para durar para siempre, o de arena, como una fabricación de la mente capaz de desmoronarse con tres vientos feroces, como si no fuera nada. Su promesa de visitarme devino un paso clave para nosotros, reforzando hasta dónde habíamos llegado. En fin, fue un alivio y un regalo celestial escucharlo decir que octubre, qué bonito saber que me iba a visitar y poder contar con algo tan concreto a lo que me podía aferrar, más allá de este verano.

*　*　*

Hubo una tarde en que Janet llegó muy animada a la casa. Carlos y yo habíamos estado estudiando en la sala, cada uno absorto en su libro y tarea. Camila y Germán aparecieron del jardín, ella llevaba un vestido morado y florido, unas sandalias de paja con tiras de arcoíris, y un rebozo, él venía descalzo como solía andar, portaba gafas, pantalones cafés y una camisa de manga larga.

—Leslie, Sheri… —llamó Janet—, ¡Leslie, Sheri!

—¿Qué traes? —preguntó Camila, mientras bajaron las otras.

—Nos traigo un regalo para marcar el verano…

—*What do you have for us, sister?* —llegó preguntando Sheri.

Janet se resguardó, esperando hasta que todos estuvimos presentes y atentos, entonces pareció contar hasta cinco o a diez en su mente, paseándose con los ojos, mirándonos a cada uno por turnos.

—He aquí —desveló en un instante el disco; la portada estaba roja por detrás. Cuando la volteó, allí estaban los Beatles.

—*You did not!* —estalló Sheri.

—¿Es el nuevo? —preguntó Camila.

Janet solamente sonrió, allí decía *Sgt. Pepper's Lonely Hearts Club Band*. Todos nos juntamos cuando lo sacamos de la funda; era la revelación de algo divino, de color negro, el borde colorido, que liberó una enorme descarga estática entre todos.

—¡Ay, sí, quién te quiere!

Camila lo puso a tocar, cerrando cualquier posibilidad que había de seguir avanzando mi ensayo esa noche, aunque iba muy atrasada con toda la tarea. La primera canción pasó muy rápida, la segunda era muy conocida, uniéndonos a todos a cantar, con la tercera se encendió el churro de Camila, "¿oye, no fumas?", le ofreció Germán a Carlos, las sensaciones que evocaban eran distintas a todas las canciones que conocíamos de antes, comentaba muy advertida Camila, hubo una marcada evolución en los sonidos que generaban con este nuevo lanzamiento, Janet se puso a bailar, su cuerpo se deslizaba tan graciosamente, como si fuera nutrida por las aguas cristalinas de manantial y delineada por una cortina de seda fina, "es que estoy entrenando para las Olimpiadas del 68", le sonrió, entré para sentir la calidez de sus brazos y ternura para permanecer brevemente y luego revertí a la esfera más amplia que jugaba aleatoriamente entre las bandas de energía, aparecieron la cámara y luego las guitarras, en otro tiempo llegaron Erika y Jorge compartiendo sus cervezas y cigarrillos favoritos, nos dejamos someter a fondo en la portada magnífica de los Beatles como si fuera una réplica de las tomas urbanas, pasiones y reuniones pasajeras desde Reino Unido a San Francisco y la Alameda Central, Janet era radiante en toda su belleza que vislumbraba una afinidad propiamente suya, Camila rasgueaba con tanta dulzura alentando el camino más allá de los límites del disco y todas las veces que lo empezamos de nuevo, las canciones de los Beatles tenían la calidad que podían seguir rindiendo encanto y felicidad a través de todos los caprichos andantes.

Abruptamente, entró una llamada en un tiempo que se escuchó muy fuerte en toda la casa. Sheri se fue corriendo al estudio mientras que el teléfono sonó y sonó. Me la imaginé hablando con Marcel cuando no bajó, sintiéndome feliz por ella, tanto que me sacó de onda cuando regresó conmigo unos minutos después.

—Martha Ann, teléfono para ti… Es tu madre.

Había un sinfín de cosas que pasaron por mi mente entre escuchar las palabras de Sheri y tomar el teléfono en mis manos para hablar, yo empecé la conversación con un hola sencillo.

—Espero que no sea comunista… —fue lo primero que me dijo.

Escuché las palabras y su sentido literal, pero mi mente se rehusó a admitir que de eso iba la llamada. Le repetí hola como antes, como si no la hubiese escuchado bien.

—Espero que este muchacho con quien andas no sea comunista.

—Carlos René, madre, se llama Carlos René.

—Ay, Martha, no me importa tanto su nombre. Tú no piensas cuando te enamoras. Hemos pasado por esto, miles de veces. Sopla cualquier viento y ya pierdes la cabeza.

—¡Pero no sabes nada de Carlos! ¡No sabes nada de nada!

Me aguanté varias rondas de su blablablá, de su sermón condescendiente y consejo anticuado, no solicitado, en el que me hablaba como si yo fuera incapaz de todo, sin respetar mi autonomía, sin escuchar nada de lo que le decía, de sus comentarios muy ofensivos en los cuales me decía con quién debería de andar.

—¡No me estás escuchando! ¡Soy la novia de Carlos!

—Pues tendremos que ver… Además, ¿qué vas a hacer con un novio en México?

Por alguna razón me sometí a pedirle el favor de mandarme uno de mis vestidos largos, preferible el amarillo, dejando caer el tema cuando me preguntó para qué lo necesitaba y pidiendo hablar con la Señora van den Berg. "Olvida el vestido", le dije resignada, "ya no importa". Me pasé tiempo frente al espejo, odiando cada una de sus palabras, suprimiendo con todas mis fuerzas las lágrimas que abordaban mi desencanto, llevándome a sentir una mezcla de coraje y tristeza tan profunda que también necesitaba de algún modo aplacar, antes de reaparecer en la sala.

—¿Hay algo que te inquieta? —me preguntó Carlos cuando bajé, adivinando algo detrás de los toques de maquillaje que me di.

—No, nada —mentí—. Vamos, ya tengo hambre.

Todavía llevaba los ecos de los Beatles en cuanto nos desbandamos. Sheri y yo estábamos muertas de hambre, además ella se había quedado decepcionada desde que Marcel la dejó plantada el día anterior en la UNAM; ya iban dos días seguidos que no oía nada de él.

—¿Quién se cree? —se quejó, mientras caminábamos a un restaurante con Carlos, Erika y Jorge.

—Pero esto acaba de pasar —traté de animarla—, quizás tenga una buena razón.

—Yo le voy a decir con todo mi español lo que pienso —se lamentó—, él no me va a tratar así.

Nos desviamos de las vías conocidas para seguir a Erika y Jorge, quienes nos estaban llevando a uno de sus locales favoritos.

—¿Sabes dónde está Marcel? —le pregunté discretamente a Carlos, tomándolo de su brazo.

—No te puedo decir…

Me urgía precisar si no me podía decir o si no sabía, pero no había lugar para eso. Pasamos por unas calles de tierra plateadas de la luz de una luna llena. Era un barrio desconocido, de poca gente y nada de tránsito vehicular. Escuchamos de fondo las voces de unos adolescentes y los ladridos de unos perros andando por allí. Solamente están jugando fútbol, fue la chispa de un pensamiento repentino que tuve, enseguida escuchamos los silbidos de uno, las voces ofensivas que nos señalaron, palabras que jamás había escuchado, las dos o tres piedras que nos arrojaron, las risas dispersas de los demás.

—¿En dónde estamos? —le susurré a Carlos, apretándolo, mientras que detuve a Sheri fuertemente con el otro brazo.

—¿Y por qué no fuimos al Vips o a Sanborns? —se quejó ella.

—Ya casi llegamos —aseguró Jorge.

El restaurante era oscuro por dentro, pero acogedor; cada pared y rincón parecía estar adornado con algún toque o efecto de México, una imagen de la Virgen de Guadalupe y unas luces de Navidad. Erika habló por nosotros y desde luego fuimos muy bien atendidos.

—¡Qué peligroso! —exclamó Sheri—, ¡con los perros ladrando y aquellos delincuentes tirando piedras!

—Sí… ¡Yo odio cuando los adolescentes nos chiflan en la calle! —me sumé a su argumento.

—No iba a pasar nada, estando nosotros —explicó Carlos— nomás le tienes que seguir dando sin prestarles atención. Además no tenían nada de tiro.

—¿Y qué hubiera pasado, sin ustedes? —preguntó Sheri.

—Sin nosotros se hubieran ido por la avenida principal, donde habría más gente. Es que Jorge es de aquí, él se sabe estas calles…

—Si estuviera Marcel —empezó a decir Sheri.

—Si estuviera Marcel les hubiera partido la madre —la corté; Carlos y Jorge y Erika se me quedaron mirando—. ¿Qué? ¿No es así? —insistí en saber.

—¡Tú, anda, Marta! —dijo Erika con mucho orgullo—. ¡Así se dice, comadre!

—*What did you say?* —preguntó Sheri, cuando llegaron a tomar nuestra orden.

—Lo mismo que tú pensaste… *That Marcel would have kicked their butts!*

Los churros de Camila siempre nos dejaban con un enorme apetito y el restaurante era tal que pudimos entrarle con vigor a lo que había. Sheri y yo devoramos los filetes de bistec y las patatas. Estábamos entre la cena y el postre cuando Carlos me habló del viernes y de que no me podía ver debido a una obligación con Elda Rosa.

—¿Todo el viernes? —me desplomé por dentro—. ¿De día y de noche? —él solamente me miraba sin decir nada—. ¡Pero los viernes siempre han sido de nosotros!

—Es que mis papás no confían en mis hermanos y alguno de nosotros necesita estar con ella —me explicó.

—¡Pues, gracias por decirme! —dejé mi sarcasmo caer sobre la mesa.

Hubo un silencio marcado que perduró por un tiempo, que solamente fue mitigado cuando Jorge se comió uno de los chiles que había sobre la mesa.

—¿No pican? —le preguntó Sheri.

—Para mí no pican…

—Sí pican —advirtió Erika— pero a él no le afectan los chiles.

—Es que ya estoy acostumbrado…

Sentí una mano entonces tocándome la rodilla.

—¡Carlos! —reaccioné por reflejo.

—¿¿Qué?? ¡No te puedo decir que te quiero frente a todos!

Sheri se echó el chile entero a la boca y se lo tragó.

—¡Anda, Sheri! —exclamó Erika, mirándola con mucha admiración.

—Ji, ji, no pi, no pi, cantan, tanto… ji, ji… fuu… fuu… fuu… —empezó a soplar muy determinada, como una fiera feroz.

—Ojalá que no vayas a salir con otro mañana debido a esto… —me amonestó entonces, a su estilo, frente a todos.

—¡Carlos René! —le lancé una mirada y me levanté de la mesa, regresando brevemente para decirle más—. ¿Sabes qué?, yo siempre estoy ajustando mi día y mi horario para verte, llegues o no llegues, estoy atrasada en todas mis clases, pero tú siempre haces lo que tú quieres… ¡Ahora solamente quieres pelear conmigo! —solté lo que me urgía decir y me fui a estar en otra parte, no me importaba dónde, necesitaba estar sola, ya se me vinieron todas las lágrimas de antes.

¡Eres imposible! Ya no te voy a contar nada de Carlos, ni nada de nada. ¡Ni reaccionaste la primera vez que te escribí de él! Cuando uno comparte con alguien, aquello que es lo más importante para sí, y apenas reaccionan… no hay mayor vacío.

* * *

El ímpetu nos llevó a hacer fuga no meditada la siguiente mañana. Sheri y yo tomamos la decisión impulsiva de faltar a las clases para ir a Toluca, fácilmente consiguiendo el camión y pagando ocho pesos por la ida y vuelta.

—Mi madre es imposible… ¡Quiere adueñarse de mí! —me abrí con ella ya que habíamos dejado la ciudad.

—*Sorry sis…*

Había unas chozas a un lado de la ruta donde hacían venta de pulque, salchicha, plátanos fritos y sopa azteca.

—¿Qué te dijo cuando hablaste con ella? —le pregunté.

—Me habló bien… Me preguntó cómo nos iba y si estábamos bien.

—¿Te dijo algo de Carlos?

—No, nada. Ni lo mencionó.

—¡Increíble! ¡Lo primero que me dijo fue que ojalá no fuera Carlos un comunista!

—¡Imagínate si supiera de todos los chicos que anduvieron detrás de ti en Austin! ¡Si ella supiera la mitad de la mitad, ya no estarías en la universidad!

—¡Ay, no le hubiera dicho nada de Carlos!

—¿Por qué le dijiste, en fin? ¡Ya sabes cómo es!

—¡Porque soy una mensa! No sé… Estamos hablando de casarnos. ¡Yo necesitaba decirle algo! ¡Buscaba su aceptación! Obviamente, era mucho esperar de ellos.

—Lo siento, Martha. La verdad es que jamás he entendido cómo se relaciona tu familia.

El camino serpenteaba colina arriba, estaba salpicado ligeramente de casas y letreros entre tanto bosque, de repente pasamos por unas calles por donde apenas cabía el camión, a un lado había un panteón y un jardín de niños.

—Está bien, ya aprendí esa lección… Tarde o temprano se va a dar cuenta de que no controla mi vida.

—Nada más ten cuidado, porque es capaz de llegar y sacarte de México en un solo día, sin dejarte nada de tiempo o lugar para decirle adiós a Carlos.

Mi subconciencia asimilaba la advertencia de Sheri mientras nos pasamos el día andando entre las calles peatonales del centro y el mercado. No podíamos saber si nos estaban estafando o dando buen precio o si deberíamos negociar o no, cosa que me hizo sentir muy incómoda y culpable, dado el bajo nivel económico de la gente. Entre las dos, conseguimos unos regalos para llevar a nuestros amigos en Austin, pagando cinco dólares por cada Ojo de Dios, tres por canasta y quince por cobija. Unos chicos de nuestra edad llegaron más tarde cuando estuvimos sentadas en un banco, nos acompañaron a un puesto de aguas frescas que estaban muy deliciosas, hablándonos muy animadamente de la nevada imprescindible que había cubierto toda la ciudad aquel enero.

Horas después regresamos a la ciudad y nos fuimos corriendo para dejar todo en la casa con el propósito de llegar al Cine Manacar, nos detuvimos solamente cuando vimos que Marcel le había dejado una docena de rosas a Sheri con una nota pidiéndole disculpas por su ausencia provocada por tres días y noches de un malestar gastronómico y que la quería volver a ver el sábado. Ella se veía nuevamente colmada en su corazón por la enorme sorpresa, sonriendo tan agradecida cuando le recordé de nuestro plan, entonces Camila me arrojó una carta de Harlem que me había llegado aquel día y me dijo que había llamado mi madre varias veces por teléfono;

leí la carta mientras hicimos fila para comprar los boletos en donde Harlem se expresó algo profundamente y confundido a la vez, quizás redactada cuando él estuviera muy tomado de noche, compartiendo en voz alta con Sheri donde decía que quisiera volver a estar conmigo al comienzo del semestre otoñal en Austin. Doblé las dos hojas de papel para guardarlas en el sobre y de nuevo en la bolsa, entre tanto recibimos los boletos y nos sentamos enfrente del teatro, ya lejos de todas las parejas que iban al cine solamente para fajar, llegando justo a tiempo para ver *La agonía y el éxtasis*; estuvo tan buena.

Sigo enojada con Carlos, ahora tampoco lo quiero ver el sábado, aunque no preciso alguna razón clara para justificar esto. La verdad es que yo tuve que sufrir bastante, ahora le toca sufrir a él. Así que yo también voy a estar ocupada y él se puede aguantar.

*   *   *

Por fin me encontraba con espacio, luz y silencio de lugar, pero por más que quería, no podía concentrarme en los deberes frente a mí. Trataba de leer, pero no me inspiraba, trataba de escribir, pero no me salían las palabras. Por fin renuncié al escritorio, dispuesta a vagar sin motivo claro. Bajé. Pasé brevemente por la sala por unas sandalias que había dejado, allí estaban Leslie y Arturo hablando sentados en el sofá, se veían muy serios, pero platicando bien, así que me dirigí a la cocina sin desviar su atención para conseguir un vaso de agua, estaba parada mirando hacia afuera por la ventana para ver si se divisaba la sombra de una musa, cuando de repente hubo algo que detonó en ella, se enfadó de algo y le empezó a gritar, que ya y que ya y que ya, diciéndole que había colmado toda su paciencia, me estremecí por dentro al escuchar la determinación en su enojo, me llegaron entonces las olas sonoras que señalaban alguna escaramuza breve entre los dos, de repente se instaló el silencio detrás del portazo que marcó el fin de su acontecimiento fatal. Vi que Arturo se había quedado solo en el sofá cuando entré.

—¿Qué acaba de pasar? —le pregunté.

—No sé, no sé… carajo, que no sé… —trataba de explicarse en vano.

Había unos libros y papeles dispersados por el suelo. Me agaché para juntarlos, allí estaba una redacción comenzada por Leslie titulada *Valle-Inclán en el renglón mexicano*. Los papeles me hicieron sentir la gravedad de todas las fechas de entrega. Ordené todo bien a mi juicio y lo dejé encima de la mesa. Cuando revertí la mirada, allí estaba llorando Arturo.

—Últimamente, la veo… no sé… tan lejos de mí. Siento un vacío, donde antes estuvo ella, donde antes éramos los dos… Arturo y Leslie Bell… —empezó a sacudir la cabeza, desesperadamente tratando de entender— le había dicho desde antes… le había dicho que sí… ¡¡le prometí todo!! —estalló, totalmente desconsolado.

Fui y lo tomé del brazo. Arturo hundió su cabeza en mi hombro para perdurar el tiempo de su mayor estremecimiento, sentí de cerca las pasiones detrás de su infarto emocional y la enorme potencia de las convulsiones emanando de lo más profundo de su interior, jamás iba a dudar de su sinceridad o lo tanto que la quería. Cuando se agotó el llanto se rindió al suelo, quedando tendido en forma de *S*, sus ojos inertes y desgastados.

—¿Quieres que hable con ella? —ofrecí en un tiempo, no sabiendo qué más decirle, no sabiendo qué más podía yo hacer.

—*Thank you* —me habló, nunca diciéndome que sí o que no; sonaba una pequeña medida más liviano hablándome en inglés—.

Carlos love you berry much.

Yo solamente respondí con una sonrisa mitigada para mantener la empatía; por dentro, sus palabras se me clavaron. Agradecí el afecto y la claridad detrás de ellas, reconociendo la sensible orientación de su alma en torno a lo más esencial.

En algún tiempo Arturo se fue y Leslie regresó. Todas las alumnas nos dedicamos de nuevo a lo que estuvo más frente a nosotros, a los ensayos y exámenes. Carlos llegó por fin, pidiéndome disculpas con cinco docenas de rosas, me estaba gustando mucho esta costumbre de recibir flores en los tiempos menos esperados; por mi lado, ya no iba a tomar nada en cuenta, lo recibí y lo abracé, envolviéndonos con una ternura que hablaba por los dos, yo desprendí unas cuantas lágrimas de pura exigencia, sobrecargada de emoción. Sin someterme a mucha obligación de tiempo, nos fuimos al Vips por unas hamburguesas con papas fritas y luego le dije, "ahora sí tengo que estudiar".

*   *   *

Sheri y Marcel y Carlos y yo marcamos el fin del segundo trimestre en el Club Muralto, encima de la Torre Latinoamericana. Qué triste que faltaron Leslie y Arturo, pero en fin, no pude hacer nada para cambiar su destino y nosotros merecimos festejar. Sheri is such a scream!!! Ella no entendía la palabra paisana, pensaba que quería decir búfalo o bisonte. Todo el panorama era magnífico y nos encantó pasarla allí, celebrando en grande. ¡Me tomé dos margaritas que me llevaron a volar!

*   *   *

Tenía la cámara lista con un nuevo rollo; estaba parada a un lado de la pista, no lejos de Sheri y Melia, escuchando y mirando atenta, colmada de la anticipación de que llegarían en cualquier momento, sosteniendo el aparato en las manos; el día se había encapotado groseramente en la última hora, desprendiendo unos rayos a la distancia, aunque nunca se podía saber hacia dónde se iban a dirigir. Escuché a las chicas sacar unos cigarrillos y encenderlos, Sheri me ofreció uno, pero solamente negué con la cabeza, entonces se pusieron a hablar de no sabía qué. La oscuridad aumentó. Sentí que había una tremenda furia acomodándose en el cielo, como una burbuja a punto de estallar para inundar la cuenca de México en su envoltura.

—Aquellos que andan en uniforme… —empezó a decir Melia en un tono muy sospechoso y peleonero, sus palabras distrayéndome brevemente de la pista.

—Ay, tengo comezón en la espalda —se quejó Sheri— que no alcanzo, ji, ji.

—¿Qué fregados nos están mirando, pinches culeros?

—Melia, ten mi cigarrillo… —le pidió.

Sentí que Sheri me estaba pasando su comezón por todo lo que ella hacía.

—¡Ahí vienen, ahí vienen! —cortó Melia el aire repentinamente, con un llamado afilado.

Los vi llegando desde el otro lado del campo, venían con buen ritmo y velocidad. Yo me enfoqué en seguirlos mediante el visor, Marcel venía primero, luego Carlos, solamente unos metros por detrás. Saqué una foto alejada de los dos, primero, de Marcel galopando, luego no me detuve, ubicando a Carlos lo más rápido que pude para sacarle una foto enfrentando uno de los obstáculos de salto.

—¡Estupendos los dos! —rugió Melia, entre los aplausos de Sheri—. ¡Qué motivo!

—Los chicos sí saben montar, ¡ji, ji!

Llegaron trotando levemente con nosotros, Marcel estaba altísimo encima de su caballo negro, Carlos se veía tan bello en su caballo café, que le quedaba muy bien. Escuchamos una serie de truenos retumbando por todo el valle.

—¡Ya vienen las aguas! —advirtió Melia.

—Vamos una vez más —insistió Marcel, viéndose eufórico en la silla.

—Ándale pues, una más —asintió Carlos.

Los caballos apenas habían desaparecido detrás de una estructura cuando el cielo se dilató en lo más ancho de todos sus ejes, desprendiendo una lluvia torrencial. Rápidamente, envolví la cámara con mucho cuidado y la guardé en la mochila, corriendo detrás de las chicas a donde había un techo de lámina, "qué de lluvia", exclamó Sheri resoplada, nos quedamos allí las tres agradeciendo el pequeño refugio mientras esperamos a los chicos; no tardaron en reaparecer, dándole a todo galope por la pista de antes, hábilmente tomando los obstáculos, uno por uno, al terminar los vimos montar hacia una estructura con un techo seguro cuando se vino todo el granizo.

—Qué loco está todo, ¡ji, ji, ji! —escuché las olas sonoras de su voz ser llevadas por la intemperie.

Regresamos al Heroico Colegio Militar al día siguiente, porque los chicos andaban impacientes por volver a montar. Éramos los mismos cinco en el Galaxie, yo iba sentada atrás entre Sheri y Melia, la hermana de Marcel. Llegamos a la puerta exterior del colegio, donde Carlos habló con el encargado, mientras pasaron unos cadetes por el otro lado del carro. De repente, llegó un oficial de aparente rango alto con nosotros.

—Venimos a montar —le explicó Carlos en buena onda— el general es mi tío.

Hubo un intercambio cordial entre los dos que no entendí, en cuanto el oficial dio la palabra para dejarnos pasar.

—¿Viste cómo se te quedó mirando aquel hijo de puta? —se quejó Melia con su hermano; yo no me había dado cuenta de nada hasta entonces, pero vi que Marcel se había hundido en el asiento de adelante.

—¿Todo bien? —preguntó Carlos mientras manejaba despacio por el colegio.

—¡Ya no sé si esta es la mejor idea, genio! —dejó claro Melia, mirando con recelo hacia atrás.

—No hay problema, ahorita vamos a buscar a mi tío.

Llegamos al picadero donde Carlos nos lo presentó, llegó a saludar de mano a cada uno de nosotros, aún manteniendo su postura y disposición, él y yo compartimos una sonrisa generosa cuando Carlos le dijo quién era yo, dijo que esperaba vernos en alguna ocasión en la quinta para una carne asada, entonces llegaron unos cadetes que nos entregaron los dos caballos, el de Carlos era el mismo café que ayer, pero el de Marcel era distinto, ambos ya venían listos con los albardones puestos con firmeza. El tío de Carlos se despidió amablemente de nosotros y los chicos fueron a montar, anduvieron bien por un rato y pasándola como antes yo aproveché para sacar unas fotos, supusimos que lo de Marcel no fue nada. Su caballo se puso muy bravo en un tiempo, no lo pudo sacar de un rincón muy apretado y anduvo totalmente desbocado. Un oficial que estuvo cerca lo miró atentamente, "es que le falta mono", lo escuché decir a un cadete de su lado, "enséñale a aquel joven cómo se hace".

El cadete se impuso con una herramienta, sabiduría ensayada y mucha paciencia para someter el caballo, brindándole además buen amparo a Marcel, entonces sacó el caballo y lo apaciguó, volviendo para ofrecerle la oportunidad de remontar. "Ya no quiero", señaló Marcel bruscamente con la mano. Estaba despavorido. Las tres llegamos directamente con él y nos lo llevamos de allí, solamente esperando que regresara Carlos. Él se tardó media eternidad. Vi a otro grupo de cadetes llegando a hablar con él cuando por fin regresó para entregar su caballo, entonces llegó con nosotros y nos subimos al carro como antes para salir del Heroico Colegio Militar.

—Aquellos cadetes me estaban preguntando tu nombre —dijo Carlos, dirigiéndose hacia Marcel— alguien los había mandado para saber quién eres.

—¡Demonios! —exclamó Melia—. ¿Y qué les dijiste?

—No dije nombres, obviamente —aseguró Carlos.

—¿Y quiénes fueron? ¿Qué chingados pasó allí?

—Nada —dijo Marcel, jalándose el cabello con la mano.

—¿Cómo qué nada? —insistió su hermana— si no fue nada, ¿por qué estaban haciendo preguntas los cabrones?

—¡Que nada, carajo, ya dije que nada! —alzó súbitamente la voz y le dio un golpe al techo del carro, haciendo correr un impulso por todo mi cuerpo.

—Ha de haber sido solamente uno de sus protocolos —dijo Carlos, tratando de preservar la calma colectiva.

Se instaló un silencio en el carro, en el que todos lidiamos con la contundencia de que algo había perforado el escudo de Marcel, en que destacaban su precariedad y lo que yacía al fondo de su aparente fortaleza, la inocencia de la juventud, además, el coctel de fuerzas y suertes universales que determinaban todo. Carlos prendió la radio, encontrando una emisión que daba una música recién estrenada, "¿quién canta esto?", pregunté para desviar la tensión, se llamaba *Rosas en el mar* interpretada por Massiel, antes de que terminara la canción Marcel se disculpó con nosotros por haber alzado la voz, entonces nos aseguró, o por lo menos intentó asegurarnos, que no fue nada, en fin, vi que Sheri le tocó el hombro desde su asiento de atrás, él tomó su mano con la suya y se la pasaron así por un rato, de repente él se puso a buscar algo en su bolsillo, "me pasas mi libro", le pidió en un tono muy tierno a Sheri, ella sacó de su mochila lo que le había estado guardando mientras montaba, un ejemplar de *El Manifiesto Comunista* por Marx y Engels, "y aquí van tus plumas", le dijo, pasándole todo. Marcel hojeó rápidamente las páginas, vi que había anotaciones y dibujos en diversas tintas por todo el libro, entonces destapó una de las plumas y se puso a escribir.

Nos dirigimos a un café en Chapultepec, era uno de nuestros favoritos. Al inicio había un barullo desarrollado entre dos familias que estaban argumentando delante de todos sus niños, Marcel se tomó dos cervezas rápidamente en lo que todos los demás nos tomamos una, entonces se vaciaron las otras mesas, dejándonos disfrutar el almuerzo y Marcel una tercera cerveza muy tranquilamente al aire libre. La combinación parecía hacerle buen efecto. Sentí todo el afecto de Sheri aquella tarde estando a su lado, compartiendo entrada y postre, riéndose con él, acercándose para que yo les pudiera sacar una foto de los dos, diciéndole que él podía subir y acostarse en su cama cuando los dejamos en la casa. Una parte de mí temió que ella ya se había enamorado sin remedio.

No perdiendo tiempo, Carlos y yo le dimos a su casa para probarme vestidos. Elda Rosa me había dejado dos de los suyos, más uno de Ulrike, me exalté sabiendo que no había nadie más en toda la casa, ni posibilidad de que alguien fuera a regresar aquella tarde. Fui al baño para ponerme el primero, que era gris, diciéndole a Carlos cuando ya podía pasar. Él solamente era capaz de decir que me veía muy bella, llegando directamente conmigo para besarme. Estuvo espléndido, igual lo tuve que apartar e insistir, "¿pero cómo me queda el vestido?"; acordamos en que algo grande. Salió y empecé a ponerme el segundo, que era negro, le hablé desde antes para pedir su ayuda con el cierre de atrás; no me gustó para nada el vestido. Cuando me bajó el cierre, me quité el negro sin esperar que se fuera y luego me puse el tercero, que era amarillo, entonces fui y lo rodeé con los brazos, comunicando mis anhelos repentinos sin palabras, abriendo el sendero a que nos acariciáramos y besáramos mil cien veces frente al espejo; me enamoré por completo de quienes éramos, me enamoré de la pareja en el espejo que veíamos amándose sigilosamente, que entrelazaban caprichosamente una risa o un ademán, que iba entre apasionado, divertido y juguetón, que se querían tanto, que nos veían tan llenos de vida. El amarillo de Ulrike era fácilmente el mejor de todos, aún no estaba segura, así que dejamos los tres muy bien colgados como antes y nos abrazamos y besamos doscientas veces más antes de bajar al salón, sintiendo una síntesis muy rica de travesura y victoria tras nuestra sesión clandestina en la casa. Nos subimos un tiempo después a su carro, todavía estuvimos en su vecindario cuando la radio comenzó a dar una de mis canciones favoritas de los Beatles; reconocí instantáneamente las primeras notas de la guitarra y alcé el volumen, casi me moría al escuchar la entrada de la voz tan espléndida de Paul McCartney. Carlos no se sabía la letra, pero yo se la di: *"I give her all my love, that's all I do, and if you saw my love, you'd love her too, I love her… A love like ours could never die, as long as I have you near me…"*

—¿Cómo podría haber algo tan bueno? —le dije una y otra

vez entre los versos y ya terminada la canción; me sentí como una estrella, radiando toda su esencia y resplandor desde su interior.

—Están pasando *Help!* en el autocine —respondió—. ¿Quieres ir este jueves?

—¡Cómo quiero ir! —le dije, estirando los brazos y las piernas lo más que pude en su carro—. ¿Cómo podría haber algo tan bueno en la vida? —fue todo lo que dije y pensé.

Todo es mucho mejor, ya que Carlos sabe que no vamos a tener sexo este verano, ¡ahora podemos pasarla bien y divertirnos! Siento que tengo una vida verdaderamente encantada con él. No hay nada mejor que sentirse tan enamorada y atesorada. Es algo que me puedo llevar por dentro, como un secreto o un tesoro, y que puedo de repente abrir y compartir con todo el mundo.

*   *   *

Sheri y yo empezamos desde el lado extremo del campo, íbamos caminando sin prisa por las distintas facultades, edificios y canchas. Había un grupo de académicos haciendo fila en un puesto de tacos; vendedores ambulantes, grupos de estudiantes entre chicos y medianos solicitando interés por su tema, repartiendo volantes, llamando la atención con altavoz y pancarta, exigiendo a la gente tomar acción, había además los alumnos estadounidenses que destacaban tomando el sol o andando tranquilamente entre sí, tendidos en el pasto, sumergidos en el libro, haciendo la tarea o algún deporte; llegamos ella y yo al laberinto de cuadros, nos desviamos entonces, cada una caprichosamente tergiversando la ruta, saltando y andando entre las vías de piedra, sin perder la fidelidad a los ejes o caer en los trozos de zacate, caminando aleatoriamente hasta que nos cruzamos de frente, nos enganchamos los brazos y giramos un sinfín de veces justo debajo de los ojos colosales de Ptolomeo y Copérnico.

—¡Ji, ji, ji!

—Vamos adentro —le dije al fin.

Subimos y encontramos un buen lugar para extendernos en uno de los pisos bajos. Me hundí en un estudio del sistema de numeración de la cultura maya. Todo comenzaba con una concha emotiva, que era el cero, y de allí avanzaba, llenando cada nivel de rayas y puntos hasta diecinueve, entonces subiendo para devenir veinte en el nivel superior. Estaba notando felizmente que mi edad era simplemente un punto arriba y un punto abajo, cuando una chica llegó y empezó a pegar un folleto al lado de un estante de libros.

—¿Qué es eso? —le preguntó Sheri, repentinamente intrigada por lo que hacía.

Vino a nuestra mesa y nos dejó un ejemplar, que decía: "POR FAVOR NO VENGAN A LA SESIÓN DE POESÍA — martes, 8 de agosto, entre 20-22 horas, aula Che Guevara."

—Espero verlas allí —nos guiñó y se fue sin decir más.

—¡Anda, ahora hay que ir! —le dije.

—Definitivamente, ¡ji, ji, ji!

El encuentro nos desvió de la tarea y nos pusimos a platicar; de repente me pidió que le hiciera el enorme favor, que solamente se le podía pedir a las mejores amigas, de pasarme a la cama de Karen por unas noches para dejarles la recámara a ella y Marcel.

—¡Estaba pensando en pedirte lo mismo! —admití y luego le tuve que decir— solamente ten cuidado en no darle todo tu corazón.

—¡Pero tú le has dado tu corazón a Carlos! —remató.

—Sí, ya sé, ya sé, ya sé… ¡pues estamos hablando de casarnos! Además, me quiere visitar en octubre.

—Le quiero pedir lo mismo a Marcel, que me visite —dijo,

para mi sorpresa.

—¿Ha estado alguna vez en Estados Unidos?

A veces la veía muy volátil, como si estuviera flotando en la luna, a merced de lo que haría o no haría todo el mundo. La quería proteger de todos modos. La quería tanto y la necesitaba así en mi vida, así como era.

—¡Tú piensas que soy incapaz de hacer las cosas! —me acusó directamente, sin rodeos.

—¡No es así! Solamente no quiero que te vayas a lamentar por algo —traté de persuadirla; ella parecía asimilar lo que le decía, tal vez no, o por lo menos contemplarlo.

Oro regresó la siguiente mañana para hacernos el desayuno. Janet estaba con ella en la cocina cuando bajé, platicando y tomando apuntes culinarios. Me pasé un buen rato con ellas, tomando el café, mientras Oro explicaba la diferencia entre los huevos a la mexicana y los huevos rancheros. Nos dio un delantal a cada una y nos puso a picar los tomates, el chile y la cebolla para la salsa, echando bastante aceite a la cazuela para cocerla bien y agregándole bastante sal. Entonces nos enseñó cómo hacer los frijoles refritos. Sus desayunos eran deliciosos, llevándonos a conocer los sabores mexicanos y descubrir aquella calidad hedonista de lo picante que llevaba a desear más y más, empujando la frontera que daba paso al lado del arrepentimiento. Poco tiempo después, Leslie bajó para acompañarnos en el desayuno. Ya nos estábamos acabando los frijoles cuando entramos en una plática sobre el futuro y todo lo que pensábamos hacer en el último año de la licenciatura.

—No quiero pensar en eso —admití— aún nos sobra verano, hay tanto que hacer… ¡necesito ir a Teotihuacan!

—¿¿Todavía no vas?? —reaccionó Leslie.

—Tienes que ir y subir hasta arriba —enfatizó Janet— estar en la cima de la pirámide del sol es extraordinario… ¡una cosa de vida!

Les conté que Carlos iría a verme en octubre, que todavía no habíamos formulado todo el plan más allá de su visita, aunque se trataba de casarnos y de vivir en México, hablé por primera vez de hacer una maestría en literatura latinoamericana en la UNAM.

—¡Qué maravilloso plan! —dijo Janet muy entusiasmada— la UNAM te puede abrir tantas puertas…

La plática de repente giró cuando Leslie nos confesó que había estado saliendo con otro, con alguien que la hacía sentir nuevas añoranzas, nada serio, pero alguien que le había mostrado un afán distinto al que tuvo con Arturo, una diversión por un tiempo, que al final no iba a llegar a nada y que ya había pasado.

—¿Cuándo empezaste con el otro? —le pregunté, pensando en la cadena de problemas y argumentos que había tenido con Arturo.

—Hace unas semanas, aunque nunca "empezamos" por decirlo así, solamente pasó.

—¡¿Leslie?! —solté en un tono incrédulo.

—¡No te lo dije para que me juzgaras! —replicó.

—Sí, perdón, pero, *ok*… —balbuceé— Arturo todavía piensa que te va a visitar en diciembre —se lo dije así, no sabiendo si me pertenecía decírselo o no; ella se detuvo, pero no tardó en abrirse más con nosotras.

—No sé si lo quiero volver a hacer… O sea, el año pasado fue genial, pero me pasé todos los meses previos no sabiendo si iba a llegar o si no, y luego llegó y estuvo excelente tenerlo de nuevo en diciembre, con mi familia, enseñándole donde crecí, disfrutando todo la nieve que cayó, pero los días se nos fueron tan rápidos… ¿Y luego qué? Y luego pues otra vez a pensar en fechas y contar días y escribirnos y recibir cartas o no recibir cartas y contar los minutos de cada llamada por teléfono, que son carísimas, y solamente sentir la enorme distancia entre nosotros y otro medio año para volver a vernos… No te lo debería de estar diciendo así, Martha, no quiero desanimarte de tu relación con Carlos para nada y Texas está mucho más cerca de México que Cleveland. ¡Yo no sé si estoy lista para hacer todo esto una vez más!

Me hundí repentinamente en los detalles y la agonía que seguramente nos esperaba.

—Te escuchamos, amiga —estuvo Janet allí con ojos claros para animarla— además tú tienes tu vida y es difícil cuando todo gira en torno a una relación a distancia.

—Exactamente —dijo Leslie, viéndose vindicada por el apoyo— me falta solamente un año para recibirme y estamos viviendo al margen de todo este cambio y movimiento y acción… Hay tanto que hacer, ¡no me lo quiero perder!

Janet compartió que deseaba estudiar medicina y que pensaba hacer solicitudes a universidades en Los Ángeles.

—San Francisco es mi ciudad, pero quisiera pasar unos años en el sur de California, donde hay más sol…

—¡¿Medicina?! —me quedé asombrada—. ¿Por qué medicina?

—Mi papá fue pediatra, él me llevaba a su clínica desde que era chica, me hablaba de cómo darle el mejor cuidado a cada paciente… ¡Siempre quise hacer lo mismo!

—¡Increíble! —exclamó Leslie—. ¡Estás en miles de cosas y ahora vas a estudiar medicina!

—*Just wow!*

—La vida es una aventura, amigas, eso nos ha enseñado Helen Keller.

—Así que un día te vamos a conocer como la doctora Janet —me atreví a decir, sintiéndome respaldada por una clarividencia excepcional.

Las tres sonreímos aquella vez como si fuera para siempre. De repente me sentí tan afortunada y dichosa compartiendo ese espacio y etapa de vida con ellas, imaginando hacia dónde iba el futuro, casi sabiendo que fuera algo de quintaesencia, que iba a generar mucha nostalgia más allá de nuestro tiempo en la casa.

*　　*　　*

Martes, 1 de agosto. Carlos dijo que los rusos y los americanos podrían gastar todo su dinero en llegar a la luna, para así poder darle un asiento a los mexicanos. Cuando le conté lo de Leslie, me dijo que si su novia anduviera con otro chico, que él no se quedaría.

Miércoles, 2 de agosto. Camila me dijo que su mamá había hablado por teléfono con mi madre, que ella estaba haciendo arreglos para mandar a Mariano a la Ciudad de México, que pronto iba a llegar y que yo necesitaba salir con él en vez de con Carlos. La otra mala noticia fue que la Señora van den Berg ya no iba a poder regresar a la casa antes de que nos fuéramos, que se había deprimido mucho últimamente y que le iba mejor quedándose con su hermana en Acapulco. Ya hablé con Sheri, entre las dos pensamos hacer un viajecito para animarla y agradecerle todo. Entre tanta cosa, ahora voy a tener que lidiar con este Mariano. Temo que Carlos lo va a matar.

Jueves, 3 de agosto. Carlos y yo hablamos del '69', quedamos en que lo íbamos a intentar en el año 1969, si seguíamos juntos. También aprendí la frase "se me paró", curiosamente es una frase pasiva, como si no fuera el propósito del chico que se le parara, ¡ja, ja, ja! Ya me pasé a la recámara de Janet hace unas noches y estoy durmiendo en la cama que era de Karen. Es más chica, pero tan cómoda como la mía, con una cobija muy gruesa y amarilla de mariposas. Janet y yo nos fumamos un churro enorme y luego bajamos para hacer unas tortas de medianoche, que eran de jamón con frijoles, queso y jitomate. Nos quedamos hablando hasta las dos de la mañana. Ella es verdaderamente genial.

*   *   *

El primer aspecto fue el designar de las emociones primordiales. Arrojamos en el pizarrón hasta que se llenó —...felicidad, alegría, cólera, enojo, asombro, envidia, melancolía, la imposibilidad de un deseo (frase que Lizardi permitió), miedo, lástima, estupor, confianza, sospecha, cansancio, tranquilidad, amor y algunas de sus variantes (caprichoso, divino, clandestino)...— entonces hubo un proceso de eliminación casi democrático y por fin la asignación decretada por Lizardi en voz alta.

—Salvador Cárdenas, remordimiento, Marta, amor prohibido —me estremecí brevemente y me puse a escribir en la libreta en lo que terminó las demás, conmoción, tristeza y pavor—Janet, amor no correspondido, Erika, éxtasis.

El segundo aspecto fue la elección de los versos. Para esto dejamos el salón y seguimos a Lizardi, caminando a la biblioteca y, dividiéndonos en dos grupos de cuatro, tomando el ascensor hasta uno de los pisos altos.

—¿Por qué me ha dado amor prohibido? —pregunté mientras íbamos subiendo.

—Anda, si a mí me dio éxtasis. ¿Qué me quiere decir con esto?

—Amigas, no hay remordimiento —resumió Salvador astutamente.

—Ja, ja, ja.

Estando todos arriba, lo seguimos entonces en fila india por el laberinto de cuartos y pasillos, que era despoblado y de poca luz. Nos detuvimos un par de veces para que Lizardi pudiera abrir alguna puerta, probando entre varias llaves que tenía hasta adivinar, siempre diciéndole a Salvador, quien era el último en la fila, si debería de cerrar la puerta detrás de él o si no. Nos sentimos como cavernícolas, subiendo una escalera repentina que era de tres peldaños y pasando por lo más oscuro, por fin llegando a un espacio más amplio.

—¡Uf, aquí huele a bisabuelos! —exclamó Erika.

—¡Ja, ja!

Lizardi jaló un cordón para prender la luz, iluminando enormes estantes y torres acomodadas de cajas, papeles y libros; era muy polvoriento el lugar, se sentía como un reloj detenido desde épocas atrás. Enseguida, fue y tomó un libro aparentemente aleatorio y lo olió.

—Este es papel mexicano —decretó, evidentemente gozando cada aspecto, la textura, el olfato— ahora quiero que me hablen de la literatura como una especie de arqueología.

La pregunta me hizo perder todo sentido de lo que era chico o grande.

—La literatura es la historia —arremetió Salvador— no solamente la cuenta, sino que la es.

—¡Cuéntame más! —exigió.

Hubo una plática muy animada entre todos sobre la transformación de papel en polvo, de algo que se interpretaba en algo físico, que se desintegraba o quemaba como cada monumento y edificio, sobre el hundimiento visible de las torres de cajas, sobre el almacén como un recipiente geométrico que guardaba un tiempo medido, manifestando un cubo de papel mexicano como referente para un siglo, sobre las capas vigentes de Tenochtitlan que estaban compuestas por los mismos libros.

—Ahora nos vamos a remontar al siglo 17 del virreinato y acudir a *La Respuesta a Sor Filotea* de Sor Juana para plasmar el aspecto final, que será la rendición de los versos, interpretados con base en las emociones designadas.

Era fabuloso ver que Marcel había revertido a su forma de ser aquella tarde; estaban él y Pavo disfrutando un ajedrez muy social con un six de Victoria, pasándola superfeliz en la sala, a un lado de ellos estuvieron Sheri, Melia y Erika, dándome la ocasión de hablarles de Mariano.

—Si llega, díganle que no estoy o que ya me fui muy lejos de aquí. ¡No saben nada de mí!

—Le vamos a decir que te casaste y que se fueron a vivir a Río de Janeiro —dijo Sheri, mientras que Pavo jugó con una de las torres.

—¡Suena perfecto! —constaté.

—¿Pero cómo se justifica este Mariano? —preguntó Melia—, sabiendo que tienes novio y todo…

—Mi mamá lo ha enviado, con el propósito de separarnos a Carlos y a mí.

—Tipo sin dignidad, ojalá se tope con nuestro campeón aquí —dijo Pavo, flexionando su bíceps y orgullosamente alentando a Marcel a la vez.

Empezó a llover fuertemente afuera, aunque había arrancado bien el fin de semana y solamente faltaba que llegara Carlos. Sheri y yo subimos para hacernos una manicura y el maquillaje, hablamos de ir de compras el sábado o el domingo cuando mencioné que todavía tenía el problema del vestido, el de Janet que me había probado la noche anterior era deslumbrante en cada sentido, salvó que me quedó un poco chico, casi nada, pero lo suficiente para saber que no iba a funcionar, "apenas pudo quitármelo ella", le comenté, "entre la distorsión dada por el churro y las risas incontrolables", "¿por qué no le preguntas a Camila?", dijo entonces Sheri, acompañándome a tocar su puerta.

—Bienvenidas al gran chalet —nos dio la entrada Germán con los pies descalzos, unos pantalones de campana y un chaleco café.

No era grande, pero estaba densamente poblada de cosas. Había muchos retratos, un estante desbordado de libros y adornos, una máquina de escribir en su cajón cerrado, otra máquina abierta en el suelo, una silla atiborrada de prendas, una guitarra que jamás había visto inclinada hacia la pared cerca de la cama, una serie de velas encendidas. Camila nos abrió desde luego su armario, revelando lo que había. "Los vestidos van aquí", nos dijo, despachando a Germán para que me los pudiera probar a gusto en su recámara. Pensé que había la posibilidad, tomando en cuenta su cuerpo y la variedad que había, aunque empecé descartando muchos y no sintiendo del todo a gusto los primeros que me probé; no tardé en hallar dos opciones espléndidas, dos vestidos consecutivos que me quedaban muy bien, uno rosa y uno azul, ¡no lo podía creer! "¡Ya está solucionado esto!", exclamé, sintiendo un alivio enorme. Camila y Sheri compartieron el resplandor de mi fortuna repentina. "Ahora faltan los zapatos", exhalé. Los vestidos de Camila me llevaron directamente a la cima, donde viví una variante del éxtasis que iba a tener que resaltar Erika en su exposición.

Carlos llegó por mí a las nueve de la noche, cuando bajé, lo vi estrenando una camisa muy emotiva de rayas verticales que iban de café, rojo, celeste y amarillo anaranjado sobre una base blanca. Solamente eran diez o quince minutos que nos detuvimos en la sala, cuando nos confesó libremente que tenía mucho vello en las piernas, pero nada en el pecho, y que le daba vergüenza quitarse la ropa con su doctora, temiendo que se le iba a parar el pene irremediablemente. Marcel y Pavo se atacaron de risa y luego se amontonaron encima de él en el sofá, no tardó en sumarse a la bola Germán y entre los tres le empezaron a bajar los pantalones, cuando las chicas intervenimos como último recurso para preservar la dignidad de Carlos y para que no se le arrugara más la camisa.

Todas las luces de la ciudad eran espléndidas esa noche. Había una energía dinámica pulsando por el Paseo de la Reforma, una emisión fluida de sonidos y colores, de gente, taxi y tranvía adentrándose en el libre albedrío nocturno. Tomé la mano de Carlos y nos sonreímos. Era imposible saber si aquel verano llegaría a ser, en fin, la mejor temporada de mi vida, pero era una época tan especial y sabía que pronto se iba a pasar.

El taxi nos dejó en el centro, frente a donde había un Tomboy. "Qué bonita sorpresa", le dije, él solamente se rio. Cruzamos la calle y entramos al Catacumbas, donde llegó dando medios abrazos a las personas que conocía a la entrada, presentándome como su novia. Entonces nos pasaron directamente a una mesa en el mero centro de la pista, que estaba rodeada de cuatro columnas, frente a la banda. Carlos pidió un ron Castillo, yo un ruso negro con Kahlúa.

—¿Cómo nos conseguiste esta mesa?

—El Gatuno es mi amigo de la escuela militar y su papá es el dueño de aquí.

Carlos me contó la historia de Lucas, su hermano mayor, recién recibido de la universidad cuando le dijo a sus papás que estaba listo para casarse con Nayeli, a quien amaba con todo su corazón, haciendo brotar un escándalo enorme en la casa de la familia

René, contando que su mamá y sus tías reaccionaron golpeando a Lucas con sus paraguas e insistiendo en que no se casara con ella, diciéndole que ella era comunista de provincia, sin nada de trayectoria o ambición, contando que su mamá terminó sufriendo un ataque severo de patatús, desmayándose en el sofá con la boca abierta y los ojos en blanco.

—¡Ya no sé qué debo de pensar de tu familia! —le confesé.

—¡Se casaron por fin! —alabó el resultado, alzando su segunda copa de ron— mi hermano Santiago, mi prima Rosa y yo éramos los únicos familiares en la ceremonia.

Hubo un espectáculo curioso de marionetas llamado *Monstruos y monjes* entre rondas de la banda. Uno de los cadáveres espontáneamente adquirió vida, sobresaltando al instante a una mujer desprevenida no lejos de nosotros, impulsándola a emitir el alarido más penetrante que jamás había escuchado. El tipo con quien estaba solamente se rio, yo lo hubiera dejado solo en la mesa si fuera ella. El cadáver entonces terminó presentando a los demás difuntos. No había cosa que inculcara más zozobra y pavor que los ojos tan privados de vida de aquellas muñecas.

Pedimos otras bebidas cuando le pregunté a Carlos sobre su niñez, me confesó que sus papás lo mandaron desde Piedras Negras cuando era muy joven, para que pudiera asistir a la escuela militar. "No pasé del tercer año", me dijo, "eso no era para mí". El club estaba cada vez más acelerado con el paso del tiempo. Él pidió otro ron, ya no sabía si era su cuarto o quinto, yo había cambiado a margaritas desde hace rato, por lo tanto me puse a contar sus años escolares y su tiempo en la capital, había algo allí entre todos los números que no cuadraba.

—¿Cuándo naciste? —le pregunté de repente.

—Mi cumpleaños es —hablaba muy lento, estirando todas

las palabras paralelas a las columnas, para hacerlas subir hasta el techo— catorce de octubre de mil novecientos cuarenta y cinco.

No tuve la menor idea de cómo llegamos a estar en la Zona Rosa para "la segunda sesión". Todo estaba muy oscuro para entonces, yo empecé a vagar entre los distintos cuartos del lugar; había mucho poster y mueble aleatoriamente acomodado lleno de cenicero, copa y botella, una música de tambores que estaba pulsando a través del humo y el licor, unas personas bailando, hablando de cerca, de repente tenía mucha sed; me quedé mirando unos retratos de corridas de toros y de lucha libre colgados en el baño, había un reloj que marcaba las dos y media, un sofá en una sala en donde estuvo Erika fajando con un tipo desconocido.

—*Over here, doll!*

Seguí las palabras hasta su origen para encontrarme de nuevo con Sheri y con Carlos en un espacio más abierto. Más allá, vi que Marcel se la estaba pasando bien en un grupo de cinco chicos. En un tiempo, invocaron lo que parecía ser un ritual entre ellos, en que cada uno se sacaba un libro de su chaqueta o su bolsillo y se lo entregaba al siguiente, efectuando un intercambio premeditado, me desaté por curiosidad y vi que cada libro era un ejemplar distinto de *El Manifiesto Comunista* por Marx y Engels, riéndose y guardando los libros nuevamente recibidos en los bolsillos. Sheri llegó entonces con un vaso muy grande de agua, me lo tomé entero; no supe nada más.

*   *   *

Desperté sintiéndome revolcada por el dolor de cabeza y la visión nocturna. Había soñado a Lucas y Nayeli, los dos a punto de casarse en una ceremonia no anunciada. La jornada hasta entonces había sido tan ardua y pesada, todavía se sentían las fuerzas acumuladas en su contra, que amenazaban constantemente con negarles el derecho a su amor merecido, todavía estaban las mamás y las tías de ambos, alzando palabras de censura absoluta y negación. Por suerte, alguna puerta se abrió, otorgándoles una sola posibilidad de validar su amor para siempre. ¡Todo tenía que ser muy rápido! Sentí la presencia de Carlos y de una de sus primas, estaban sentados en un banco cerca, aunque nunca los vi. Quería acercarme a él y estar a su lado, pero no hubo tiempo. La ceremonia comenzó.

—¿Cuáles son las onomatopeyas transitorias de sociedad? —preguntaba Lizardi; él estaba de pie frente al escenario, ondulando levemente en sus pasos, contemplando y hablando a la vez, descubriéndose en vivo— las onomatopeyas que dicen los pulsos… camiones… ¿cuánto dura un pulso? —vi a Lucas y Nayeli de espaldas, escuchándolo atentamente; todo lo que Lizardi decía era verídico y de esencia fundamental.

Las frases parecían repetirse suficientemente antes de colapsar. De repente ya no estaba hablando. De repente había dejado de hablar por un rato y así quedó. Todos nos quedamos esperando. Todos sabíamos que no había terminado y que le faltaba por decir.

Me quedé en la cama debajo de la cobija pesada por una pequeña eternidad. Ya se había levantado Janet. Oí a alguien escribiendo a máquina en el primer piso, quizás era ella desarrollando su guion para infundir el amor no correspondido. Me llevé el sueño de Lucas y Nayeli y una resaca potente conmigo, llegando urgentemente al baño para lamentar tantas bebidas olvidadas, después tratando de componerme adecuadamente con una ducha y un pan sencillo antes de visitar La Quinta Las Dos Rosas, que estaba casi pegada al Lago de Guadalupe. Los tíos de Carlos nos recibieron con abrazos, hablándonos muy entusiasmados. Nos llevaron por toda la casa, ofreciéndonos una recámara si en alguna ocasión quisiéramos pasar tiempo allí, como si no fuera gran tema que compartiéramos una sola cama.

Después nos fuimos a caminar, pasando por el establo donde había varios caballos, cada uno bien acomodado en su corral dedicado. Carlos me presentó a su caballo blanco, El Pegaso, aunque la mera idea de montar destacó la incertidumbre y el desequilibrio que aún sufría. Le seguimos dando hasta la orilla del lago, su tía entonces estuvo a mi lado mientras caminamos. Me compartió que ellos no tenían sus propios hijos, pero que, gracias a Dios, había llegado Carlos a la Ciudad de México, dándoles la oportunidad de tenerlo cerca a ellos por muchos años.

—Carlos es tan bueno y tú eres verdaderamente preciosa —me tomó levemente de un brazo— es lo que me dice seguido mi sobrina Elda Rosa, ella siempre me habla muy bien de ti —seguimos las dos con los brazos entrelazados, mientras que hablamos y caminamos con una languidez no apresurada por nada— me da tanta alegría saber que se han encontrado.

—¡Muchas gracias por todo! —le sonreí muy agradecida.

Carlos y su tío se encargaron de asar la carne. De ellos supe que el apodo de la quinta era en honor a ella misma, la tía Rosa Elia, y a su mamá, la abuela materna de Carlos, cuyo nombre también era Rosa. Nos dimos un verdadero festín entre los cuatro. Fue a partir de la cena que recobré el bienestar físico. Había algo en la combinación de la carne, las enchiladas y cebollas, el arroz y la sal, que lograron extinguir ya de una vez a la vil cruda, haciéndome sentir mucho mejor.

—¡Eran tan graciosos conmigo! —le dije a Carlos, ya de regreso en su carro— quizás no necesito preocuparme tanto de tu familia.

—¡De ellos no y tampoco de mi hermana! —me dijo, sin decir nada más de sus papás; yo tampoco quería llevar la plática hacia ellos, estaba contenta desplazando todo aquello hasta otro día.

Erika y Salvador llegaron a la casa ya de noche para repasar los versos. Nos llevamos todos los libros de poesía de Sor Juana y una máquina de escribir a la mesa comunal, encendiendo unas velas e inundándonos en todo lo que había. Desde luego, Janet había vinculado el amor a los libros, que le fueron negados a Sor Juana, al amor prohibido, condensando un pasaje largo en una serie de preguntas penosas. Ella empezó a escribirlas a máquina, cuando entró Leslie a decirme que estaba Mariano en el teléfono.

—No estoy, no estoy, no estoy… —rehusé de inmediato— dile que tiene el número equivocado.

—Amor no correspondido —observó astutamente Salvador, alzando la mirada del libro.

—Es la tercera vez que habla hoy, ya le dijimos que no estabas —dijo Leslie.

—Entonces dile que me fui a Machu Picchu.

—¿Quieres que hable con él? —ofreció Salvador.

—¡Ja, ja! Si vuelve a hablar, sí.

Janet arrancó la hoja de papel y la pasamos entre todos.

—"¿Cómo sin lógica, sin retórica y sin física… cómo sin aritmética, sin geometría, sin arquitectura…?" —se puso a leer Erika en voz alta, variando la entonación y generando bastante pasión detrás de las preguntas—, "¿…cómo sin grande conocimiento que consta en la historia se entenderían los libros historiales… cómo se podrá entender esto sin música?"

—¡Bien, Erika! —exclamé.

—¡Son los versos! —replicó ella— yo nomás les di la voz y la energía.

—No estoy segura, como que le falta algo… —dijo Janet— o quizás depende mucho de la metáfora.

—Pero es el otro amor… —dijo Salvador— este es el de Marta.

—Debemos de cambiar amores entonces —le ofrecí a Janet— yo te doy prohibido y tú me das no correspondido.

—Solamente nos faltarían el éxtasis y el remordimiento… —me guiñó ella.

—¡Ja, ja, ja! Yo estoy lista y dispuesta…

—Yo estoy en todos los amores —aseguró Salvador.

—Los versos se pueden interpretar a través de todas las emociones —interrumpió Erika, alzando el papel—. ¡Aquí está el remordimiento, aquí están los amores, aquí está el éxtasis!

—Tienes razón. Ahora necesitamos más ejemplos.

Mariano me habló al siguiente día, fue Camila la que me pasó el mensaje frente a Carlos, no le había dicho a ella que el tema era peligroso para mí, él se puso celoso desde luego, insistiendo en saber quién era y por qué me estaba llamando tan seguido.

—No es nadie, solamente un amigo de Texas —le dije.

No se quedó contentó. Hubo algo que detonó en él, que lo llevó a preguntar miles de cosas. ¿Piensas que de veras tenemos un futuro, o solamente estás conmigo para pasar bien el verano? ¿Recuerdas que eres mi novia? Eso quiere decir que no puedes andar con otro chico cuando regreses a Texas. ¿Puedes estar un mes sin salir con otro chico?

—Tranquilo, por favor, ya te dije que es solamente un amigo. Además, ya pasamos por esto una vez…

—Sí, pero no contestaste —persistió.

—¿Qué no te contesté?

—Si puedes estar un mes sin…

—Oye, ya cálmate, ¿no? La desconfianza no te queda bien.

Hoy hicimos una excursión a Tepotzotlán con mi clase de arquitectura colonial. El convento era sumamente impresionante y tenía una historia imprescindible que resaltaba la complejidad y jerarquía de la etapa temprana colonial. Carlos me informó que no sabía cómo me iba a visitar en octubre si no recibía algún apoyo financiero por parte de su papá. Fue un shock total escuchar esto. No sé qué voy a hacer si no puede venir.

Cuando llegué a la casa, había una rosa y un sobre con mi nombre esperándome. Leí: "Para Marta, con ansias de verte, Mariano Castro". Carajo. Arrojé la rosa entre las plantas de buganvilia al fondo del jardín y la nota en la basura.

—Le tienes que decir que tienes novio —me dijo Sheri— con eso se aclara todo.

—Ya sé… —admití— la próxima vez que me hable le voy a decir.

No tardó en llegar Carlos a la casa. "Vamos a hacer algo", lo tiré de su brazo; tenía que prevenir un mal encuentro con Mariano a toda costa. Nos subimos a su carro amarillo y le dimos, desviándonos luego luego por otro de nuestros argumentos clásicos y portentosos.

—Los gringos son unos idiotas —decretó en tan pocas palabras.

—Eso no es muy gracioso —lo miré duramente.

—¿Y quién dijo que los mexicanos eran los criados de los estadounidenses? —vi la chispa de una sonrisa al fondo de sus palabras, que me hizo saber que no estaba enojado conmigo.

—¡Ja, ja! Lo hice a propósito… por lo de anoche.

Nos disculpamos el uno con el otro y al revés, incorporando desde el último y el penúltimo hasta todos los argumentos atrás para vaciar todos los enojos, entonces nos estacionamos y nos quedamos sentados en un banco de buen reposo bajo una sombra muy amplia, sin nada de prisa, mirando a las personas que iban de paseo por el bosque urbano. Se oían los cantos de las aves, de cerca y de lejos, unas cuantas voces que entraban y salían del escenario, los ladridos y cláxones repentinos, más el sonido de la circulación muy al fondo del ambiente que nos rodeaba.

—Cuéntame cosas —le pedí, inclinándome hacia él.

Me habló de su amigo Rolando Vela de Piedras Negras, que estuvo con ellos el verano anterior, justo cuando Leslie y Arturo se estaban conociendo. Arturo temía que Leslie se fuera a interesar por Rolando, así que le empezaron a inventar cosas frente a ella.

—Le dimos una esposa en el valle, lo hicimos papá de un hijo, Roly, lo hicimos todo un insurgente rebelde subversivo comunista, sabiendo que muchas americanas se asustan por esto… El pobre de Rolando jamás ha tenido novia en toda su vida.

—Ja, ja.

Pasó caminando una familia de cinco en el camino frente a nosotros, la mamá, chica de mi edad, y la niña llevaban vestidos muy elegantes con los suéteres en los brazos, el papá y el varón, quien era fácilmente el más alto de todos, andaban trajeados. Nos saludaron cordialmente de paseo, deseándonos muy buenas tardes.

—Parece que van a una boda —comentó Carlos, ya que habían pasado.

—¿Y Rolando sí es comunista?

—De hecho sí… —sonrió— …le decimos Che Vela.

Desvié la mirada por un tiempo en medio de esa tarde calurosa. Había unas estatuas no lejos de nosotros, algo de mercancía y comestibles a la venta, niños corriendo y jugando a las escondidas, gente de todas las edades llegando a pasar.

—¿Qué haremos entonces? —le pregunté.

—¿Cuántos besos nos hemos dado en la vida? —me contestó con una pregunta.

—Mil, dos mil, diez mil…

—Ahora vamos por cien mil…

Empezó a darme unos besos minúsculos de toquecito, uno tras otro tras otro…

—¡Carlos René! ¿Pero qué estás haciendo?

—Incrementando el saldo —aclaró, siendo adorablemente travieso.

—Esos no cuentan, amor —le pegué en el hombro y luego exigí—, ¡dame besos normales!

Llegamos a escuchar a alguien tocando la guitarra en un tiempo, arrancando las cuerdas de alegría. Todas las olas desprendieron en nosotros una tremenda nostalgia compartida, llevándonos a hacer un recorrido de memoria y deseo, reviviendo los muros de Rivera, Orozco y Tamayo, las reuniones de amigos en Sanborns, todas las hamburguesas en Vips y en Tomboy, repasando los días en el Lago de Guadalupe, probando los vestidos frente al espejo en la casa René, nuestros asientos favoritos en el Cine Manacar. Las añoranzas y los recuerdos empezaron a desdibujarse aquella tarde en que sentimos tan fuerte, sin querer decirlo, que los días se nos iban tan veloces, sintiendo todos los segundos que el reloj nos seguía restando sin cesar, mientras que nuestros cuerpos y almas estuvieron fundidos en el banco. Como que la única manera de detener el tiempo era permanecer allí para siempre. *Nunca llegué a la sesión de poesía en el auditorio Che Guevara. No iba a dejar a Carlos para hacerlo. Yo estaba viviendo mi propia poesía estando con él en el bosque.*

* * *

El nuevo día comenzó como un torbellino, con Pico piando y el teléfono sonando, tenía que estar en la UNAM temprano para presentar el examen de cultura maya, con los gemidos precipitosamente fuertes y pasajeros de una de las recámaras, me pasé rápido entre sala y comedor buscando unos papeles y un libro que había dejado la noche anterior, con una fila para la ducha y la entrada de otra llamada que fue contestada por Leslie.

—Martha, teléfono.

—¡Dile a Mariano que no estoy!

—Es tu hermano… —me corrigió; tuve que dejar todo para ir a hablar con él.

Aquella tarde Marcel y Pavo y Sheri se estaban burlando en grande de Mariano cuando regresé a la casa, lo habían conocido en vivo y desde luego descartado como una amenaza verdadera, reconociendo que era buena onda y que no debería de haber ninguna bronca con él, que lo habían imaginado totalmente diferente, solamente había que decirle claramente que estaba entrando en territorio de Carlos.

—¿Por qué no le has dicho que tienes novio? —insistieron ellos—. ¡Lo tiene que oír de ti!

—¡Ya sé, ya sé… en la próxima llamada lo voy a hacer! —afirmé, desconociendo la raíz de mis titubeos.

Ellos salieron para una fiesta que había aquella noche en la casa de Pavo y Arturo, trataron de convencerme, sabía además que allí iba a estar Carlos, pero hice bien en resistir. Empecé a hacer arreglos para recibir a mi hermano Sidney, hubiera estado mucho más animada por su visita, aunque sabía que lo había mandado nuestra madre como su embajador para espiarme o desviarme de Carlos y no había tiempo que perder en líos innecesarios de familia. Camila me había abierto la adición, había mucho mueble y caja y cosas adentro, como si fuera un almacén o un espacio en transición, además estaban las sábanas y almohadas y todo lo que necesitaba para tenerle listo a Sidney un buen lugar para dormir en la casa. Estaba en eso cuando pasé por el jardín con los brazos llenos y lo más sorprendente pasó, allí estaba Leslie entre sentada e inclinada en la oscuridad de una palma… la vi sufriendo, sin remedio, lamentando que se estaba perdiendo la fiesta de Arturo, llorando y llorando, abriéndose completamente conmigo, diciendo que lo había perdido, que era demasiado tarde, lamentando la pérdida para los dos, sintiendo una tristeza tan profunda sabiendo que fue debido a ella, aun no entendiendo, sabiendo que el otro chico era efímero, que jamás la iba a querer como Arturo la quería, guardando espacio en su mente y conciencia, lamentando, sabiendo que había perdido al que le llamaba su querida Leslie Bell.

—*Damn, Free Love, Martha!* —retumbó abruptamente con toda la pasión que le restaba.

—¡Pero no estás obligada a decir que es demasiado tarde! —intercalé—, ¡todavía puedes llegar a la fiesta, todavía hay tiempo para regresar con él! —traté de animarla y persuadirla, traté a fondo de convencerla para que regresara.

—No. Es demasiado tarde para eso —me dijo; sus palabras me inundaron de tristeza a la vez que parecían constatar su propio destino, como un mal agüero realizado por el mero hecho de su decreto.

—Pero tú estás tomando la decisión —me atreví a decir— tú puedes ir a su fiesta o volver con él… ¡Tú puedes hacer lo que quieras!

Ella se me quedó mirando con los ojos desgastados desde donde estaba tendida, allí donde se había conseguido el reposo tenue entre tierra y palma, fue todo lo que pude decir entonces, a falta de saber qué más hacer; dejé los bultos en la casa y me fui sola a caminar por el vecindario por una buena medida de tiempo, pensando en las variantes más sanguinarias y crueles del amor que conocemos como seres humanos a través de toda la historia, entonces regresando a la casa a toda prisa y subiendo a la recámara.

—¿Quieres fumar un churro? —le pregunté urgentemente a Janet.

—Primero necesitamos ensayar y debe de corresponder a tu esencia natural, cómo vas a fumar antes de la exposición.

—¿Por qué no? —pregunté, con sarcasmo.

—Anda, Martha, tú puedes.

Había estado ensayando por unos días y ya me los sabía de memoria, aún temía que iba a estar muy nerviosa frente a todos, pero ahora solamente era Janet y ella estaba allí para ayudarme, además estaba faltando a una fiesta para comprobar que estaba lista para la exposición. Respiré profundamente y comencé, citando los versos y metiéndole emoción, entonces la miré a ella, buscando su aprobación de que lo había hecho bien.

—Bien —empezó, pero no quedó allí— creo que le falta contraste, para que no salga tan monótono. Vamos a hacerlo otra vez.

La hicimos una, tres, cinco veces más…

—"Yo adoro a Lisi, pero no pretendo… y es simpleza obrar contra lo mismo que yo entiendo… a la esperanza dar ni aun leve entrada… pues cediendo a la suya mi alegría, por no llegarla a ver mal empleada, aun pienso que sintiera verla mía…"

—Todavía está un poco descargado —me dijo honestamente— recuerda la emoción, AMOR PROHIBIDO, ¿por qué está prohibido su amor?

—Les fue negado porque eran dos mujeres, porque ella era monja y la otra era la virreina, porque era una sociedad que quemaba los libros, cerrada, cerrada, cerrada.

—¡Exactamente! Piensa en el amor prohibido entre dos mujeres

—se paró ella entre su cama y un mueble, donde la podía ver de espalda y de frente por el espejo, empezó a tocarse el collar sencillo que adornaba su cuello— haz de cuenta que yo soy Lisi y que aquí estoy, dispuesta a amarte… —alargaba cada cosa que decía— ahora piensa en tu amor actual, que es todo lo que sientes, que te rige por dentro y por fuera… —se me quedó mirando fijamente por el espejo, ansiosamente, ¡convincentemente!, entonces cambió abruptamente la entonación— ahora piensa en las fuerzas que te van a negar el paso a tu amor correspondido, sin razón, sin motivo comprensible, para toda la eternidad y siente cómo el amor prohibido deviene un amor que no puede desistir y siente cómo un beso permitido jamás será igual a un beso hurtado.

Me lo llevé todo a la exposición al siguiente día.

* * *

Fue excelente pasar el fin de semana con Sidney. Carlos y yo lo llevamos al Castillo de Chapultepec. Pasamos horas allí mirando todas las estatuas, pinturas y muros y aprendiendo más de la historia de México. Los balcones y las recámaras de Carlota y Maximiliano y el panorama del Paseo de la Reforma son trascendentales y evocan toda la grandeza de Roma y París. Sidney y yo pasamos mucho tiempo en el centro histórico y me llevó a un café de excelencia cerca de la Catedral. Me dijo que le había gustado mucho Carlos y que no estaba allí para interferir en mi vida. ¡Qué alivio! Me dijo entonces que se iba a pasar unos días yendo a distintas playas con un amigo, para aprovechar el clima benéfico de México. Antes de partir, me dio sesenta dólares para que los pudiera gastar a mi gusto. Carlos se quedó muy emocionado por haber conocido por primera vez a alguien de mi familia.

* * *

Lunes. Me levanté sintiéndome enferma, pero no le presté mayor atención hasta que la raíz se aferró severamente a mí en historia de España. Tuve que regresar a casa, donde me pasé todo el día acostada. Carlos me trajo medicina y líquidos y ofreció llevarme a su doctor familiar. Ahora está haciendo su tarea aquí para acompañarme. Yo solamente quiero estar en la cama.

Martes. El tamalero pasa por la calle Flamencos cada día alrededor de las tres y media de la tarde. Yo estaba dormida cuando me despertó el sonoro rugir de "tamales, tamales", entrando primero por el oeste y siendo emitido cada quince segundos, en los que el señor ambulaba lentamente hacia la calle Acordada. Los ecos se adueñaron de la casa vacía, intercalándose entre los siguientes llamados que hizo el tamalero y las reverberaciones en mi mente. Sentí la soledad de un empeño inagotable, dispuesto a recorrer el andamio con un ritmo tan preciso para hacer los tamales llegar a su tiempo.

Miércoles. Janet me contó que había oído de Karen, que ella y los dos chicos habían ingresado en la séptima capa de la totalidad, mezclando unas cucharadas de la hierba ancestral con Choco Milk para facilitar el consumo. Uno de los chicos de barba larga terminó cayendo en un trastorno muy profundo y lamentable, restándoles días y forzándolos a desviar su viaje. Según ella, ahora estaban rumbo a Tijuana, para pasarse por aquella frontera. No hubo mención del libro de Jack Kerouac.

Jueves. Por fin empecé a sentirme mejor, lo suficiente para regresar a la UNAM y presentar mi examen de historia en la tarde. Sheri me dijo que ella y Marcel habían estado teniendo sexo desde hace unos días. Yo le volví a aconsejar que no le entregara todo su corazón y que ahora se tenía que cuidar de no quedar embarazada. Me dijo que no me tenía que preocupar, que él la quería mucho, además, le había pedido desde antes que no se expresara adentro de ella. ¡Ay, Sheri!

Viernes. Hoy hicimos una excursión al Cerro del Tepeyac para ver la Basílica de Guadalupe y la capilla dedicada a Juan Diego. Era fascinante ver cómo se estaba hundiendo el sitio. Una de las torres estaba notablemente inclinada y había mucha distorsión en el plano del suelo. Carlos llegó a la casa y pasamos tres horas hablando y besándonos en el jardín. Yo amo a Carlos. No sé qué haré sin él en los Estados Unidos. Ni lo quiero pensar.

*   *   *

Era un día magnífico y había tanto que hacer. Sheri y yo empezamos en el Bazar del Sábado en San Ángel, donde destacaban todos los colores mexicanos. Había artesanía contemporánea e indígena, pinturas, dibujos y joyas, todo influenciado por los ricos sabores, las voces y las cuerdas de bandolón que permeaban el sitio. Conseguimos unos regalos para llevar de regreso, incluyendo anillos de papel maché y unos gemelos azules para mi hermano, no pudiendo resistir el llamado culinario; nos paramos en un puesto para disfrutar unos tamales y aguas frescas, sintiéndonos repentinamente renovadas de energía. De allí tomamos un taxi hasta el centro, llegando a una sucursal de American Express para cambiar cheques por efectivo, después a un estudio para entregarles todos los rollos de fotos que se necesitaban revelar, asegurando que me los iban a tener listos dentro de unos días. Por fin llegamos a Liverpool, donde Sheri se desató.

—¡Ay, sí, quién te quiere! —estalló, alzando un par de botas go-go blancas.

—¡Creo que te quedarían mejor a ti que a mí!

—¡O aquellas botas Biba! —señaló unas negras de altísima moda—, ¡justo lo que necesitas, ji, ji, ji!

Me pasé por todos los zapatos, probando varios pares, subiendo a conseguir unos guantes largos de satén y un bolso de mano, desviándonos para comprar los trajes de baño y un bronceador para la playa, regresando y eligiendo al fin unos Mary Janes plateados. Había estado pensando en unos zapatos negros con un tacón cuadrado, pero Sheri me guio con fidelidad hacia los otros, diciéndome que iban a coordinar mucho mejor con los guantes y el vestido.

—Ahora el maquillaje —dijo ella.

La dejé tomar las riendas desde el departamento de maquillaje en Liverpool al salón de belleza donde nos dejamos hacer una manicura espontánea, hasta que estuve sentada con el cabello mojado frente al espejo de la casa, sabiendo que ella tenía muy buena visión de cómo iba a quedar todo y la paciencia para llevarlo a cabo.

Sheri era maravillosa. Ella me aplicó una capa base, la sombra de ojos, delineador y rímel, rubor y pintalabios, entonces trabajó bastante rato en mi cabello, entrando con su equipo de cepillos, peines y horquillas para estilizarlo a su gusto hasta que llegamos al paso de ponerme el vestido, ¡tenía que ser el azul!, ella me ayudó bastante para evitar cualquier desarreglo de maquillaje o el peinado, regresando nuevamente para finalizar con los últimos toques. Al fin, me puse los zapatos y los guantes y ella me pasó el bolso. Me escaneó brevemente, "¡te ves divina!", exclamó y se fue corriendo por el pasillo, gritando para llamar la atención de los demás.

Carlos llegó por mí a las nueve con un ramillete de flores, se veía tan agradable y encantador en su esmoquin negro, que llevaba con una camisa blanca y un moño rojo, nos subimos al Galaxie y me llevó primero a su casa para presumirme, su mamá y Elda Rosa eran tan amables conmigo, sacando distintas fotos de nosotros flanqueados por los adornos, flores y retratos de la repisa y la sinfonía exuberante de pío píos, él todavía tres pulgadas perfectas más alto que yo, con tacones hubiéramos tenido casi la misma estatura, le dimos entonces por Lupita y Tenoch, llegando a ser unos de los primeros en el baile, con varios tocadiscos, micrófonos, bocinas y amplificadores bien integrados y habiendo mucha canción de moda, *Twist and Shout*, *Fuiste a Acapulco*, canciones de Angélica María y Los Panchos, *I Like It Like That*, pensé en Janet cuando tocaron *California Dreamin'* de The Mamas & the Papas. Yo estaba conociendo a todas las distintas parejas que había, los chicos que presentaba Carlos eran sus amigos de La Salle, casi todos ellos preguntaban por Leslie y Arturo; me divertí haciendo plática liviana con las novias, la mayoría de ellas no se conocían, y admirando los vestidos.

Todo empezó a armarse verdaderamente bien a partir de las once, cuando Los Peluqueros de Coyoacán tomaron el escenario fundiendo micrófono, instrumento, voz y pasión. Carlos y yo nos la pasamos entrando y saliendo de la pista, donde me deslizaba alegremente en los Mary Janes, después volviendo a someternos a la plática apachurrada de la barra. Me sentí grandiosa en el vestido de Camila y el arreglo de Sheri.

La banda seguía dándole fuertemente por mucho tiempo; yo estaba por entrar en la cima ya pasada la medianoche cuando se desviaron repentinamente de originales a versiones, la noche nos obsequió una de los Righteous Brothers, renunciamos instantáneamente a las bebidas para tomarnos las manos y darnos prisa, envolviéndonos en un hueco que había entre todas las parejas. Me morí del bamboleo en sus brazos con la canción, la que desató la más hermosa confluencia de amor emitido y ternura entonada, plasmada en un baile que nos duró para toda una eternidad, *Melodía desencadenada*.

La energía se trasformó nuevamente cuando se lanzaron con regionales, hubo un conjunto enorme de risas, sonrisas y aplausos que llevaron a formar una enorme cadena, yo caí entre Carlos y una de las novias, corriendo vertiginosamente alrededor de toda la pista. Era la una de la mañana cuando sus amigos lo reclutaron para un proyecto repentino, cosa que involucró a varios de los chicos de La Salle. Me quedé hablando con Lupita y Tenoch, él nos explicaba que, según los rumores, uno de los alumnos y su novia se habían comprometido a casarse pocas canciones atrás y que ahora había que ver lo que le harían.

—¡Nomás mira la hora! —exclamó Lupita muy supersticiosamente al escuchar esto— mi abuela siempre advierte, ¡no hay nada bueno que pase después de la medianoche!

Nos quedamos los tres ocupando el espacio, saltando levemente entre las distintas pláticas ya de noche, Tenoch me dijo en un tiempo que estimaba mucho a Carlos, que les tuvieron una fiesta de cumpleaños el octubre anterior a los dos, que se sentía muy afortunado de haber nacido solamente un día después de él. Se veía muy animado cuando lo dijo, sobre todo, muy joven.

—¿En qué año naciste?

—En el cuarenta y siete, justo un día después de Carlos —constató, orgullosamente—, ¡él y yo ya vamos para los veinte!

Todo el festejo se me acabó con su respuesta. La sonrisa cayó, la bebida se diluyó, la banda se cansó, ya no toleraba los guantes de satén, ya no quería conocer o hablar con una persona más.

Lo vi al fondo con un grupo de cinco o seis, llevaban a un chico alzado hasta arriba entre ellos, le habían quitado su esmoquin, zapatos y pantalones formales y disfrazado nuevamente en un sombrero de paja y huaraches, habiéndole dejado la camisa blanca desabrochada y el moño en su lugar. Él y los demás se veían avergonzadamente adolescentes haciéndolo. Qué inmaduros todos. Sonaron unos gritos dispersos y hubo una proclamación a favor de la pareja por el micrófono, el grupo lo llevó entonces hasta donde estuvo su novia y se lo entregaron así, con pala y azada, obligándolo a sacarla a la pista y bailar. La muchedumbre estalló en carcajadas, recibiéndolos en fin con unos aplausos y devolviéndole los pantalones al chico. Yo ya no soportaba el escenario. Solamente decaí en nuestro amor amortiguado por la certidumbre e instalación de una vil mentira.

—¿Cuántos años tienes? Dime ahora, sin mentir —lo confronté directamente cuando regresó.

Él no tenía que contestar, lo supe desde luego por cómo lo vi, oscilando nerviosamente en su cuerpo, no sabiendo qué hacer o decir, entrando en un parloteo débil de blablablá, haciendo un circuito desesperado de frases incongruentes y explicaciones que no iban a estar a la altura, tropezándose nuevamente, por fin admitiendo.

—Diecinueve.

—Qué lindo, diecinueve, ahora llévame a la casa.

Él empezó nuevamente a entrar en explicaciones exiguas.

—Ninguna palabra más, diecinueve, solamente llévame a la casa —me quité los guantes—. ¡Ahora mismo!

Le era necesario buscar a Lupita y Tenoch y despedirse de gente y todo, entre tanto yo me salí y simplemente fui a esperarlo afuera.

—Y me vas a llevar primero, diecinueve, yo no voy a estar sola contigo en el carro —insistí cuando por fin salió con ellos para subirnos todos al Galaxie.

Aquellas palabras fueron las últimas que le dije aquella noche. El enojo más próximo que sentí fue el coraje actual, de que Carlos nos estaba obligando a perdurar el tiempo tan incómodo en su carro, con Lupita y Tenoch, que no tuvieron nada que ver con su trampa o traición. Aquellos fueron los minutos más agobiantes de todo el verano.

—¡Nomás mira la luna llena! —exclamó Lupita, ya que estuvimos cerca de la calle Flamencos— abuela tenía toda la razón... —resumió, sin motivo aparente más que afirmar su propia convicción.

Cerré la puerta de un portazo y me fui corriendo para entrar en la casa.

Tres rayas y cuatro puntos en el nivel inferior.

* * *

—¡Diecinueve! ¿Lo pueden creer? ¡Solamente tiene diecinueve!

—¿A poco te ha estado mintiendo todo este tiempo? —reaccionó Leslie.

Estaba planchando una ropa mientras hablamos. Les conté todo, de Lupita y Tenoch, de la noticia que me pescó desprevenida, de la letanía de estupideces que le salieron de la boca desde que me enojé.

—*Sorry girl…*

—¡No puedo creer que me ha mentido tan descaradamente!

Dejé la plancha y empecé a doblar ropa. Sheri nos habló de su noche, que había salido con Marcel para por fin hablar de todo lo que le inquietaba, que él se puso muy extraño cuando le preguntó cómo iba a ser su relación, ya que nos íbamos a regresar en unos días, y cuándo la iba a visitar en Austin.

—Todo me dejó sintiendo mucho peor que antes… —se quejó—, ¡ahora tengo tantas dudas!

—No hay, ¡carajo! —sentí un dolor intenso que provocó un reflejo automático.

—¡Uy, cuidado!

—No hay que suponer tan pronto lo peor —terminé de decir, retirando la plancha de puro coraje.

—¿Cuándo se van a volver a ver? —preguntó Leslie, manteniendo la empatía con Sheri.

—Más tarde… en la noche.

—Eso es bueno —dijo ella, siendo entonces la que veía las cosas con mejor claridad— así lo pueden platicar más entre los dos.

Traté de encontrarme aquel día, rasgueando cuerdas que no me salían, entrando en una obra de Valle-Inclán sin poder aferrarme bien a su inicio, pasando descuidadamente a la recámara de Camila para encontrar a Germán durmiendo desnudo en la cama, ¡uy!, se me había acabado la tinta azul y por más que buscaba no encontraba una pluma nueva. *Con tinta roja. ¡Por Dios! ¡Qué día! ¿Por qué tiene que tener Sheri un nuevo problema justo el mismo día en que yo? Todavía ni desayuno y ya hay tanto desorden y descontento. Me siento tan abatida y frustrada con Carlos por haberme mentido. ¿Por qué tuvo que ser así? No sé cómo una mentira tan grande se puede justificar. ¡Madre mía, acaba de llegar Mariano! Lo puedo escuchar hablando con Camila en la planta baja. Ahora sí se lo tengo que decir.*

—Que gustó verte, Marta, ¡te ves genial! —me saludó con dos besos de amistad muy alegres y aparentemente premeditados y me continuó a decir— ¿cómo te ha ido aquí en la mega?, increíble que ya estás por terminar en la UNAM, yo también quisiera hacer un semestre en España, me apasiona tanto viajar y conocer nuevos sitios y gente, antes de que se me olvide, mi mamá te manda mil saludos de su parte, ella siempre está hablando de ti, ¿tienes hambre?, vamos a tomarnos un café, quisiera contarte todo, anda, yo te invito… no sé cómo lo iba a saber yo, aunque sí me lo dijeron aquella vez que te fui a visitar en la casa, todos los amigos que están contigo en Flamencos 95 son tan buena onda, me la pasé allí con dos ajedrecistas y una chica, Marcel y Pavo, si mal no recuerdo, dos cafés por favor, oye, yo pienso que el Marcel le pudiera ganar a diez chicos en una pelea si tuviera que hacerlo, salvo que es tan amable y desenojado de todo, no se lo digas así… se me antojan los huevos revueltos con chorizo, ¿y tú?, ¡los rancheros!, fue ella la que me dijo en fin, Sheri se llamaba, yo ya sospechaba desde antes que tenías novio, o sea, ¿cómo no ibas a tener novio?, eres radiante, has de tener a todos los chicos y quizás también a las chicas detrás de ti, si acaso tienen la confianza de llegar contigo y hablarte, eso sí, hay muchos que no se atreven hacerlo, que se queden a un lado, mejor para mí, digo yo, menos competencia, ¿en dónde iba?... ay, ¡qué bien!, mira, ¿de veras te gusta este chico?, te felicito más que nada, yo pienso que Carlos te mintió porque, no sé, obviamente tenía su razón, no lo defiendo, quizás pensó que jamás ibas a querer estar con alguien dos años menor que él, creo que fue simplemente por eso, pero yo qué sé... yo quisiera nada más que poder estar contigo y para que conste, ¡yo sí tengo veintiún años!, o la edad que tú quieras, pero dejando eso a un lado, yo no estoy para meterme entre tú y tu novio, si quieres yo hablo con él y se lo puedo decir, obviamente él ya debe de saber que eres una perla preciosa, que no se da en cualquier playa o arena, yo pienso que si el destino lo desea, esta diferencia no será nada a lo largo... sí fumas, anda, qué rico desayuno, ¿no?, cuando estalla la yema así para poder embarrar la tortilla de todo lo amarillo y lo picante, ¡delicioso!, para arrancar bien el día...

Nos pasamos por el centro comercial en el Manacar, había mucha gente haciendo fila para ver *Tarás Bulba*, la matiné, me esforcé para rechazar lo más amablemente que pude la invitación repentina de Mariano, diciéndole que tenía pendientes y que debería regresar, vi desde lejos que estaba el vocho amarillo de Carlos frente a la casa y se me aceleró el pulso.

—Entonces, ¿quedamos en cenar o en un club para la noche?

—Ja, ja, eres muy amable y le caíste bien a la casa, pero tengo novio —por fin se lo dije.

—Está bien, Mariano entiende.

—¡Gracias por el desayuno y por la compañía! —entré para darle un abrazo amistoso.

—¡Eres espléndida, Marta! Ahora Mariano se va a la playa, genial que en México se dan los dos besitos así… *ciao, ciao!*

Mariano se fue caminando de regreso hacia Insurgentes. Apenas estaba yo por entrar en la casa cuando Carlos salió. Acordamos tácitamente en llevar la plática a su carro, bajando las ventanas y encendiendo unos cigarrillos.

—Vine para ver si querías ir a montar, pero no estabas.

—Salí con Mariano, me llevó a desayunar.

—¿Eso significa que no quieres seguir conmigo?

Tomé una calada prolongada y exhalé. Había un señor pasando por la banqueta, manteniendo el control sobre varios perros que lo circundaban, sin ninguna correa.

—¿Por qué carajo me mentiste?

Trató de explicarse, diciéndome que los hombres tenían que ser mayores a las mujeres en la cultura mexicana, que se había enamorado tanto de mí que temió que yo nunca iba a querer salir con alguien más joven.

—Esa lógica solamente te sirve para cuando empezamos. Hace poco te pregunté en el Catacumbas y me volviste a mentir. ¿Cuándo me ibas a decir la verdad?

—Perdón, perdón, perdón… —empezó a llorar— pensé que nunca ibas a querer estar con alguien dos años menor.

—¿Entonces nunca me ibas a decir? ¿Pensabas llevarte la mentira a la licencia matrimonial?

—*Me sorry, me sorry!*

—¿Qué otras mentiras te faltan corregir?

—Ninguna, ninguna más, amor, te lo juro.

Apagué lo último del cigarrillo en el cenicero, que ya necesitaba vaciarse.

—Sheri y yo nos vamos a Acapulco mañana —se lo dije, nomás por decirlo.

—¿Ya no quieres seguir conmigo?

—Carlos René, por favor, deja de ser un idiota —lo miré por el rabillo del ojo— solamente vamos por dos días para visitar a la Señora van den Berg.

Pasamos tiempo sin decir más, como que el silencio a veces era bueno para el reposo. Él llevaba una camisa oscura de manga larga, su cabello estaba levemente despeinado, así como me gustaba.

—Solamente tienes diecinueve —me reí repentinamente— con razón no sabías qué hacer en el hotel, ¡ja, ja!, ahora todo tiene sentido.

—¿Entonces me quieres nuevamente?

—Te voy a decir una cosa. No fue la edad, sino la mentira. No me hubieras mentido.

Fue entonces cuando vi a Camila salir de la casa con muchas bolsas vacías, yo le grité un saludo, ella en retorno nos dijo que iba al mercado, me decidí desde luego a acompañarla, despidiéndome de Carlos con un beso y un adiós, sencillos. Al poco tiempo estaba en el asiento de copiloto del carro van den Berg, un Cutlass color crema, yendo con buena velocidad por la Insurgentes hacia el norte. Hubo una serie prolongada y fastidiosa de anuncios y propaganda política siendo emitida por la radiodifusora, ella pareció darse cuenta de esto, cambiando la emisora mientras que mantuvo la otra mano firmemente a cargo del volante, atinando con el tercer botón una canción muy apasionada de Lucha Reyes. Encendimos unos cigarrillos, pasando por debajo del lema que afirmaba "El respeto al derecho ajeno es la paz", profundizando en las rancheras de Infante y

Negrete, desviándonos por las fachadas excelsas de la Colonia Roma, los misterios almacenados en los edificios históricos del centro, todas las librerías antiguas y aleatorias y subterráneas en Donceles, que vislumbraban en su conjunto una quintaesencia desbordante para los bibliófilos muy digna de otra temporada de exploración.

—¡Tocas genial la guitarra! —le dije espontáneamente—. ¿Desde cuándo tocas?

—Empecé cuando tenía catorce o quince años. Di lecciones por muchos años allí en la casa, lo tuve que dejar hace unos meses, pero quisiera retomarlo en el otoño.

—¿Cuántos años tienes ahora?

—Veinticuatro. Oye, tú también tocas muy bien.

—Ya no tanto —sonreí— me divierto, aunque cometo muchos errores.

—Eso lo puedes mejorar con estudio dedicado, y por mientras, lo importante es levantar la guitarra cada vez que te den ganas y seguir tocando.

Estacionamos el carro y caminamos unas cuadras hacia el tianguis, que estaba saturada de gente, donde empezamos a llenar unas de las bolsas de maíz y frijol. Había codos rozándome por todos lados, voces permeando y circundando los puestos ambulantes, familias enteras de tres generaciones andando, vendedores llamando la atención a su precio y mercancía. Pasamos entonces hasta adentro del Mercado de la Merced, donde nos abastecimos de lo que decía ella, fruta, carne, verdura, chile, huevo y flor de calabaza, colmando todas las bolsas.

—Ahora vamos por Oro.

Camila dejó dos de las bolsas en la casa de Oro para su familia, entonces ella se vino con nosotras para regresar las tres juntas a la casa, insistiendo en que yo me sentara adelante. Fue el trabajo liviano y colectivo de guardar todo el mandado bien en su lugar lo que me llevó a empezar a atacar el desorden que había. Mis cosas estaban en todos lados de la casa y divididas entre las dos recámaras, papeles sueltos, prendas, libros, tareas, cosas prestadas, regalos, cosas compradas, sabía además que se necesitaban juntar las cosas de Karen para mandárselas de algún modo. Estaba abriendo los cajones de la recámara que ahora compartía con Janet cuando apareció *On The Road*, increíble cosa, no se lo había llevado al desierto como pensamos. Yo sí me lo llevé a la cama y me sumergí, dejando lo demás para después y violando mi propia regla de quedarme con la lengua española en la literatura. Me quedé por mucho tiempo, pasando las horas en que la tierra giraba haciendo el sol atardecer, pidiendo aventón hacia el oeste con el protagonista, llegando a escuchar la entrada de una guitarra, cuya cuerda sobresaltó la página, después una segunda y tercera guitarra, entró de repente la voz del cantante: "Novia mía, novia mía, cascabel de plata y oro, tienes que ser mi mujer; novia mía, novia mía, con tu cara de azucena, ay, lo que te voy a querer…"

Me desaté al instante y me fui corriendo hacia la terraza, ¡qué increíble imagen!, allí estuvieron ocho, nueve, diez chicos bien vestidos desprendiendo su alegría, allí estuvo Arturo, guiñándome con sonrisa y guitarra, allí estuvo Carlos cantando, alabando, se puso a escalar el andamio exterior de la casa hasta llegar a un lado de mí: "Por llevarte hasta el altar cantaré con alegría, que sin ti no quiero a nadie, novia mía, novia mía…"

Nos besamos tiernamente al borde del balcón, acompañados por las cuerdas andantes de las guitarras y los aplausos que surgieron, la energía entre los labios hablaba en grande por los dos, todo lo de antes lo podíamos dejar en su lugar, ya habíamos vuelto a ser.

—¡La policía! —gritó entonces uno de los chicos en broma.

Carlos reaccionó soltándose de donde estaba y cayendo más o menos bien en la banqueta, pensé que le había dolido mucho, pero jamás perdió el destello en su ser.

—¡Yo te amo, Carlos! —le grité al mundo desde lo alto del balcón—. ¡Yo te adoro!

* * *

Por fin estamos a bordo del camión. Ya lo extraño tanto a Carlos. Solamente son dos días, pero el adiós en la terminal nos pegó muy fuerte. Tampoco ayudó que pasó toda la tarde tratando de convencerme de no hacer el viaje. Todo ha sido maravilloso desde la serenata, me siento verdaderamente encantada y se veía adorable. Sheri y yo nos deberíamos divertir mucho en este viaje, si no extraño demasiado a Carlos. Si lo puedo añorar tanto ahora, ¿cómo será cuándo de veras me voy?

Llegamos a Acapulco alrededor de las seis de la mañana. ¡Gracias a Dios!, como dirían los católicos. Hacía frío, hacía calor, estaba apretado y completamente oscuro, había un traqueteo constante en los asientos de atrás, había cucarachas y pulgas, el baño era imposible. ¡Pensé que no íbamos a llegar!

* * *

Lo primero que hicimos fue comprar los boletos de regreso para la noche siguiente. Ahora sí compramos en primera clase, cosa que nos había sugerido Carlos en la terminal del DF, pero esa vez era demasiado tarde para cambiar los de salida. Le mandé un telegrama desde el Motel Tampa para decirle en qué camión íbamos a estar, entonces subimos a nuestro cuarto para ponernos los trajes de baño y las sandalias. No perdiendo tiempo, nos fuimos caminando por la avenida de la costa, que abundaba de palapas y vegetación tropical, llegando a la playa Condesa, donde nos integramos plenamente.

—¡Es increíble! —Sheri estiró sus brazos y empezó a correr.

Recibimos de frente el estruendo de las olas estrellándose contra la arena, el revoloteo de gaviotas y la calidez del aire soplando de la bahía. Había una sensación de limpieza profunda dada por los granos de arena y la bruma que salpicaban el cuerpo, contorneando cada aspecto y curva y siendo barridas por la brisa continua. Las olas eran enormes. Nos mojamos hasta las rodillas y luego volvimos a la curva infinita de la mera orilla, donde el agua rasgueaba la arena firme, subiendo y bajando a su ritmo, como brazo adiestrado en la guitarra, para seguir caminando a lo largo de la playa.

Regresamos al hotel algunas horas después solamente para cambiarnos de ropa y refrescarnos, las dos ya estábamos muertas de hambre y con una sed muy profunda, tomando un taxi directamente a El Presidente. Ya íbamos una media hora tarde para cuando llegamos.

—¡Sheri, Marta! —nos recibió la Señora van den Berg muy alegremente, con los brazos abiertos y el niño a su lado—. ¡Qué gusto, qué gusto que nos vinieron a ver!

Nos sentaron en una mesa redonda al aire libre que daba directamente al mar. Era el mismo cuerpo de agua, solamente algo apartado de antes, revelando a esta escala muchas de las piedras que perforaban la superficie y las siguientes capas e isletas de espuma que se esfumaban lentamente para rendirse al todo.

—Todo aquí es delicioso —nos prometió— típicamente les hubiera tenido una fiesta de despedida en la casa, pero se las doy aquí en Acapulco.

Empezamos con varias rondas de aguas frescas para saborear las distintas frutas y aplacar la sed, la primera fue de piña y nos la tomamos en pocos segundos, la segunda fue agua de limón y fresa con hojas de menta.

—¡Yo necesitaba eso, ji, ji!

—Te tenemos algo —le dije entonces al niño, sacando dos Matchbox nuevos y pasándoselos allí mismo, un vocho blanco y una camioneta amarilla.

—¡Mira nomás lo que te traen! —exclamó su mamá; era maravilloso ver la aceptación del niño a través de su sonrisa cautelosa, la obligación por parte de su mamá de dar gracias, y cómo tomó el carro en una mano y la camioneta en la otra para empezar a jugar.

Enseguida, la Señora van den Berg pidió una gran variedad de platos esenciales para la mesa: coctel de camarón, ensalada de mango y aguacate, sopa de frijoles blancos, tostadas de ceviche, pulpo en su tinta, arroz con coco, pescado a la parrilla.

—Empezamos así —sonrió ella y se llevó la orden el mesero, viéndose plenamente satisfecha con el plan— a ver hasta dónde llegamos.

—¡El agua es tan azul! —exclamó Sheri—, ¡muy distinto al Golfo de México!

Poco a poco empezaron a llegar los platos, que compartimos entre todos, salvo que el niño solamente quería la fruta, el arroz, y los frijoles. Sheri de repente pidió un daiquiri, con el mejor ron del Caribe, alentándome en cambio a pedir una margarita.

—¡También tráeselo a ella con el mejor tequila de México! —pidió la Señora van den Berg.

—A sus órdenes —dijo el mesero.

Toda la comida era fabulosa y de primera. Disfrutamos juntos la tarde con mucha languidez, gozando las brisas leves del mar que nos acariciaban entre mordidas y sorbos, el sol que abundaba, todos los movimientos y sonidos caprichosos que hacía el niño, mientras trazaba las vías de alta dimensión con el vocho y la camioneta.

"Ahora cuéntenme, ¿cómo les ha ido a todas en la casa?", nos pidió, ya cuando habían retirado los platos vacíos, entre Sheri y yo compartimos lo que era más prudente decirle sin perder nada de lo vital y esquivando mención alguna de Karen, lo más sencillo era hablarle de nosotras, que nos había ido muy bien en la UNAM, para Sheri fue una experiencia singular de vida y se había divertido tanto con el rebaño de chicos y chicas que conocimos, aunque era claro que no se había apegado del todo al vaivén, en cambio, yo sí me aferré bien y ahora deseaba hacer la maestría de literatura, me inspiré además hablando de Janet, compartiendo que ella era sublime, una chica inolvidable y formidable en cada aspecto, entonces nos preguntó con mucho interés por Leslie y Arturo, le contamos de la creciente discordancia entre los dos que los terminó separando, "esa es una verdadera lástima", dijo ella, "yo los vi desde que se conocieron el verano pasado y cuando se enamoraron y yo siempre pensaba, el destino seguramente le guarda algo muy especial a aquella pareja", ella se hizo un recorrido propio, hablándonos entonces de las alumnas del verano pasado, que todavía se escribían a menudo, eso me recordó que tenía un bulto de correo y papeles que Camila me había encomendado entregarle, "había muchos amigos que llegaban seguido a la casa aquel verano", ella nos decía, "eran los novios y los hermanos y todos los amigos, siempre había los que llegaban a cada rato o más seguido para convivir con las alumnas, por fortuna todo se llevó a cabo en la UNAM como debería, se los digo debido al movimiento estudiantil que surgió en la primavera del año pasado, estalló una huelga que logró unos cambios beneficiosos para la Facultad de Derecho, pero el camino no les fue fácil, despertaron los mítines y los alumnos reclamaban sus derechos y exigían mucho cambio y naturalmente fueron recibidos con mucha fuerza en su contra, los trataron de suprimir con militares y hubo encuentros con armas y bombas molotov, falleció uno proveniente de una familia instalada, hubo oficiales y de todo buscando a los involucrados y la luz de sospecha que arrojaron llegó a caer encima de este chico, entre otros, quien era unos de los amigos de la casa..." Sheri y yo solamente escuchamos, estábamos completamente inmersas en su historia. "Deja les cuento", continuó ella, "aquí en México cuando alguien de poder sospecha de ti, tú no te vas a esperar a que te encuentren para defenderte en la lógica de tu posición o para dar testimonio o lo que sea, tú te vas a dar a la fuga, y eso fue lo que pasó con este chico, se tuvo que ir a quién sabe dónde, mi querido México, hasta que todo pasó".

—Así es la vida —resumió ella, revirtiendo en fin a Leslie y Arturo— pues espero se vuelvan a encontrar.

Después de la comida, la Señora van den Berg nos llevó al Puerto Marqués, donde contrató a un velero para llevarnos de paseo. Vimos la tierra retroceder muy despacio en lo que nos ajustamos al ritmo del agua bañando con avidez los costados del barco, que nos llevó hacia la apertura que daba al océano. El marinero y su hijo nos hablaban mucho, diciéndonos que era buena temporada para la pesca de marlines y huachinangos, además nombraban a las aves que veían, hablando de garzas y garcetas, de pelícanos, zanates y zopilotes. Sentimos las olas crecientes mucho más agresivas cuando salimos de la bahía, de repente carentes de ritmo y chocando fuertemente contra el barco, como si hubiéramos cruzado una frontera invisible.

Así seguimos a la costa solamente por un rato, hasta que el marinero dio entrada para hacer una media vuelta por la bahía de Acapulco, donde las aguas devinieron menos frenéticas.

—Allá se ven todos los hoteles —la Señora van den Berg llamó la atención a donde habíamos estado antes.

Sheri estaba acostada debajo de una sombra improvisada, con una prenda sobre los ojos, mientras que el niño se puso muy dormilón, inclinándose en su mamá. Yo me tomé tiempo para agradecerle todo efusivamente, alabando una y otra vez a Camila y a Oro por todo lo que ellas hacían, diciéndole que Flamencos 95 era tan, tan especial.

—¡Ay, Marta! ¡Nada me da más alegría que escucharte decir eso!

—¿Y cómo ha estado?, espero que le haya ido mejor aquí en Acapulco.

Me dijo que todo dependía del día, que a veces se cansaba de esforzarse tanto para mantener buen ánimo frente a todos, pero que estaban empezando a haber más días en que podía divisar un camino para ellos hacia una verdadera felicidad perdurable.

—Ha sido un año difícil para nosotros, ha sido una temporada de transición, pero te cuento… lo que nos ha ayudado más que nada ha sido la fortaleza de Camila y de mi hermana, ver al niño pasándosela muy bien con sus primos, además la alegría de ver a todas las alumnas llegando a pasar por la casa tan felices, una cosa que siempre me ha colmado el corazón, todo esto me ayuda a ver una salida —compartió conmigo, tomando una pausa para reflexionar, entonces sonriendo y empezando a hablar más liviana— le digo a Camila que debe de moverse a la adición y acomodarse allá atrás, para darse más lugar y expandir el espacio para las alumnas, ya que le va a pertenecer a ella gestionar toda la casa.

—Sería buena idea —dije y me reí, pensando en ella y Germán y todo el sexo estruendoso que estaban teniendo.

Dejamos la plática por un rato para disfrutar la integración de todas las entradas ambientales, la variedad de barcos que había, el marinero y su hijo que ajustaban las velas y la dirección con mayor destreza, una piedra colosal que se separó inesperadamente de la península, revelándose como una isla, la profundidad del agua más allá hacia el horizonte, que bifurcaba los azules de cielo y mar, hasta que el lienzo se difuminó con el ocaso.

Aquella noche Sheri y yo terminamos en La Jacaranda, un club nocturno de diseño ultramoderno, rodeado de palmas, con una música seductora que daba a toda la bahía. Ya íbamos dos o tres cubalibres adentro, alegremente disfrutando el escenario, cuando por fin hablamos de ella y Marcel, de todo lo que no se sabía de él, y la última conversación que tuvieron por teléfono hacía pocas noches, cuando él le había dicho que se le estaba complicando el tiempo y todo, que no había contemplado bien una relación a distancia, a ella le causaba mucho dolor que fuera tan vago y que no sabía lo que podía esperar de él.

—Yo tenía razón en decirte todas las veces…

—¿Qué fregados me estás diciendo con eso? —replicó al instante, como si correspondiera a un sentimiento fuertemente asentado, alcanzando el encendedor y otro cigarrillo para ella.

—Solamente eso —persistí—. ¿Cuántas veces te dije que no le dieras tu corazón?

—Pues gracias por decírmelo así, Martha Ann, ahora me siento mil veces mejor —tomó una calada y exhaló— tú siempre estás aportando tanta mala suerte a mi relación, ¿por qué tienes que suponer desde ya que va a ser así?

Yo solamente pude murmurar algunas sílabas confusas, ¡como si de repente fuera Carlos!, que no me iban a servir para nada. Ella ni había empezado a decirme.

—Vamos a ver… Tú acabas de haber sido engañada por Carlos por todo este rollo de su edad, yo jamás te eché la culpa por eso… Yo jamás te dije —cambió el tono aquí para remedarme— no le hubieras dado tu corazón… ¡Qué sugerencia tan anticuada! El amor no se prende o se apaga como un foco… Si mi destino es que me rompa el corazón, ¡así tendrá que ser! O quizás seré yo la que llegue primero a decirle que se vaya a la fregada. De todos modos, yo le seguiré dando mi amor…

Me sentí tan culpable al instante y sabía que tenía toda la razón, además era ella la que llevaba la carga de haberse enamorado de Marcel, pero por más que quise, no pude adivinar la forma de ayudarle entonces. Quizás no había. Pero carajo, qué bueno ver surgir a su tiburón interior.

* * *

Por fin despertamos, estábamos las dos en el hotel, sentí que habíamos dormido tanto, como para hacer dos noches caber en una. Me levanté en contra de una sensación desagradable que sentí y fui a deslizar la cortina para dejar entrar la luz. El sol ya estaba pegando bastante fuerte.

—¿Qué hora es? —preguntó Sheri, todavía envuelta en la sábana y cobija de su cama.

—¡Es la una de la tarde! —exclamé.

Fui al baño, prendí la luz interior y me espanté viéndome en el espejo, volviendo enseguida con Sheri.

—¡Ayuda!

—¿Qué?

—Necesito tu ayuda… por favor.

Por fin se deshizo de la almohada y volteó para verme.

—*Oh my goodness!* —se levantó y se vino conmigo al baño para ver qué podía hacer—. ¿No te pusiste bronceador?

—Sí me puse —insistí— igual que tú…

—¡Pareces pan tostado! —dijo, sacando su bolsa de lociones.

Fuimos a comer en Bob's Big Boy, pidiendo unas hamburguesas enormes y unos refrescos. Le pedí perdón una y otra vez por lo de la noche anterior, y por lo acumulado desde antes, explicándome lo mejor que pude para que no fuera una disculpa vacía, empezando desde cero y elaborando mis intenciones a través de los acontecimientos, y para mi sorpresa, ella me aceptó desde luego, como se lo dije, sin renuencia, sin cuestionar o exigir más. De repente supe que solía ser yo la muy exigente con las disculpas. Le soplé besos de agradecimiento, diciéndole tantas veces que era la mejor, aún sintiéndome muy culpable a pesar de la aparente sinceridad de su aceptación. No tardé en sentir que las cosas estaban nuevamente bien entre nosotras, con la malteada que compartimos con los dos popotes.

Regresamos entonces a la playa Condesa, sin nada más que hacer que disfrutar el día, llegando a un sitio donde nos atrevimos a esquiar slalom en las olas grandes, yo jamás logré arrancar bien en el monoesquí, pero Sheri era muy flexible y se inclinó y se dobló bien para conseguir genial equilibrio, sobre todo para ser la primera vez que lo intentamos. Qué excelente se veía, deslizándose sobre el agua detrás de la lancha, riéndose a su estilo, tras cada fracaso y éxito que experimentaba. Me quedé admirando desde la playa, sentada a un lado de donde echamos nuestras cosas en la arena, debajo de la sombrilla. Unas horas después, pasamos inesperadamente por un Sanborns y, fieles a la costumbre, entramos muy entusiasmadas para ver cómo era distinto o similar al nuestro en el Manacar, contemplando la hora y debatiendo si queríamos comer algo, todavía nos sobraba un buen trozo de tiempo, cuando escuchamos a alguien gritar mi nombre a través de una distancia, era el mismísimo Nick de Austin, con dos de sus amigos estadounidenses.

—¡Uy, has tenido un poco de sol! —llegó diciendo— oye, nosotros tenemos un jeep, ¿quieren ir a La Quebrada?

Fue una locura total ver a los saltadores trepar el enorme acantilado para tirarse de lo más alto hacia el mar. Vimos un atardecer espectacular y luego los chicos nos llevaron a cenar en una cantina. Se pusieron bien borrachos con el tiempo, pontificando fuertemente en inglés con otro grupo de americanos sobre el movimiento de las Panteras Negras y las protestas contra la guerra, con un nacionalismo muy arrogante y lamentable que pretendía hablar por todos. Me dio tanta vergüenza, ¡ya no los quería conocer! Yo solamente me puse a mirar el reloj, esquivando todo aquel debate. Más noche, Nick se puso muy lujurioso conmigo, hablando sin cesar, diciendo que mi novio no se veía, así que no contaba, decepcionándome y comportándose como un verdadero imbécil. ¡Carlos tenía toda la razón en sospechar de él! Qué bueno que Sheri estuvo allí para ponerle el alto. Por fin conseguimos un taxi para regresar a la terminal, llegando diez minutos antes de la salida y acomodándonos bien en los asientos de primera clase. Acapulco es bellísimo. Fue maravilloso estar aquí con Sheri y ya tengo ansias de volver en otro tiempo con Carlos. Más que todo, estoy lista para regresar a la Ciudad de México y estar con él.

*   *   *

Llegamos a las siete de la mañana. Allí estaba Carlos esperándonos en la terminal, solamente era él, acudí con tanta añoranza a sus brazos y a besarlo, entonces caímos en un abrazo tan dichoso y prolongado, ya casi lloraba de tanta emoción. Fue imposible mitigar mi entusiasmo de verlo, aunque estaba consciente al fondo de Sheri y de cómo se estaría sintiendo ella faltando Marcel. "Bien tostadita", me decía a cada rato, ya estando en el vocho amarillo. Todo el destello de nuestra reunión se acomodó entre el adiós grande que se estaba acercando con una contundencia feroz y el adiós chico que compartimos cuando me dejo tiempo después en la UNAM, al otro lado de haber montado en La Quinta La Dos Rosas, de haber almorzado unos huevos espontáneos y dejado a Sheri en la casa, un adiós consciente de que nos íbamos a ver en pocas horas y que fue constatado por los besos más exquisitos que jamás habíamos compartido y las palabras que decían te quiero mucho.

El tiempo se sintió tergiversado cuando volví a someterme a la UNAM, como si ya fuera otra temporada o época total. Llegué con la bolsa llena de libros y papeles para entregar las últimas cosas, para recibir las notas y empezar a indagar sobre la maestría, para dar unos últimos recorridos espontáneos por la Torre de Rectoría y pasar por la biblioteca, viendo inesperadamente al profesor Lizardi en unos de los pasillos de la venerable Facultad de Filosofía y Letras.

—Buen día, Marta, ¿cómo estás? —me habló, sin haberse sorprendido, como si fuera entonces cualquier ayer o mañana.

Le dije que pronto iba a regresar a Texas, pero que quería volver al año siguiente para hacer la maestría de literatura. Para llegar a la esencia, fue lo que estaba desesperada por decirle, pero me restringí. Hubo algo que despertó en él, como si hubiera captado repentinamente algunas de las piezas claves de un rompecabezas, diciéndome que había mucho que nos iba a tocar hacer, hablándome de la crítica literaria, no con el fin de criticar, sino como un lente que nos ayudaría a ser mejor guionista, poeta o escritor, compartiendo que había mucha energía emergente de los movimientos estudiantiles que se necesitaba resaltar, que sentía toda la inconformidad muy palpable que se estaba fermentando desde años, y que había mucho más que ver para llevar a cabo las exigencias literarias de la nueva generación. Me urgía alzar los brazos y decirle: cuéntame más.

—¡Muchas gracias por todo! —le dije.

—Con todo gusto —sonrió— ven y visítame cuando quieras, aquí estaré entre salón y pasillo.

Ya era todo lo que me tocaba hacer. Sí, pudiera haber pasado más tiempo, siempre había otro libro, muro o movimiento que ver, siempre había otra reunión o descubrimiento esperándome al azar, pero conociéndolo bien, ya me estaría esperando Carlos. Así que me fui sin pensarlo más, caminando la corta distancia al estacionamiento… y segura de que iba a regresar otro día a la UNAM, me subí a su carro.

—¡Ya la hice! —exclamé—, ¡ya terminé!

—Ahora hay que celebrar en grande —me dijo, listo para arrancar.

Pasamos en muy poco tiempo de Ciudad Universitaria al centro de San Ángel. Ahora llevaba un saco café con la pipa y una camisa azul, se veía muy guapo y orgulloso llevándonos al San Ángel Inn y dando su nombre, nos llevaron a una mesa redonda, elegantemente cubierta por un mantel blanco y adornado con flores y un candelabro. El cuarto estaba poco iluminado, había cerca de nosotros unas cortinas abiertas y unas puertas de madera que daban a la plaza y todo el jardín interior. Podía ver algunas luces brillando tras las ventanas de las salas colindantes del restaurante y las siluetas de parejas que estaban sentadas allá.

—¡Qué romántico! —exclamé—, ¡me encanta el lugar!

Nos tomamos una mano a través de la mesa y empezamos a hablar con tanto entusiasmo sobre el futuro, de que yo iba a volver a México en un año para empezar la maestría y vivir juntos, de casarnos y hacernos la vida; ya hablamos del plan como si fuera un hecho. Llegaron los meseros para ofrecernos unas bebidas y en otro tiempo la carta de especialidades. Disfrutamos sin prisa toda la perfección de la noche, como si fuera algo de un sueño. Hablamos de terminar los estudios en La Salle, en Austin y la UNAM, y el siguiente paso de vernos en octubre; él prometió que me iba a visitar, de una forma u otra, ligando sus palabras a nuestro propio destino, entonces pedimos unas botanas cuando empezaron a sonar las voces y las cuerdas de los mariachis desde el fondo. Todavía me inquietaba algo la idea de casarnos, pero lo amaba tanto, mucho más que lo suficiente para superar eso y saber que sí.

—A finales del verano del 68 —concordamos mutuamente, con un brindis entre los dos, sintiendo la envoltura de un resplandor tan glorioso— vamos a hacerlo.

De veras que lo amo tanto… es increíble la potencia de la emoción, ¡no la puedo contener! Yo amo a Carlos… tanto, tanto, tanto es lo que quiero decir.

*   *   *

Oro había regresado desde muy temprano con pan dulce para quien quisiera aprovechar, y habiendo mucho que hacer aquel día, disfrutamos el café de olla y entramos en vigor para limpiar y ordenar toda la casa. Alguien puso a girar *Rubber Soul* de los Beatles en lo que yo empecé a recoger y juntar las cosas que se habían esparcido a través del verano, retomando lo que apenas había empezado días atrás, cuando fue desviado por la novela, que ya estaba a punto de terminar.

Había muchos libros que empecé a juntar y colocar en su lugar o repartir, *Antonio y Cleopatra* a Sheri, *Bestiario* y *Otoño estéril* y todo lo de Valle-Inclán a Leslie, *El laberinto de la soledad* y el muy grueso *Don Quijote de la Mancha* a los estantes en el primer piso, *Pedro Páramo* y *Los versos del capitán* a la pila de cosas que eran de Karen, que Janet se iba a llevar consigo para darle a ella en San Francisco, también estaban los distintos libros de arte que me había regalado Carlos, el de Siqueiros, el de Goya, el de Orozco, *La virgen fuerte* y *La seductora*, ambos escritos por María Luisa Ocampo y llamándome mucho la atención, a Sheri, *El lugar donde crece la hierba* a Leslie también, *Trece poetas del mundo azteca* por Miguel León Portilla para regresar a la UNAM, más todos los libros de poesía de Rosario Castellanos y el *Orlando* eterno de Virginia Woolf, que pertenecían a Janet.

—¿Una libreta verde y unas sandalias? —llamé en voz alta.

—Mías —fueron reclamadas casi instantáneamente por las manos, a la vez que Oro llegó repartiendo escobas y trapos para sacudir.

Camila insistió en que había suficiente lugar para que Sheri y yo nos quedáramos más días, que fácilmente se pudiera arreglar un espacio para dormir, incluso en la adición, le agradecimos tanto por esto, diciéndole que ya era nuestro plan desde antes, que así ella se pudiera enfocar en darle la bienvenida a las dos alumnas que ya venían en camino desde España, que iban a aterrizar unas diez horas después.

—¡Qué emoción que ya van a llegar! —dije, pensando en nuestra llegada y lo bonito que habían tenido todo listo para nosotras.

—Sí, ellas van a comenzar sus estudios en el otoño —explicaba Camila— pero se están viniendo un tiempo antes para aclimatarse y hacer sus registros y todo… ¡y por supuesto para conocer!

Sheri y yo nos enfocamos en acabar la recámara que era la original de nosotras dos, como las chicas españolas iban a ocupar ese mismo lugar, saqué el baúl y empecé a empacar las cosas que ya no iba a necesitar hasta Texas, manteniendo el veliz vacío para lo demás. Había acumulado muchas cosas, sobre todo, regalos y adornos, cuadernos y portafolios llenos de papeles, bastante ropa y una bandera mexicana. El boleto de avión y el pasaporte me sobresaltaron cuando los vi, revirtiéndome fugazmente a la recámara donde dormía en Texas, donde habían ocupado su lugar prominentemente encima de la cómoda, llenándome de tanta promesa y anticipación en los días antes de que voláramos. Sheri se puso a lagrimear cuando se dio cuenta de lo que había dejado Marcel en uno de los cajones, camisa y pantalón, una cartera con seis pesos, su credencial escolar del Instituto Politécnico Nacional, una foto de Melia, *El Manifiesto Comunista* improvisado, cepillo de dientes y un peine.

—¿Ahora qué voy a hacer con esto? —me preguntó, viéndose algo disgustada por todo.

Pensé que lo podría dejar en una caja, en la casa o con Carlos, por si acaso llegara algún día a buscarlo, pero no se lo dije, en fin, me valían Marcel y sus cosas, lo único que me importaba era ella, su bienestar y felicidad.

—Llévate el libro y sus seis pesos —le dije, tratando de alentarla con un poco de humor seco— haz lo que tú quieras con lo demás.

Janet fue la que tuvo la idea de aprovechar la mano de obra, el nuevo disco que empezó a girar y la energía infinita que parecía rendir el pan dulce, fue un trabajo repentino que se armó entonces, con la aceptación de Camila, al inicio rehusó ella diciendo que se podía hacer otro día, pero logramos convencerla a través de la lógica que le propusimos y la voluntad colectiva, solamente íbamos a necesitar su orientación en torno a los detalles, arrancamos nuevamente regocijadas por la labor de ayudarla a acomodarse bien en la adición, bajando con mucho cuidado sus cosas, libros y lámpara, ropa y guitarra, más todos sus efectos personales y los muebles sencillos que deseaba llevarse, pasando todo por el jardín y entrando entonces por el otro lado, barriendo y sacudiendo y dando un orden intermedio a lo que sería su nuevo hogar, acomodando las cajas y los bultos que antes estuvieron para tenerle lista una recámara.

"There we turned our faces to Mexico with bashfulness and wonder...", leía a la hora de la siesta, encontrando un trozo de tierra con buena sombra en el jardín, ya dispuesta a terminar *On the Road* y así abrir sendero y dar con un nuevo inicio. Leslie empezó a hacer su propia maleta aquella tarde, ya que iba a volar al día siguiente y tomar todos los aviones necesarios para viajar de México a Cleveland, llegó Germán un tiempo después para agradecernos toda la ayuda en la adición, alabando el resultado y encendiendo un último churro, cosa que aplacó brevemente la insistencia del tiempo y que me hizo sentir cierta pertenencia a la casa más perdurable, me pasé por el zaguán para sumergirme en algunas de las notas de agradecimiento escritas por alumnas que habían vivido anteriormente en la casa, una de Londres, una de Santiago de Chile, cayendo entonces en la profundidad del espejo, cuyo marco era grueso, cuadrado y anaranjado, y divisando caprichosamente una vista reflejada que se orientaba curiosamente por una puerta abierta a través de la recámara opuesta y hacia el resplandor de una ventana, había algo que me detuvo allí indefinidamente, como una fuerza carente de un motivo por deshacerse, hasta que aquello llegó en el llamado que surgió desde fuera y que fue amplificado diligentemente por Oro

adentro de la casa, "tamales, tamales", me desaté al instante, bajando a toda prisa con Sheri y los seis pesos de Marcel.

Janet salió entonces como quien no quiere la cosa, yo la vi caminando hacia Insurgentes mientras estuvimos comprando del tamalero, no sabía a dónde iba y no pensé nada hasta unas horas después, cuando ya teníamos todo listo y no había regresado ella, cuando Carlos llegó y nos ayudó a cargar el Galaxie con nuestras cosas, pasamos Sheri y yo con Leslie para compartir direcciones y números de teléfono en Estados Unidos, prometiendo escribirnos y hacer ocasión para vernos muy pronto. No podía creer que ya se estaba acabando todo. Me dilaté mucho, lo más que pude, ya llorando, andando, pasando por cada cuarto y rincón de la casa, por nuestra recámara que ya estaba decorada y lista para recibir a las nuevas alumnas, abrazando a cada persona que había, agradeciéndole a Oro por su convivencia matutina y todas las delicias, a Camila y Germán les prometí que iba a volver a verlos al año siguiente, cuando quizás se hubieran casado, ¿en dónde estaba Janet?, no podía creer que había perdido el tiempo y el lugar para verla y tenerla y decirle adiós.

Toda la tendencia era hacia una noche tranquila y solemne, cosa que sentí desde luego ya estando los tres en el carro, dejando la calle Flamencos por última vez y enfilándonos hacia el norte, yo veía hacia mi lado para ocultar y desprender algo de la emoción que experimentaba y para dejarme ser tomada por las vistas y entradas de la avenida, que aún no había dejado de ser una novedad para mí, la inigualable Insurgentes, imaginando las vidas vislumbradas por las fachadas y las almas deambulando por la superficie o andando como luces inextinguibles por doquier, finalmente dejando el eje mayor de la avenida caer en los intersticios de la mente y el retrovisor. Cuando revertí la mirada y la atención hacia el núcleo del carro, noté que

Carlos había registrado bien nuestra melancolía, no exigiendo plática exigua, sino dejando el silencio permanecer a su gusto y manejando diligentemente hasta que llegamos al Hotel Geneve en la Zona Rosa, donde nos alojamos en una habitación con dos camas, pagando setenta pesos la noche, y subiendo todas las cosas para establecernos allí.

—Vamos a llevarla con nosotros —me susurró, cuando Sheri se había metido al baño— hay que sacarla y animarla, para que no se quede triste.

Aquello fue la magia de Carlos. No solamente había adivinado su intención inicial de quedarse en el hotel, en vez de salir con nosotros, *también logró convencerla. Nos fuimos los tres al Restaurante Luaú, a solamente dos cuadras del hotel. Nos extendieron el buen amparo y la vigilancia suprema del Buda con su amplia bienvenida, llevándonos a gozar dos rondas de cocteles y la mejor comida china que jamás había probado, que tenía toda la calidad de ser casera. Nos costó 98 pesos y Carlos pagó todo. Fue tan querido y amable, contando chistes, y siempre cuidando de Sheri para que ella no se desalentara.*

* * *

Desperté sintiéndome espléndida en el Hotel Geneve. Bajé para no despertar a Sheri, pasando por los pasillos abiertos y todas las exposiciones artísticas y fotográficas que había y encontrando una mesa de madera en el atrio de cristal, donde abrí la bolsa para alcanzar pluma y lápiz y la pequeña libreta cuadrada que había estado trabajando desde días atrás. No tardaron en llegar conmigo para ofrecerme té o café. Empecé a anotar, plasmando mediante un dibujo sencillo, una frase o palabra, moldeando añoranza y recuerdo, para dejar a cada página adquirir la intención de una nostalgia compartida. Empecé a sentir el fluir de tanta maravilla y las transiciones de día y noche, de calendario y fecha, de ida y vuelta por el Lago de Guadalupe y el bosque de Chapultepec. Íbamos acompañados por los amigos que se sumaban, por los argumentos transitorios y las pláticas prolongadas de quiénes éramos, por Los Panchos y los Beatles, por las rosas, las manos entrelazadas y los besos, por la guitarra o quizás la suerte repentina de una cama no esperada, que estaban para alentar nuestro encanto. Todavía hubo tiempo para ir a montar, para visitar la Casa de los Azulejos y descubrir el muro de Orozco en el Sanborns de Madero, para regresar al Luaú y tomar cervezas Bohemia en el salón del hotel. Todavía hubo tiempo para una comida de despedida extendida en la casa de la familia René, en la cual Elda Rosa y la mamá de Carlos se la pasaron compartiendo historias de temporada conmigo, primero estaba la sopa, después venía el plato fuerte con carne, arroz y frijoles, y por fin, el pastel. Todavía hubo tiempo para disfrutar unos tacos al carbón y escuchar a Cuco Sánchez en el Hotel Presidente, dándole con toda su música ranchera. Todavía hubo tiempo para ir al Cine Regis en la Avenida Juárez, donde Carlos y yo vimos *Platero y yo*, era un nuevo cine con nuevos asientos para nosotros, nos sentamos detrás del teatro y nos la pasamos besándonos inseparables, desde la apertura hasta el cierre de la cortina, no supimos nada de qué se trataba la película y tampoco nos importaba, regresando entonces como un par de locos hasta el hotel, ¡no estaba Sheri!, cerramos la puerta con candado y le dimos desenfrenadamente, conscientes de la oportunidad y no sabiendo cuánto tiempo nos iba a otorgar el universo para hacer "nada de sexo", manteniendo fidelidad a la norma bien establecida entre nosotros aquel verano, dentro de pocos minutos nos habíamos quitado toda la ropa y envueltos apasionadamente en la cama, entrelazándonos desesperadamente para conseguir los desenlaces corporales que nos fueron tan necesarios, desenrollando las cuerdas de pasión que guardaban tanta energía y llevándonos cada uno en turno a la cima y nuevamente.

Fue la penúltima noche en que llegó Rolando Che Vela al hotel. De la mera vista, no era, ni muy-muy-muy, ni tan-tan-tan comunista, como me había imaginado, pero sí era una fuerza impresionante e inconforme de alma y de ánimo capaz de explotar la geometría de la habitación. Le entramos a una plática no lineal mediada por los sorbos iniciales de Bacardí, que nos acompañaron a través de unas historias de Piedras Negras, a compartir dónde y cómo habíamos aprendido del asesinato tan trágico de John F. Kennedy, y extendiendo hacia las rondas de girar la botella, que terminó uniendo a Rolando y a Sheri, frente a Carlos y a mí. Fue un libertinaje de paso a paso, de besos requeridos y ropa despojada, de confesiones privadas y tragos que se iban amplificando hasta donde se quiso llevar, viendo los dos chicos reducidos a los calzones y los besos caprichosos que se acostumbraron a darse Sheri y Che Vela, me di cuenta de que el libertinaje le había servido bien a ella, últimamente, los cuatro irrumpimos en carcajadas y los chicos se vistieron con prudencia, despidiéndose cerca de la medianoche para poner fin a la cosa. Fue cuando yo volví a trabajar la pequeña libreta cuadrada en el escritorio de nuestra habitación, plasmando a oscuras, mientras que Sheri dormía.

Al día siguiente, Carlos vino por nosotros en el carro color palo de rosa. Sheri y yo llevábamos minifaldas con blusas sencillas y lentes oscuros, ella se veía maravillosa aquella mañana y renovada del todo. Desde que lo vimos, Carlos estaba muy airado con su papá, quien le había prohibido el uso del vocho y el Galaxie, quejándose de que ya era tiempo de irse a los Estados Unidos para alistarse en el ejército norteamericano, donde supuestamente tendría mejor vida.

—Si haces eso, jamás te voy a ver —le dije— mejor espérame aquí.

Su ira era acostumbrada, yo sabía que estaba arraigada en sentirse avergonzado y, más que nada, regido por las reglas draconianas y aparentemente aleatorias de su papá, pero ya no había tiempo para enojos. Él también parecía reconocer esto y, a cambio de dejar la densidad de la ciudad caer atrás, ya revirtió a ponerse contento y feliz. Llevaba un pantalón blanco, una camisa con un estampado irregular, que matizaba rosa, blanco y azul, con su cinto de hebilla colosal.

—Bonita camisa, ¡ja, ja, ja! —solté las risas retrasadas súbitamente provocadas por una imagen que tuve del esfuerzo vislumbrado por su atuendo.

—Me falta ir a la tintorería, ¡era la única limpia que tenía!

—Carlos busca una playa en la luna, ¡ji, ji, ji!

Por fin llegamos a Teotihuacan. Nos paseamos a través del amplio campo de la ciudad antigua, perfilados por los puestos y sitios desde la entrada y pasando la enorme serie de plataformas y estructuras menores, más todos los vendedores ambulantes a cargo de sus bultos de mercancía, caminando directamente hacia las destacadas pirámides que comunicaban al cielo. Todo el tiempo parecía ser un juego de engaño, que se comprimía por un eje mientras se dilataba por el otro. Llegamos a la base y, no habiendo ninguna renuencia entre los tres, subimos directamente hasta la cima de la pirámide del sol. Subimos como si nada. Uno empezó a contar los escalones, que eran muy cortos y angostos, para llegar hasta arriba, pero cada quien había llegado a un saldo enormemente distinto.

—¡Qué impresionante! —decía Sheri—, ¡estamos por encima de todo!

Dimos vueltas y giros y nos pasamos de lado a lado, mirando

y contemplando. Había una familia de tres en la cima y unas cuantas personas reposando tranquilamente inclinados en el costado empinado desde la capa justo debajo de nosotros.

—¡Esto sí es una cosa de vida! —exclamé— exactamente como lo describió Janet.

Nos sentamos los tres y bloqueamos el viento con los cuerpos para encender los cigarrillos.

—Yo siempre me preguntaba, ¿por qué no le hablaban más chicos? —reflexionaba Sheri.

—¿A quién, a Janet? ¡Porque es tan bella que ninguno se atreve a hablarle! —contesté desde luego.

—Pero ella no es pretenciosa… quizás piensan que no tienen esperanza con ella, ¡ji, ji, ji!

—¿O quizás le gustan las chicas? —planteó Carlos, ágilmente.

—La respuesta seguiría siendo la misma —sonreí y tomé una calada— la verdad es que ella se ha adelantado al mundo en lo fabulosa que es.

—Creo que tienes razón —dijo Sheri, dejando la cosa así.

—¡Qué cosa de vida ha sido este verano! —exclamé nuevamente.

—¡Ay, sí, quién te quiere!, incluso con toda la pena, yo nunca pudiera haber imaginado algo tan extensivamente genial.

Yo puse mis brazos alrededor de los dos y así permanecimos sentados al borde de la cima de la pirámide del sol, donde nos atrevimos a sentir que éramos la primera generación que supo divertirse y enamorarse como se debería de hacer.

—Aquí es donde deben de casarse —propuso Sheri de la nada—. ¿O en dónde lo piensan hacer?

—Nos vamos a dar a la fuga —dijo Carlos, extinguiendo y arrojando el cigarrillo al aire.

—Todavía van a necesitar a alguien como testigo… Alguien que los conoce bien… Alguien que los quiere… Alguien divertida para hacerles la fiesta… Y esa seré yo, ¡ji, ji, ji!

—Sería el mayor honor contar contigo… —empezó a decir Carlos, como si fuera el primero en decirlo— Marta y yo vamos a necesitar a alguien de confianza, sobre todo divertida…

—¡Tú eres la mejor! —envolví a Sheri, dándole un apretón de agradecimiento—. ¡Gracias, gracias, gracias!

La pirámide de la luna destacaba entre las estructuras menores y todos los montes circundantes, era grande y chica a la vez. De repente, Carlos se puso a medir los ángulos de los rayos del sol de mediodía, trazando un área en la plataforma pedregosa en donde se podía ver su propia sombra y llamándome a su lado, devenimos los intérpretes de las figuras que de pronto se adueñaron de la superficie. Entonces Sheri se puso de pie y se paró del otro lado del escenario.

—¡Bienvenidos todos a la fuga! Acto uno, decir los nombres —dirigió ella.

—Yo soy Martha Ann.

—Yo soy Carlos, digno e indigno de tal belleza pintoresca y eterna.

—Acto dos, proclamación.

Carlos se contorsionó para hacer su figura asumir una postura de rodillas y tomar a mi figura de la mano.

—Yo, te tomo a ti, Marta, como mi esposa.

—Y yo digo que sí —me reí, no sabiendo las promesas en español.

—Acto tres, el beso —decretó Sheri.

Nos besamos encima del mundo, atentos a los ejes del espacio para hacer las figuras resaltar la unión de los labios. Sheri empezó a aplaudir cuando se logró el beso entre las sombras, seguida inesperadamente por la familia de tres que estallaron con sus propios aplausos, cuando de repente Carlos se deshizo de mí.

—Acto cuatro —declaró, endemoniado—, ¡verter la sangre con la obsidiana en el altar de los sacrificios!

Su sombra tomó una piedra y apuñaló recto el pecho de mi sombra, entonces sumergió el brazo hasta el fondo para arrancarle el corazón. Me desplomé opuesto a él, me pescó en sus brazos, donde me rendí a una muerte apasionadamente lenta y eterna. *All my thoughts and words wove in and out of Carlos.*

* * *

Estaba sola cuando desperté alrededor de las seis de la tarde. Había tomado ventaja de que Carlos tuvo que devolverle el carro color palo de rosa a la familia Hernández y que Sheri fue al cine, para acostarme y tomar una siesta abandonada a la inclinación del azar. Tiré la cortina para dejar entrar la luz. No esperaba que Carlos se tardara tanto en regresar. Me ocupé, desde luego, volviendo a medirme en cuanto al reloj. El baúl quedaba listo para volar, pero la habitación había adquirido un desorden desproporcional a los días en que estuvimos allí. Empecé a doblar la ropa que se había esparcido para organizar todo dentro del veliz. ¿En dónde estaba Carlos? Me detuve brevemente en el baño. Era increíble ver el maquillaje extensivo de Sheri, que era fácilmente cinco veces el mío, aun no sabiendo a quién le pertenecían algunos de los lápices y colores, que eran muy parecidos. Entre todas sus cosas encontré unas pastillas anticonceptivas, que estaban en su paquete sin abrirse, y unas cartas a medias dirigidas a Marcel. Estaba llenando mi bolsa cuando escuché a alguien tocar la puerta. Por fin está, me dije, saltando enérgicamente hacia la puerta.

—¿Por qué tardaste tanto en regresar? —hablé, abriendo la puerta, pero no era Carlos; era Janet.

—Dejaste el mapa de Salvador en la casa —me dijo, reluciendo su mezcla divina de gracia y dulzura— aquí te lo traigo.

Se desató un bucle de amplificación entre nuestras sonrisas que apenas fue desviado por el enorme abrazo espontáneo que compartimos a la entrada de la habitación. En medio del abrazo, divisé a la señora que se nos había quedado mirando desde más allá en el zaguán, impulsándome a jalarla hacia adentro. Ella estaba sumamente radiante, con una flor adornando su cabello.

—¡Qué bella sorpresa, pensé que te había perdido! —exalté.

—¡Y tú te ves genial, como siempre!

—Pero ya me voy mañana. ¿Cómo me encontraste?

—Camila.

—Ah, claro. ¿Y cómo está toda la casa? ¿Ya llegaron las nuevas alumnas?

Nos sentamos al borde de la cama, donde me contó todo. Lo de ellas, lo de Camila y Germán, lo de Pavo, quien había llegado una tarde por las cosas de Marcel, sin decir más de él.

—Oye, qué cobarde, ¿no?, mandando a Pavo en su lugar —me expresé bien con ella, sin perder mi entusiasmo de verla.

—¡Casi se me olvida decirte! La noche en que tú te fuiste, después de que aterrizaron las chicas de España, después de que Oro nos tuvo la cena, llegó Arturo.

—Espera... ¿Arturo Hernández?

—¡Sí, nuestro Arturo llegó a la casa! Él y Leslie se la pasaron juntos, platicando por muchas horas en el sofá, entonces subieron los dos a su recámara... ¡Creo que no durmieron en toda la noche!

—¿Y cómo se veían o cómo estuvo?

—Se veían como antes, como si nada. Al día siguiente, él la llevó al aeropuerto —me contó— por lo que veo, ¡no te esperabas esto!

Me quedé sin palabras, ante lo acontecido, ante ella. Era demasiado para asimilar en ese tiempo. Nuestros ojos se encontraron brevemente, los suyos eran destellantes; súbitamente escuchamos a alguien tocando la puerta.

—Ha de ser Carlos —le dije.

—Perdón que me tardé tanto, últimamente mi papá no ha estado de mi lado —entró hablando, dándome un beso y luego saludando a Janet con un beso sencillo— hola, no esperaba verte aquí.

—Janet me trajo el mapa de la UNAM que dejé en la casa. Fue un regalo de nuestro amigo, Salvador Cárdenas, su abuelo era el presidente... —empezaba a sobreexplicarle todo, hasta darme cuenta de que lo hacía— ...no sé si has conocido a Salvador.

—Sí, lo he conocido... Pero su abuelo no fue el presidente de México.

Janet y yo nos miramos nuevamente.

—¿Cómo sabes que no? —le preguntó ella.

—Porque todos los mexicanos lo sabemos... ¡Es lo que se dice para hipnotizar a las americanas! —se burló de todo el asunto—. Todos los mexicanos tenemos algún tío, cuñado, abuelo, presidente de la república.

—Bueno, yo prefiero darle el beneficio de la duda y preguntarle directamente —dijo Janet.

—Pregúntale, ¡y luego me cuentas! —le dije.

—¡Sí, lo haré!

—Entonces qué, ¿bajamos al salón por unas cervezas? —ofreció Carlos.

Janet lo agradeció abiertamente, por mi lado, yo repliqué

insistiendo en que nos acompañara, pero el azar pareció acomodarse a su juicio, como debería. Sacamos unas plumas para efectuar un último ritual y apuntar y compartir teléfonos y direcciones. La doctora Janet y el quinto de los Beatles se despidieron con elocuencia y de buenas, entonces fui a reclamar mi abrazo con ella antes de que se fuera.

—Ni sabes lo tanto que te voy a extrañar —le dije, teniéndola en mis brazos, ya empezando a lagrimear— ven y visítame a Austin…

—¡Y tú a mí en California!

Y luego ella se fue. Él supo desde luego lo que necesitaba, abriendo los brazos para que pudiera acudir directamente a su cuerpo y desahogarme de tantas lágrimas acumuladas a través de todos los adioses. Solamente faltaba el último y más arduo adiós, que venía por mi corazón como la daga de obsidiana. Era tan distinto a dos veranos antes en Europa, cuando estaba lista para regresar a Texas. No lo quería soltar.

—¿Y Sheri? —me preguntó una eternidad después, mientras permanecimos verticalmente entrelazados en la habitación.

—Dijo que iba al cine.

—¿A qué película?

—Ni idea…

—¿Todavía quieres bajar al salón?

—Ya no tanto… ¿Tú sí?

Carlos empezó a ponerse muy raro y extraño, preocupándose de nimios detalles, al inicio no sabía por qué, entonces me di cuenta, o quizás era yo la que se estaba poniendo rara y extraña, entramos brevemente en un argumento que no tenía nada que ver, después hicimos todo lo posible para deshacernos de aquello y echando cada uno la culpa al otro por no poder dejarlo atrás, sentimos toda la tristeza de haber perdido minutos preciosos de la noche en un desacuerdo intempestivo. Afortunadamente, estuvo el Luaú para asegurar el rescate. Todo el cansancio se desvaneció de mi cuerpo con la sopa de fideo con carne y con la plática que nos revirtió a la inocencia de quienes éramos. *We were like best friends!* Apenas sentimos el paso de las horas en que compartimos todos los acontecimientos y recuerdos que había que contar, desviándonos brevemente para asegurar que Sheri había regresado bien a la habitación y a punto de empacar sus cosas y quizás dormir, entonces bajamos él y yo para encontrar un sofá en uno de los pisos bajos, por donde pasaba poca gente. Fue cuando saqué las fotos del verano y la pequeña libreta cuadrada, para ver todo junto entre los dos y hacer que se dilatara una vez más el tiempo. "El beso en el Lago de Guadalupe", leyó la primera nostalgia y le dio la vuelta a la página, tomados de la mano, "*You Pretty!*", lo dijo exactamente como antes, no habiendo perdido el esplendor de su acento inglés.

—Nuestros asientos en el Cine Manacar —leyó en voz alta.

—¿Cuál película fue la mejor de todas?

—*Ben-Hur* o aquella de *Tarás Bulba*.

—¡Dije la mejor, no la peor!

—*Help!*

—Esa sí.

El viaje a Puebla y Tlaxcala, aprendiendo de nuestras culturas y diferencias, aquí dio vuelta revelando una figura anaranjada con ojos verdes y dos cabezas, Marta la marciana.

—¡La primera vez que me preguntaste qué era yo!

—Yo siempre te entendí, desde el inicio…

Estando con él, nos acurrucamos lo más cerca que pudimos en lo que Carlos daba paso lento por todas las nostalgias, incrementando el saldo de besos, deseándote *like boyfriend and girlfriend*, con la próxima página reveló una figura de palillo con su llave mágica y su vocho amarillo, sin gasolina.

—¡Ese carro jamás me ha fallado! —dijo orgullosamente.

Ballet Folklórico, fresas y champaña, el secreto en el Zócalo, besándonos en el Museo de Antropología, el picnic con Sheri y Pavo, el monstruo de Chapultepec, no nos apartamos por nada aquella noche, deviniendo novios, encendiendo velas, probando los vestidos, Martha y Carlos, rosas, eternamente, la próxima página y todas las siguientes estaban vacías.

*   *   *

Salimos del hotel a las siete de la mañana. El andamio de la megaciudad seguía en pleno vigor, como un reloj a la mitad de dos infinidades. Ya estaba todo el tráfico y movimiento peatonal, los puestos y vendedores de todos los días, la formación de alguna manifestación que se iba a llevar a cabo, el turno de la noche inclinándose hacia el sol ascendente, la circulación andante de los vocho taxis y las campanas repentinas del tranvía. Una niña llegó conmigo en un tiempo, extendiendo una mano a través de la repisa de la ventana abierta. Ha de haber tenido cuatro o cinco años. Me sentí tanto por ella, a merced de la luz roja y su naturaleza efímera, y no habiendo nada al alcance.

—Yo sí tengo —aprovechó Sheri, pasándome un puñado de monedas para darle— y ya se me acabaron los pesos.

Aquel lienzo y todos los siguientes se desdibujaron para cuando llegamos al aeropuerto. Entregamos los baúles y velices a la Aerolínea Mexicana y luego nos pasamos los tres a la puerta de abordaje.

—Te voy a dar un abrazo ahora, para no tener que separarlos después —entró Sheri astutamente.

—Eres maravillosa, Sheri —él la recibió muy cariñosamente— cuídate, a ti y a ella, y las veré pronto en Austin.

Acudí directamente a sus brazos y nos detuvimos en silencio tras lo largo de la última espera, bamboleando entre lágrimas y besos como si fuera nuestra canción de amor, él fue el primero que por fin habló, "lo que más me gustó de la libreta fueron todas las páginas vacías", se expresó, "son todas las nostalgias que nos faltan vivir", expliqué mi intención, sin que fuera necesario, él ya lo sabía.

—Mi último deseo es volar contigo en vez de quedarme — suplicó, ya que era necesario abordar.

—Mejor que eso, yo me quedaría aquí en vez de partir.

Seguimos envueltos en nuestro abrazo eterno. La mayoría de los pasajeros, incluyendo Sheri, ya habían pasado por la puerta y estaban trepando los escalones hacia el avión. Ya era tiempo. Soltarlo era lo más difícil. Estaba esperando que él me soltara a mí, quería saber que podía hacerlo, para darme una pista de confianza, de que no se iba a estancar cuando me fuera, para alentarme además a que yo me fuera, pero no pudo. Esperaba y esperaba, pero no pasó. Iba a tener que ser yo.

—La libreta es nuestro tesoro —me miró, dejándome sus ojos tristes— quisiera darte la mitad para llevarla contigo.

—Te la traes a Austin —le dije y lo besé, incrementando nuevamente el saldo.

Y me fui.

Martes, 29 de agosto de 1967

2 — CARLOS

I think about you all the time.

Solamente quedé yo.

Fui a la ventana para verla subir al avión. Allí estaba, tan bella, aún cerca de mí. Todavía existía la nimia posibilidad de que hubiera un terremoto potente antes de que se fuera, para que se cancelara su vuelo. No tardó en llegar al descanso ante la puerta, donde revirtió la mirada para despedirse una vez más. No supe si me había visto o si solamente lo hacía por hacerlo. Mi visión era tan borrosa, presentí que ella también estaría llorando. Me tallé los ojos de las lágrimas para poder verla mejor, pero en ese instante, ya había desaparecido de la vista. ¿Y ahora qué hago yo?, fue la insistencia que se impuso cuando la máquina empezó a rodar. Su ausencia se apoderó de mí con dureza, exprimiéndome de ánimo y de vida, teniéndome revuelto y aturdido. Me sometí a seguir los pasos incontrovertibles, a rendir cuentas, con el cansancio, con el calendario, con mi papá. Era manso y débil. Apenas podía encontrar el carro, mucho menos atinar con tres pensamientos consecutivos. Me pasé una eternidad buscando el vocho, aferrado a la visión de aquel amarillo deslustrado por tanto sol, que no encontraba a pesar de todo mi empeño por hacerlo aparecer, olvidando que no era aquel, sino el Galaxie. Todavía estaban los fantasmas de las dos en el carro. Allí estaban todas sus huellas, sus ricos aires y perfumes, los ecos recién emanados de sus risas y sonrisas, la atmósfera penetrante que desbordaba su expectativa de que habría encanto y felicidad a través de cada recta y curva del seguir andando, que era de quintaesencia. Empecé a hablar con ellas, con sus fantasmas, resaltando todo lo que había que enseñarles en la avenida, que les hubiera gustado. Contemplé lo que habríamos hecho aquel día, que hubiera sido digno de su preciosura y fortuna. Tuve una ilusión repentina de seguir la carretera hacia Cuernavaca y Chilpancingo y llevarlas a las playas sureñas, todavía llegando a pisar la arena y perdernos ante el pleno esplendor crepuscular antes de que obscureciera, pero esta fue bruscamente disipada por la bocina firme y pesada del camión de obreros detrás de mí, impaciente por moverse. Anda, Carlos, conduce el carro, metí la velocidad y le di. Prendí la radio para mitigar el cansancio y asegurarme de que iba a llegar, la emisora de plática prolongada y anuncios me llevó casi todo hasta Del Valle, cuando entró con una de los Beatles, que no podía escuchar por ser de ella. Me estremecí, cayendo por completo en la gravedad de su ausencia, revirtiendo a quién era yo, carente de ella. Estallé en un llanto muy íntimo, proveniente de una capa recóndita, ofreciéndome una mirada a mi psíquico interno y la jerarquía de motivaciones que últimamente me regían. Me enfoqué en lo más directo, que era llegar a casa y a la cama. Estacioné a merced de la suerte y, tomando las fotos y la libreta, subí sigilosamente, no deseando ver a ningún otro René. Enseguida me tendí horizontal y me rendí, desahogándome fuertemente y de primer impulso, antes de entregarme al capricho extendido de un mundo que oscilaba entre sueños y sollozos, enredándome entre las capas de pluma y algodón, donde giraba en torno a las exigencias desatendidas.

—¡Carlos René! —estuvo alguien tocando la puerta—. ¿Carlos René, allí estás? —siguió tocando enérgicamente, sin cesar.

—No.

—Ya está la cena —dijo en voz alta—. ¿Tienes hambre?

—No.

—¿No quieres cenar? —preguntó mi mamá.

—No.

—¿Estás bien? —abrió la puerta y se asomó.

—No.

—¿Estás extrañando demasiado a Marta? Arturo llegó por la tarde, dijo que iba a regresar en dos semanas. Aquí te dejo lo que te trajo. Todo esto es normal —me siguió hablando con demasiado volumen y energía, no resonando con mi deseo de que se fuera para que pudiera dormir más— mañana te vas a sentir mejor. ¿No quieres que te traiga algo de comer?

—No.

Era ya de noche cuando escuché a alguien tocando la puerta nuevamente. Los toques eran distintos a los de antes, ahora eran muy queditos.

—Carlos, soy tu hermana —dijo entre golpecitos a la puerta—. ¿Estás bien? Te traje algo de comer, por si quieres.

—Gracias —fue todo lo que dije.

Caí otra vez. El llamado de Elda Rosa sí se instaló en mi mente, lo suficiente para hacerme tirar la cobija con los primeros cacareos de los gallos y abrir la puerta. Había dejado una charola con un plato de enchiladas, arroz, frijoles y un vaso de agua. Me lo llevé al escritorio, donde le entré con ganas. Mientras comía, me puse a leer: "Carlos, te dejo unos timbres para que le escribas a Marta, no te desanimes, Arturo. P.D. Me voy a Buenos Aires por unos días, regreso para el Grito de Independencia." Carajo. Miré el reloj. Ni habían sido 24 horas desde que las dejé en el aeropuerto, ni 48 desde que tuve la última bronca con mi papá, cuando tomé el paso mal advertido hacia ser desheredado.

Me bañé y me subí al primer camión que me acercaba a La Salle, exitosamente esquivando a mi familia aquella mañana. Había algo en el día nuevo que me permitió divisar la lógica y los detalles detrás de mi dilema: escuela, dinero, el apoyo o no de mi papá. Todo lo relacionado con mis estudios era cuestión de autonomía propia y la libertad de ejercer el empeño necesario para llegar a la meta y pasar al segundo año. Austin era más complicado. Esto dependía de cosas fuera de mi control. Contaba con 30 o 40 pesos que solamente me iban a alcanzar para unos días de camiones y mi papá seguramente me iba a desterrar por lo del carro. Llegué directamente al taller, pasando por el espacio donde obraba Arturo para ver cómo iba progresando con la maqueta para su proyecto final. No había hecho ni madres. El peso del calendario se impuso en cuanto llegué a mi propio lugar, deshaciéndome brevemente de la sensación de extrañar constantemente a Marta. Me senté en el taburete. Allí estaban algunas piezas de madera de balsa y cartulina que iban a conformar el andamio del modelo más todas las hojas de albanene con los diseños que había trazado. Empecé a alinear las piezas para orientarlas conforme al último diseño que había realizado, antes de comenzar la pegadura y acuarela, cuando me topé con uno de los límites artificiales que había impuesto nuestro profesor, que no correspondía en absoluto al sitio actual. Repasé todos los demás diseños, buscando alguna forma de reorientar, pensando que quizás me había tergiversado en un solo eje. ¿Qué mamadas son estas?, me estanqué. Por más que intenté, no encontraba una solución. Así me pasé una buena medida de tiempo, hasta que me topé con otro límite fundamental, que era propio. A la chingada con todo esto, decreté en un instante, tomando todos los planos y dibujos y las piezas que había tallado y arrojándolos en un bote cerca de la basura. Terminé vaciando mi espacio de todo el concepto que había estado antes de puro coraje y luego fui al rollo para cortarme unas nuevas hojas de papel mantequilla para calcar. Antes de empezar, saqué una foto de nosotros y la coloqué frente a mí. Ella se estaba enloqueciendo en la guitarra y desprendiendo toda su pasión en la sala de la pensión, mientras que yo aparecía flotando de lado, con mi camisa estelar y un cigarrillo en la mano, mirándola como un lobo hambriento y hedonista. Solté una carcajada espontánea y aislada. No había nada de alcohol en la foto y seguramente nadie estaba borracho o pacheco o lo que sea aquella vez en la casa.

No me voy a deprimir, me dije, tengo una sola jugada para tenerla en mi vida.

Retomé lápiz, borrador y escuadra, para dedicarme nuevamente al lento proceso de la formación con el restirador. Cada línea que trazaba nacía con la esperanza de que fuera verídica y que aportara un mejoramiento a la visión. Pasé tiempo, pasé horas. Poco a poco se iba concibiendo un nuevo diseño para la maqueta, como una tela muy intricada, tejida por las intenciones detrás de cada aspecto que plasmaba. Aún era demasiado temprano para saber si iba a brotar o si me iba a inspirar por ello, o si tendría que volver a empezar desde cero.

Tuve la inesperada fortuna de regresar a casa aquella noche y saber que mi papá había salido por unos días, para atender quién sabía qué asunto de Raúl en Piedras Negras. "Gracias a Dios", decía una y otra vez, sintiendo todo el alivio de su ausencia.

Miércoles, 30 de agosto. Querida Marta, me pasé todo el día con el borrador en el taller en La Salle, contendiendo con mi proyecto fatal. Es muy agobiante extrañarte y perdurar tanto tiempo sin la motivación de ir por ti a la UNAM o a la casa en Flamencos para llevarnos a los besos al Cine Manacar. Todavía no me acostumbro a la nueva realidad, aún estoy consciente de que te tengo y esto me hace sentir como el tipo más afortunado en todo el mundo. Te quiero tanto, tanto, tanto… y te extraño hasta la infinidad. Carlos.

El 30 de agosto, me quedé pensando… Tenía un calendario del año, con una transposición en que las fechas se iban incrementando desde arriba hacia abajo, entre domingo y sábado, entonces saltando a la siguiente columna para comenzar la nueva semana. Su carácter facilitaba poder contar rápidamente las semanas y saber cuántas más tenía que sobrevivir sin ella. Para el martes, 10 de octubre, debería de estar en Austin, decidí, tomando una pluma y marcando claramente aquel día en el calendario.

—Marta habló en la tarde —me contó después Elda Rosa— dijo que todo les fue bien con su vuelo y que llegaron bien a Austin.

—¡Gracias, hermana! —mis oídos se desataron de mi cuerpo y volaron directamente hacia ella y sus palabras, para recibirlas lo antes posible—. ¿Y qué más te dijo? —le pregunté.

—Dijo que había algo de confusión en su departamento cuando llegó, pero que eso pronto se arregló y ahora se estaba acomodando bien en su nuevo lugar.

—¿¡Ah, sí!? ¿Y qué más te dijo?

—Nada más pidió por ti y dijo que ojalá no la estuvieras extrañando demasiado.

—¿Y cómo se oyó? —persistí.

—Se oyó bien, ¡de hecho, feliz! Dijo que te volvería a llamar el fin de semana.

Sentí un alivio fugaz, que no tardó en ser abrumado por la otra sensación, que era muy obstinada y conocida. ¿Cómo feliz? Ya me la imaginaba rodeada por todos los chicos de su universidad que naturalmente se iban a interesar en ella. ¿Acaso ya se estaba olvidando de mí?

—¿Qué quería decir con eso, de que no la extrañara? —musité.

—Creo que nada.

—¿Nada?

—Nada, o sea, lo dijo pensando en ti —me miro, hablándome con mucha paciencia—. Ella no quiere que te quedes tan triste sin ella.

—Pero lo estoy.

—Sí, yo entiendo, eso es normal.

Mi mamá y mi hermana tenían la costumbre curiosa de decirme que todo lo que yo lamentaba era normal.

—¿Entonces por qué lo dijo? —insistí.

—¡Porque ella no te quiere así! ¿A poco tú quieres que ella se vaya a encerrar y solamente lamentar? Ay, qué tristeza, no puedo vivir sin Carlos…

—Quizás un poco —admití— o sea, no demasiado, pero algo.

—Obviamente, te va a extrañar… ¿Tú piensas que no?

Me quedé hasta las tres de la mañana solamente mirando las fotos y la libreta de Marta, cuando por fin me dormí. No tardaron en interrumpirme demasiado temprano al día siguiente, arrancándome innecesariamente de la profundidad de mi sueño.

—¡Carlos! —era Alonso, hostigándome en voz alta—. ¿Te la estás jalando otra vez? —toc, toc, toc, toc, toc—. ¡Ten cuidado o te van a salir unas ampollas, ja, ja, ja!

—Vete a la chingada —le dije y me volví a dormir.

La próxima vez que pesqué algún vistazo de euforia fue el viernes, primero de septiembre. Había algo muy potente en el nuevo mes que me permitió ver hacia delante con mejor claridad. Además, había perdurado tres días sin ella. "¡Gracias a Dios!", estallé frente a Elda Rosa y mi mamá mientras que ellas desayunaban, emitiendo mi alivio sincero, "¡la hice hasta septiembre y el mes que sigue es octubre!" La sensación solamente duró hasta el mediodía, cuando volví a lo normal. Extrañarla era todo lo que hacía.

No sabía a qué hora iba a hablar, así que me pasé todo el fin de semana esperando atento a que sonara el teléfono. Perdí toda la elocuencia cuando por fin hablamos el domingo. Era preciso decirle te quiero y te extraño mucho, pero poco sofisticado y últimamente insuficiente. No estaba llegando a la altura de lo que me urgía expresar. Su voz se oía tan lejana, acentuando la separación, aún era ella y me dijo que pronto debería de estar recibiendo algo por correo. Ella seguía muy impresionada por los canarios, agradeciendo que se escuchaban muy fuertes de su lado. "Yo ya ni los oigo", le admití. De repente, apenas 10 minutos después, dijo que debería de colgar debido al costo prohibitivo. "Te veo en cuarenta días", solté yo penosamente, como un buey de mente menor. "Cállate, por favor", replicó ella. Este intercambio aseguró que yo me arrepintiera en grande de mi descuido por toda la semana siguiente, hasta que volviéramos a hablar.

Los movimientos y los registros del tiempo seguían transcurriendo muy lentos, estirándose entre las sesiones prolongadas de lápices, reglas y escuadras ante el restirador y las siestas aleatorias que tomaba en uno de los sofás en La Salle, haciéndome pasar por alto la mayoría de los atardeceres. Cada vez que miraba el calendario o el reloj para constatar un buen avance hacia octubre, siempre era más temprano, incluso hasta un día antes, de lo que hubiera esperado. Era tortuoso. No fue el miércoles imaginado, sino 24 horas después en miércoles real, cuando me llegó la primera carta de Marta. Sin detenerme por nada, subí corriendo a mi recámara para abrir el sobre. Eran tres páginas medianas, dobladas por en medio y escritas por ambos lados con tinta roja. Me fasciné con su caligrafía, que era tan emotiva, cayendo en las sensaciones emitidas por las palabras. Me enganché con la redondez de las minúsculas cursivas y la certeza detrás de cada cosa que escribía. Incluso las pocas manchas de la tinta correspondían a una esencia fundamental. La leí quince o veinte veces aquella noche, repasando cada palabra para sacarle el máximo sentido, para al final guardarla bien en el sobre y luego en el cajón, donde estaban las fotos y la libreta.

A partir de entonces me empezaron a llegar con regularidad. Todas las noches, cuando regresaba a casa, lo primero que hacía era correr a ver lo que había dejado el cartero aquel día. Me acostumbré desde luego a los sobres y como venían, claramente dirigidos por ella a mí con su caligrafía feliz, permitiéndome reconocerlos instantáneamente dentro de la pila de correo. A veces recibía una, a veces no, a veces dos, no siempre ordenadas por la fecha de envío. Con cada carta me decía que me iba a escribir más y más y más. Esto era un verdadero obsequio del todo. El grifo de agua estaba abierto y vertiendo un chorro de esperanza y destello. De repente nos empezamos a cruzar. Ella me escribió que por fin había recibido las primeras dos cartas que yo le envié, que la primera la hizo extrañarme tanto, pero que la segunda la levantó, haciéndola reírse y sentirse plenamente querida y feliz. Fue al otro lado del siguiente fin de semana y nuestra segunda llamada por teléfono, en la cual lo hice mejor en no meter la pata, pero que me dejó sintiendo todo el impacto de lo breve que fue. Aunque sí había renovación y aseguranza en escuchar su voz, sus cartas de casi todos los días eran mi mayor consuelo y oxígeno.

Mi papá regresó de Piedras Negras enfadado por cómo Raúl

había estado gestionando su negocio y un terreno familiar allá en la frontera. Se la pasaba indignado entre llamadas telefónicas, quejándose de él y de Santiago libremente, hablando mal de ellos frente a todos. A veces lo veía desquitándose demasiado con mi mamá, obligándola a perdurar sus quejas y reclamos, pero ella siempre parecía tener sus propios motivos. Ella solía desviar su rabia muy diplomáticamente para mantener buenas relaciones entre la familia extensa, como si fuera requisito de la condición René, salvo que esto fallaba cuando se trataba de su propia locura, como en el caso de Lucas y Nayeli. Escuchar ahora a mi papá me hizo saber que él seguramente desprendía toda su furia con ella, del mismo modo, cuando yo no estaba y se trataba de mí. Lo bueno es que, gracias a todos sus líos con Raúl y Santiago, el tema de nuestro último argumento fue relegado al pasado. De vez en cuando me pedía algún favor o mandado, o que fuera el chofer de Elda Rosa, pero no tenía que interactuar mucho con él.

Pasaba entre doce y catorce horas en La Salle, todos los días, salvo los domingos, que designamos como nuestro día de hablar por teléfono. Había avanzado bastante últimamente, desarrollando los dibujos y la maqueta lo suficientemente bien que empezaron a recobrar su propia vida, designando los siguientes avances casi automáticamente. Los planos indicaban a las piezas de la madera de balsa que conformaban el andamio que se comunicaba con la cartulina, otorgando forma y función al conjunto. Entonces empezó a adquirir los rasgos y efectos dados por la acuarela y la tinta, más el contexto de la vegetación del sitio y el campo urbano, que establecí con las plantillas. Estaba superponiendo las capas de papeles con los distintos diseños, sabiendo que todavía me faltaba mucho que desarrollar, cuando escuché su voz decir mi nombre, reclamando el vacío de mi taller con la voracidad de un tigre.

—¡Carlos René!

—¡Arturo! Ni te puedes imaginar… —nos dimos un abrazo muy fuerte y largo, con un buen trozo de ternura—. ¿Cómo te fuiste cuando más te necesitaba, cabrón? Ya te estaba extrañando un chingo…

—Sí, ya sé… Fuimos para festejar el aniversario de oro de mis abuelos paternos.

—¿Y qué tal? ¿Cómo estuvo Buenos Aires?

—Estuvo genial… Oye, están bárbaras las porteñas, por Dios, son tan bellas.

—Es lo que he oído.

—Te dejan abdicando de toda la moral para desear, digamos, un poco de la fruta prohibida —hizo un gesto con las manos que dejó todo claro.

—¡Pues espero que te consiguieras una probadita! —nos reímos.

—Anda, Carlos, qué impresionante… —se fijó entonces en la maqueta, mirándola detenidamente— le has avanzado bastante desde que me fui.

—Pues algo, sí, aunque solamente es el prototipo. Oye, gracias por los timbres… me han servido mucho.

Entonces sacó de su bolsa un libro y me lo entregó.

—Te lo traje para que se lo dieras a Marta, publicado en la Ciudad de Buenos Aires.

Mis ojos se dilataron al tenerlo. Era *El Aleph*, por Borges, un ejemplar inmaculado. Lo sostuve y lo admiré por ambos lados. Sabía que le iba a encantar, por ser de Argentina y de Arturo, y por su esencia, parecía una obra sobresaliente e indispensable para su colección.

—¡Muchas gracias por pensar en ella! —exclamé—. ¿Ahora cuánto te debo?

—Nada, es un regalo —sonrió—. ¿Ya se están escribiendo?

—Todos los días.

—Bienvenido a mi mundo, Carlos —me dio una palmada en el hombro— le envié dos o tres veces cartas a Leslie desde Buenos Aires.

—Ustedes dos son como un semáforo, compadre, ¡siempre cambiando de colores! —él se rio cuando se lo dije—. ¿Y cómo quedaron al fin?

—Pues parece que en verde, deja te cuento…

Salimos de La Salle y le dimos a El Mirador, donde nos encontramos entre unas cervezas y botanas, y la formación de las fiestas previas a la independencia.

—Leslie nunca pensó que yo pudiera ver más allá del hecho de que ella la había cagado —me compartía de cerca, mientras pisteábamos— pero cuando por fin logré convencerla de que me valía madres, ya que había pasado, y que solamente quería volver a tenerla, de repente se abrió.

Pensé brevemente que no habría sido mi reacción si yo hubiera sido engañado de tal modo por Marta. Afortunadamente, estuve consciente de no abrir la boca y meter la pata. Lo importante era verlo feliz, y además, ahora éramos socios en gestionar a distancia nuestras relaciones con las chicas.

—¡Eres todo un genio encantador!

—Genio es generoso… ella se iba al día siguiente y creo que eso nos ayudó a los dos a llegar directamente al grano y platicar desde la esencia en vez de dar tantas vueltas con pendejadas. Nos pasamos toda la noche juntos en la pensión…

—¿Y ahora qué sigue?

—¡El viaje para diciembre sigue en marcha!

—Los felicito desde el fondo de mí —alcé la botella, sabiendo que Arturo y Leslie habían regresado.

Los platos fuertes y unos tequilas repentinos nos dieron el empujón hacia las fiestas. Yo me había cegado últimamente a cualquier cosa social, pero Arturo ya parecía estar al tanto de todo desde que desembarcó. Empezamos en una fiesta de cumpleaños en la Condesa, donde nos topamos con unos amigos del Poli y la intención de vernos en otra fiesta más tarde con Pavo, primero dirigiéndonos hacia unas cantinas en la Zona Rosa, pasando por todos los colores nacionales y las banderas, más todas las esquinas donde había mariachi, entrando en bola a una tienda equivocada de barrio, donde divisamos un aparente intercambio al fondo del lugar, de tres o cuatro hombres, gestionado por un fulano armado de pistola.

—¿Un cartón de Lucky Strike? —pidió Rigoberto, como si nada.

—Lo que tú —respondió riéndose el tipo detrás de la cajera.

—Y otro de Faros. ¿No tienes unos cerillos?

El lugar era repugnante. El tipo nos engañó descaradamente cuando le pagamos, cobrándonos el doble de lo que valían los dos cartones. Yo estaba listo para huir, pero nuestro compañero persistió, exigiendo que le devolvieran todo el cambio.

—¡Híjole, Rigo! —exclamé, ya que salimos del lugar—. Aquel fulano con pistola y tú estás jodiendo por el cambio…

—Creo que se estaban vendiendo ácido o no sé qué pedo… —adivinó otro.

—¿Cómo sabes eso, carnal?

—¡Porque los vi, güey!

—Ni madres con esa mierda y su chanchullo —se mantuvo firme Rigoberto— a nosotros no nos van a estafar.

—Pues no hay que regresar allí —resumió astutamente Arturo en lo que repartimos las cajas de cigarrillos; le seguimos dando.

Mi fervor se inclinó fuertemente hacia la botella aquella noche, en la cual nos la pasábamos de fiesta en fiesta, siempre una detrás de donde había estado Pavo, pero nunca perdiendo la intención de alcanzarlo. Llegamos a estar en una fiesta de antinacionalistas con unas copas de tequila, donde nos enteramos de unas manifestaciones de solidaridad con Cuba y Vietnam, que se iban a llevar a cabo la mañana siguiente. De repente nos sacó de onda un conocido de La Salle, quien llegó saludándonos, demasiado animado para mi juicio.

—¿Miguel Ángel, qué estás haciendo aquí? —le preguntó Arturo—. ¡La reunión de los priistas y sindicatos charros no es hasta mañana!

—No, es que aquí está mi novia —se rio— ella sí es comunista.

—Ah, bueno.

—¿Y cómo les va en arquitectura? —nos preguntó en tono condescendiente.

—¡Ay, no manches! —reaccioné, no estando para sus chingaderas.

—Bueno, yo estoy reprobando —le admitió Arturo, como si estuviera orgulloso del hecho.

—Pues vénganse para *business* —nos empezó a sermonear prolongadamente a los dos— arquitectura es muy prestigiosa y todo, pero no hay nada de dinero en eso…

Para mi sorpresa, Arturo soportó la plática y hasta pareció interesarse por la idea. Yo solamente escuchaba a medias sin decir nada, escaneando el lugar para ver quién más estaba, hasta que Miguel Ángel por fin se cansó de hablarnos. Unas horas y varios tequilas después, íbamos apachurrados en un taxi rumbo a quién sabe qué lugar en el centro. Yo estaba orbitando. Me aferré a la silla lo más fuerte que pude, empezando a sentir el mareo adueñarse de mi cabeza hasta las arterias radiales. Anda, Carlos, aguanta, fue todo lo que me decía por dentro. Oí a alguien pedir que se abrieran las ventanas y enseguida las voces recién pendientes de mi vertiginoso estado.

—Más les vale que su carnal no guacaree el carro —oí al taxista amonestar.

—Carlos, ¿cómo andas? —empezaron a preguntar—. ¿Crees que la vas a hacer?

—Ya estamos en la Doctores —dijo uno de nuestros compañeros— solamente faltan unas cuadras.

Les quería asegurar a todos que bien y que le siguiera dando, que yo no iba a vomitar, salvo que toda mi esencia seguía girando vertiginosamente en contra del sentido del reloj.

—Aquí los voy a dejar —el taxista se detuvo abruptamente en medio de la calle.

Me derramé con la mayor gracia posible, inclinado sobre una reja en el callejón con la luna llena. Los demás permanecieron a poca distancia, estableciéndose adecuadamente con unos cigarrillos y las especulaciones naturales de madrugada, esperándome sin nada de prisa. La extrañé profundamente, más de lo que jamás la había extrañado antes, si acaso era posible. Impulsado por unas grietas que veía en el concreto, empecé a trazar un mapa mental, desde el callejón actual hasta la capital de Texas, sintiéndome dispuesto a comenzar el viaje justo entonces y echármelo todo a pie, pero la visión y mi idea grandiosa no tardaron en ser difuminadas por los charcos de tequila. Lo bueno es que logré recobrarme del peor mareo para cuando terminaron de fumar, respondiendo bien a las porras que me echaron, por lo menos lo suficiente para seguirle dando todo hasta el centro, habiendo un revuelto de cosas que nos llevaron hasta el amanecer del día 15, una fiesta que se estaba desmoronando cuando llegamos, en donde aproveché el lavabo para enjuagarme la cara, un imprevisto de tambores en el Zócalo en donde nos sentamos todos de espaldas para apoyarnos y gozar la convivencia más aleatoria de almas que había, yo terminé cayendo en un sueño muy profundo en el cual sentí toda la potencia de estar vinculado a Marta y su esencia desde una capa de realidad gloriosamente afuera del tiempo, que se instaló más allá del clamor de las campanas matutinas y sus ecos de la Catedral, que nos impulsaron a tomar las dos cuadras hacia el legendario Tacos Octavio, los tres míos eran al pastor y los pagué con un paquete nuevo de los Faros, echándoles bastante salsa, llegando a vernos entre más y más gente a través de la ascendencia del sol, permeaba un ambiente muy festivo entre todas las preparaciones para el Grito de Independencia.

Sentí un alivio tremendo a partir del siguiente lunes al retomar la rutina de extrañarla entre la casa y la maqueta en el taller, como si fuera algo que me acercara más directamente a ella. Las fiestas y el fin de semana eran todo lo contrario, haciéndome sentir que me había desviado del camino recto y todo lo que me faltaba hacer para volver con ella. Me levantó estar con Arturo, en sentarnos juntos y escribir las cartas de todos los días a Marta y a Leslie, en colocar las estampillas y echarlas en el buzón en el centro del campo. Él ya era doctor en las relaciones a distancia, y yo iba a necesitar cada onza de su ánimo, experiencia y apoyo.

—Oye, ¿qué pasó al final entre Marcel y Sheri? —me preguntó por la tarde.

—Compa, no manches.

—Ándale dime, yo he estado fuera de onda por unas semanas.

—No sé, no he visto a Marcel, pero de un día para otro parece que él la dejó. Ni siquiera le habló ni nada.

—¿En serio? Uy, qué gacho…

—Él siempre me pedía no decirle nada a Sheri, ni a Marta, cuando no iba a verla, inventándose pretextos —me lamenté por ella— aunque pensándolo bien, era inevitable que iban a terminar.

—¿Por qué dices eso?

—¡Porque estamos hablando del mismísimo Marcel! ¿Tú te lo puedes imaginar haciendo viajes a Austin y enviando cartas y la chingada para ir a verla?

—¡Ni en mil años! —él se rio.

Pensé entonces en la foto que acababa de recibir de Marta. Ella estaba en el tercer renglón de una escalera, en sus sandalias de todos los días, estirándose para colgar la bandera mexicana en su nuevo departamento, mientras sostenía una herramienta en la boca, sonriendo tan orgullosamente, como si fuera la primera persona que había llegado al polo sureño.

—Por el otro lado, Sheri tampoco dejó la impresión de querer salirse de Texas y venirse a México o adaptarse a la cultura… O sea que nunca iba a funcionar.

—Tú la conoces mejor que yo, pero creo que tienes buen punto —sopesó— ella es muy buena onda y superdivertida y todo, aunque siempre la veía muy nerviosa.

—Exactamente así es ella —afirmé con una sonrisa mermada.

El coraje de mi papá volvió a centralizarse conmigo una noche, mientras mi mamá hacía una reunión con sus amigas burguesas de vestido largo y medias con tacón y perla en la sala. Yo las saludé brevemente a petición suya y luego me puse a buscar el correo cuando él me llamó a su oficina, pidiendo que me sentara y preguntando cómo me iba en el primer año de la universidad. Le expliqué que bien, que tuve que abandonar mi primer concepto debido a unas fallas técnicas, pero que el prototipo estaba avanzando extraordinariamente y que pronto me iba a enfocar en plasmar el producto final. Se me quedó mirando fijamente por un tiempo sin desviar los ojos, yo sostuve la mirada para mantener la verosimilitud de que no tenía nada que ocultar, aunque estaba rendido por dentro a lo que me iba a pasar. De repente irrumpió en su risa perversa y malévola, que ya estaba tan acostumbrado a ver, que solía decir que yo estaba jodido y que me iba a dar en toda la torre. Desvió su ademán entonces para ubicar un sobre entre todo lo que había en su escritorio, sacando su contenido y arrojándolo a mi cintura. Era un aviso de La Salle, que informaba que estaba en peligro de reprobar dos materias, el taller de diseño arquitectónico y la geometría descriptiva.

—¿Qué chingados vas a hacer tú en la vida? —me preguntó a solamente un metro de distancia.

Él llevaba una camisa blanca de manga larga y un pantalón obscuro con corbata y zapato formal, su saco lo había colgado en el perchero. Olía de la chingada. Una ducha y un cepillo de dientes no le harían muy mal.

—No estoy reprobando —mantuve mi posición.

—Aquí dice que estás reprobando dos materias.

—Dice que estoy en peligro, no que estoy reprobando. Estoy en el taller 12 horas al día y es todo lo que estoy haciendo para pasar.

Se levantó y empezó a caminar lentamente alrededor de su escritorio, pasando entre las ventanas y los estantes de libros.

—Yo he invertido mucho dinero y expectativa en ti, desde que te sacamos de Piedras Negras y te enviamos aquí a la escuela militar, camino que tú rechazaste, descaradamente, y ahora en La Salle…

—Tú sabes que la escuela militar no era para mí —interrumpí.

Alzó una mano para pedir mi silencio y luego volvió a hablar.

Cada palabra que decía era lenta y cargada de intención.

—Y ahora en La Salle… y siempre con casa y con coche y con todo a tu disposición… ¿sí o no?

—Sí, pero… —alzó nuevamente la mano.

—No quiero escuchar la palabra pero. ¿Sí o no?

Me quedé callado, hasta que su ademán y su silencio me vencieron, obligándome a asentir levemente con la cabeza.

—Vuelvo a la pregunta original que fue, ¿qué carajo piensas hacer tú con la vida?

—Voy a pasar a segundo —le dije, con toda la confianza que tenía.

—¿Tú sabes que si repruebas una sola materia no pasas a segundo y necesitas repetir el primer año entero?

—Sí, lo sé —le confirmé, y lo sabía.

Se pasó otro tiempo paseándose de un lado a otro, sin decir nada. Me perdí en los estantes, muchos de los libros se veían forzadamente ordenados por tamaño, como resultado de una obsesión, mientras que otros desbordaron su lugar y adquirieron un arreglo más natural, quizás aleatorio. Se empezaron a escuchar las olas provenientes de las voces de la tertulia de mi mamá, que variaban entre chismosas y desdeñosas.

—¿Qué necesitas de mí? —me preguntó.

Tuve una serie de pensamientos iluminadores, que en su conjunto sirvieron para recordarme de todo lo que tenía en marcha y que mi compromiso con ella seguía en vigor. Por si acaso tenía alguna duda, todas las llamadas y sus cartas de todos los días llegaban a decir lo mismo. ¡Ella era mi novia! ¡El universo me había abierto la puerta y el camino para hacerla mi esposa! ¡Yo estaba tan enamorado de Marta!, y más que eso, ¡ella se había enamorado de mí!

—Dinero, para ser honesto, hay cosas importantes para mí que necesito hacer —era todo lo que estaba cómodo diciendo, pero correspondía a la verdad, y tenía que pedírselo.

—Dinero, dinero, dinero… ¡Siempre con dinero!

Me quedé atrancado, no sabiendo cómo responderle, no queriendo encontrarme con alguna prohibición nueva, no pudiendo hacerle saber cuál era la puerta por la cual yo necesitaba pasar para ver a Marta, sabiendo que él hubiera sido capaz de cerrarla de un portazo.

—Bueno, ¿sabes qué? —me sorprendió entonces, cambiando de tono— tú pasa a segundo y luego vuelve conmigo.

Martes, 19 de septiembre. Hola Marta, ¡tú eres por supuesto la más bella! Jamás podría yo amar a alguien más que tú. Soy tan afortunado de tenerte en el mundo y en mi vida. Apenas tengo diecinueve (¡casi veinte!) años de edad y ya te quiero hasta más allá del más amplio mar, más allá de la lumbre nocturna, más allá de la más gruesa y jugosa hamburguesa de Sanborns o Tomboy, hasta todo el infinito. Aún temo que no logro decirte adecuadamente bien lo tanto que te adoro. Así que te seguiré contando… Recibe mi beso eterno. Carlos.

Para el otro día terminé el prototipo, eran como las cinco de la tarde cuando pasó. Sentí un alivio tremendo y tan verdadera euforia que decidí apartarme de todo por un tiempo y esperar hasta la mañana para entrar en la siguiente fase. Salí y me fui caminando por la Condesa sin nada de prisa, desviándome por un parque y no llegando a la casa hasta muchas horas después. Mi mamá me habló de inmediato, cuando la vi en la cocina.

—Carlos René, ¿cómo te fue hoy en la escuela?

—¡Bien, ya tengo el diseño! —le compartí—. ¡Mañana empiezo a convertirlo en la versión final!

—¡Me alegro por ti! —sonrió—. Oye, dejé tu correo arriba en tu recámara. Hay mole y tortillas, si quieres cenar.

—Gracias, mamá, quizás después —dije y subí corriendo.

Encima de mi escritorio había dejado dos cartas nuevas. Los dos sobres eran distintos tonos de rojo, pero del mismo tamaño, y ambos llevaban la misma caligrafía de Marta que estaba acostumbrado a ver. Se veían increíbles. Deje caer la mochila en el suelo, me quité los zapatos con los pies y tomé los sobres para ver cuál debería de abrir primero. Al levantarlos, allí me estaban esperando dos billetes de 500 pesos mexicanos. Ya estaba a medio camino hacia Austin.

*　*　*

Las aguas empezaron a venirse enérgicamente rumbo al paradero del autobús. Había estado lloviendo intermitentemente en los últimos días y ya estaban todos los charcos crecidos en los bajos de las avenidas, que solían ralentizar la circulación sin detenerla, de un modo muy acostumbrado.

—Pronto va a estar Carlos con su novia —decía seguido Arturo, sonriendo y guiñándome el ojo mientras iba al volante del carro color palo de rosa, de repente invocando a los parabrisas.

Había tanta certeza y aseguranza en las palabras, por ser las suyas, por ser fruto de su experiencia y sabiduría navegando las relaciones a distancia, por la grandeza y anticipación detrás de las emociones que compartimos aquella tarde.

—¿Cómo te fue al fin con tu jefe? —preguntó Rolando, inclinándose hacia en medio de nosotros desde el asiento trasero.

—Pues tú fuiste la clave, güey, con tu idea ingeniosa.

—¿Y cómo se lo dijiste?

—Que yo había invitado a un amigo a Piedras Negras por unos días, para que pudiera conocer la frontera.

—Pero Rolando es de Piedras —respondió Arturo, manejando lentamente por uno de los estanques.

—Por eso no di su nombre, di otro nombre en su lugar… Me dio permiso e incluso algo de lana para los camiones.

—Listo… ¡Te voy a pedir que hables con mi jefe cuando me toque visitar a Leslie!

—¡Tú sabes que lo haré con todo gusto!

—Qué impresionante, ¿no? —entrevió Rolando—. Nomás fíjense, ¡hasta dónde va el amor eterno!

—En mi caso, ¡a la capital de Texas!

—¡O Cleveland, Ohio!

La partida tuvo lugar alrededor de las ocho de la noche del ocho de octubre. Íbamos a bordo de los Autobuses Anáhuac, en asientos de segunda, solamente dos horas atrasados del horario advertido. Cuando salimos, no había ningún lugar vacío dentro de todo el camión. Había entre familias de tres generaciones, señores y señoras, parejas jóvenes, adolescentes, obreros, soldados, empresarios ocultos detrás de sus periódicos, unos hippies güeros que abordaron con su perro y unas gallinas.

Entre Rolando y yo ya nos sabíamos la ruta y la forma en que iba a llegar a la frontera. Todo hacia el norte, a través de la carretera 57. El sol se había puesto hace tiempo, pero las luces de la ciudad y la densidad de la circulación nos acompañaron vivamente hasta la primera parada dos horas y cacho después en Querétaro, donde hubo un intercambio de unos cuantos pasajeros. No nos detuvimos mucho allí. Le seguimos, empezando a sentir los primeros bostezos adueñarse de la cabina, dejando las afueras de la urbe caer en el retrovisor y de pronto sumergiéndonos en la oscuridad formidable de la Mesa Central, carente de alguna luna. A partir de entonces, no se veía absolutamente nada más que el lugar vagamente iluminado por el propio camión en servicio al chofer, salvo por las pocas ocasiones en que se veía otro vehículo o alguna luz perdida en la nada. Íbamos como pingüinos, con el aire acondicionado soplando muy fuerte durante toda la noche. Nos envolvimos en los abrigos y nos rendimos a la suerte nocturna, dejando la plática liviana atenuarse muy despacio en cuanto tratamos de conseguir el reposo de algún descanso.

Hubo una parada breve en San Luis Potosí alrededor de las dos de la mañana. Rolando y yo salimos del camión y avanzamos por un trozo curioso de tierra, cuesta arriba por una colina redonda, llegando a divisar lo alto de un enorme palacio que se mostraba más y más con cada paso que dimos. Tenía una cúpula de base cilíndrica, flanqueada por unas columnas que llevaban hacia un cielo abierto delineado por arcos.

—¿En dónde chingados estamos, güey? —le pregunté en un instante.

—Son los baños, carnal —nos guio, discerniendo la orilla de una pared en la oscuridad— por acá está el de los caballeros.

—Nomás ten cuidado aquí, no te vaya a picar un alacrán...

Todos los obreros desembarcaron y reclamaron sus velices en Matehuala, mientras que la mayoría de los pasajeros se quedaron envueltos en sus prendas y cobijas, dormidos o sin motivo de levantarse de sus asientos. Algunos nos pasamos brevemente por la terminal, donde había unos trabajadores y unas cuantas personas acostadas en el suelo, todo viéndose tranquilamente aplacado por la noche. Rolando dijo que iba al baño, cuando se me acercó un señor de la tercera edad, con un sombrero de paja y una escoba, hablándome muy animado en un idioma nativo que no entendí.

—Viajamos a Piedras Negras —le dije, solamente por decirle algo.

Adiviné que mis palabras le tuvieron buen efecto, porque me siguió hablando por un tiempo, con una expresividad emotiva y abierta. Saqué unos pesos para darle, me sorprendió ver que no lo motivaron en absoluto. Pronto sentí que Rolando se había tardado mucho. Los otros pasajeros que se habían bajado con nosotros ya estaban regresando hacia el camión, aún con languidez, cuando el señor dejó la escoba a un lado y sacó algunas pertenencias de su bolsillo de la camisa, aparentemente buscando algo. De repente se escucharon los silbidos del chofer, advirtiendo que ya era tiempo, cuando el señor mostró una fotografía, viéndose muy interesado por enseñármela. Eran como ocho o nueve niños y niñas, que iban de bajos a altos, parados a un lado de un vagón de tren, en una tierra salpicada de nopales. Le sonreí. Volví a ofrecerle los pesos con tal de que me dejara ir, pero no se trataba de eso. Empezó a decirme los nombres de todos los niños.

—Tiene muy bonita familia —le dije.

Compartimos una sonrisa ostensiblemente generosa y auténtica por unos segundos, cuando por fin reapareció Rolando. Me esforcé para despedirme del señor y dejarle una muestra de agradecimiento, que tomó la forma de un ademán sincero, pero carente de tiempo, entonces lo dejamos y corrimos en chinga.

—¡Ya córrele, Che Vela, o nos van a dejar!

—¿Qué te estaba mostrando aquel señor? —me preguntó, ya que habíamos regresado a nuestros asientos.

—Lo que más le importaba —constaté, contándole cómo era la imagen.

Logré dormir casi todo desde Matehuala hasta el estado de Coahuila, pasando ventajosamente por lo sobrante de la oscuridad, sin ningún apuro. Fue a través de la apertura de un ojo que regresé a la conciencia, a partir de un tiempo que pudiera haber sido un comienzo intercalado entre eones, cuando divisé la gloria del sol iluminando todo desde los potreros cercanos hasta las montañas que nos circundaban en capas espirales, hacia el mismo infinito que vislumbraban. La mañana desató una sensación muy fuerte de sobrevivencia, no equivocada en su esencia, que ahora se vinculaba a estar en Coahuila y sentir la contundencia de la frontera al otro extremo del estado, poco a poco acercándose. ¡Cada parada me acercaba más y más a ella! La de Saltillo, donde hubo un cambio de chofer y donde aprovechamos los veinte minutos advertidos para conseguirnos unos tacos de chorizo con huevo y unos cafés, la de Monclova, donde nos retrasamos otra media hora, las penúltimas de Sabinas y Nueva Rosita, que eran breves para facilitar la descarga de pasajeros, por fin pasando por Allende y Nava, el enorme "no manches" que emitió Che Vela cuando pasamos por La Villita puso todo en relieve: Habíamos llegado.

La última parada nos dejó en el mero centro de Piedras Negras y el venerado núcleo del todo, a pocas cuadras de la casa de mis papás y la frontera. Tomamos las maletas y nos lanzamos a la calle, sintiendo el alivio enorme de estar fuera del camión y poder caminar a nuestro libre albedrío, subiendo las dos cuadras hasta la Matamoros. Allí nos despedimos de nosotros, pero solamente por la tarde, para que cada quien pudiera hacer sus visitas y cumplir con su propia agenda, acordando en vernos a la hora que fuera aquella noche en la casa. Rolando continuó hacia la Colonia Mundo Nuevo, donde vivía su mamá, mientras que yo le di por la Matamoros hacia el Río Bravo. Caminé rápido y furtivamente, tratando de esquivar cualquier encuentro con algún conocido. Detrás de mí, sentí las historias de antaño y el seguir presenciando por parte del andamio cuadricular, conformado por las panaderías y carnicerías, por los peatones, por los niños y niñas columpiando, jugando o andando por doquiera, por los carros que hacían fila para cruzar el puente internacional, por todos los perros soñolientos y las personas de tercera edad tomando la siesta o simplemente marcando el tiempo pasar desde sus mecedoras en los patios, terrazas y balcones, o charlando en la banqueta. Pasé la Cuauhtémoc. Pasé la Xicoténcatl. Pasé la Padre de Las Casas. Le di a la derecha en la calle Morelos, solamente faltaban dos cuadras para llegar a la casa. Pasé la Terán. Estaba casi a punto de llegar a la Allende cuando escuché a la voz de una chica decir mi nombre. Ha de ser otro Carlos, me dije, preservando la inercia de mi andar.

—¿Carlos René Mediero? —dijo la misma voz muy claramente; tenía la cualidad genuina de hacerme querer saber quién era.

Volteé para recibirla de frente, de repente sintiéndome todo desaliñado tras haber pasado tantas horas en el camión. Allí estaban tres chicas de semejante edad, todas fumando. Reconocí de inmediato a la que estaba en medio, aunque no la había visto en mucho tiempo. Dejó a sus compañeras y llegó directamente conmigo.

—Hola, prima Sonia, ¿cómo estás?

—¡¡Bien!! Pero ¿qué haces aquí, Carlos?

—Fíjate que acabo de llegar…

—¿Y qué me trajiste del DF? —me preguntó, haciéndome caer en un silencio espontáneo, que ella misma colmó—, ¡ja, ja, solamente era una broma!

—Oye, qué gusto verte, ¡te ves muy bien!

—Pues yo acabo de cumplir años en septiembre —compartió alegremente su novedad— me dieron la bendición en la iglesia y luego la quinceañera en la casa.

—¡Muchas felicidades, prima!

—¡Gracias! —siguió sonriendo y fumando enérgicamente.

—La próxima vez, sí te traigo algo de México —le prometí.

—¿Y es cierto que tienes una novia tejana? —me preguntó.

—Pues, sí.

—A ver, cuéntame… ¿Cómo se llama?

Mi prima no tenía pelos en la lengua, yendo directo al grano. Nos pasamos algunos minutos y varios cigarrillos entre los dos, platicando en la banqueta de la calle Morelos. Estaba muy orgulloso y feliz enseñándole la foto de Marta de mi cartera y recibiendo en grande toda su animación sincera, aunque me estaba haciendo muchas preguntas y yo tenía que guardar discreción, sabiendo lo veloz que se difundía el chisme. Le pregunté entonces sobre su familia; ella compartió que ya no había contacto con su hermana mayor, desde que se involucró en un noviazgo ciertamente escandaloso, y que su hermano se había ido a Saltillo para comenzar sus estudios de leyes, mientras que ella cruzaba el puente internacional todos los días para irse caminando hasta la Eagle Pass High School. ¡Mi prima Sonia me había arrinconado bien en la plática! No sabía cómo iba a salir de allí, tendría que haber sido a muy duras penas, aunque me había exaltado mucho verla y estaba disfrutando la plática y todo con ella, ¡ya no era una niña!, a pesar de las fuerzas que me regían por dentro y la urgencia que estaba sintiendo para volver a mi motivo singular, cuando sus amigas se desataron de un impulso para decirle que ya era tiempo de ir al Cinelandia, o iban a llegar tarde. Le dije adiós a las tres y luego le di a toda prisa la media cuadra hasta la casa, sigilosamente abriendo la puerta con la llave, en donde me metí.

Lo siguiente que me tocaba hacer, dejé las maletas y me fui a donde estaba el teléfono, hojeando la guía telefónica y marcando la empresa Greyhound en Eagle Pass. Estaba ocupado. Marqué y marqué y seguí marcando, pero estaba ocupado. ¿Y entonces qué iba a hacer? Pensé en pedirle el uso de un carro a Santiago o Raúl, pero no lo iba a poder hacer sin involucrarme en una visita de horas, entonces pensé en irme caminando hasta Eagle Pass para comprar los boletos en vivo. No se me ocurría alguna idea mejor, cuando la línea por fin se desocupó y la siguiente llamada entró. "Bueno, bueno", verifiqué la conexión y entré en vigor para reservar primero a San Antonio y de allí hasta Austin, saliendo a las 8:30 de la mañana. Enseguida, le hablé a Marta para comunicarle todo. Estaba dispuesto a pasar toda la tarde hablando con ella, cuando me recordó de los gastos, asegurándome que pronto íbamos a tener todo el tiempo del mundo para contarnos todo. Ella se oía tan alegre y simplemente increíble. "¡Para esta hora, mañana estaremos juntos!", le prometí antes de colgar.

El encuentro caprichoso con mi prima y la visita con mis hermanos dieron lugar a un sinfín de llamadas, toques en las puertas, y mensajes compartidos, dando luz a una invitación a cenar en la casa de mis tíos Humberto y María Elena, papás de mi prima Sonia, que agarró ánimo y acrecentó en sus participantes antes de que comenzara, evolucionando a ser lo que llamaron una pequeña reunión familiar en el Restaurante Moderno. Al inicio, me molesté por tanto rollo, como jamás había sido parte del propósito, yo no estaba allí para hacer visitas y solamente quería enfocarme en Austin. Afortunadamente, no tardé en caer en cuenta de lo extraordinario que era, a partir de la forma en que me recibieron y todos los abrazos que siguieron llegando, dejándome relajarme y aprovechar la convivencia con todos y verdaderamente gozar tal concordancia tan inverosímil. Era lo mismo, me iba a ir en el mismo camión en la mañana, con o sin la fiesta. Solamente estaba pendiente de no hablar de Marta o de Austin, de no meter la pata, y de no entrar en compromisos de tiempo o de estancia. Elda Rosa me dio el pretexto perfecto para desviar la plática, como todos se interesaban tanto por saber cómo le había ido en Bellas Artes. La reunión llegó a contar con 40 integrantes en su cima, incluyendo el contingente desbordante de amigas de mi prima, que aportaron su propia alegría al escenario, independiente a la conocida energía familiar, y Rolando, quien fácilmente nos encontró. Encendimos, brindamos, y le entramos con fervor a los bolillos, las tampiqueñas y la música que dio hasta pasada la medianoche. Para entonces, ya estaba listo para regresar a la casa y dormir unas horas en una verdadera cama.

Fue saliendo del restaurante con mi tío Humberto y pasando por el estacionamiento, ya desbandados y despedidos de la mayoría, cuando pasó un señor serpenteando por la calle en bicicleta, pedaleando y difundiendo la noticia en voz alta: "¡Mataron al Che Guevara, mataron al Che Guevara!"

*　　*　　*

Martes, 10 de octubre de 1967

Salimos de la casa y de Piedras Negras con el alba, inadvertidos. La única forma de que iba a poder salir era simplemente haciéndolo. No se lo dije a mis hermanos, ni a mi prima, ni a nadie. Para las 7:20 ya íbamos Che Vela y yo, los disimulados, cruzando el puente internacional. Me imaginé a nosotros desde muy arriba, hubiéramos sido como dos hormigas empujando su bulto velozmente, a través de una plataforma elevada sobre el sinuoso Río Bravo, en medio del muy amplio continente de color tierra árida. No tardamos en llegar al otro lado, donde presentamos las visas al agente aduanal, pasando sencillamente a los Estados Unidos. Para las 7:45 ya estábamos fumando en la terminal de Greyhound, esperando la salida. Me acomodé en el camión, imaginando cómo iba a ser nuestra llegada a Austin. Ya estaba tan ansioso de verla… Empecé a saltar entre recuerdos, llegando al tiempo y el lugar en que la conocí. En ese tiempo, ya llevaba los ojos anhelantes y mucha esperanza, desde unos días atrás, cuando Arturo me había preguntado si quería acompañarlo al aeropuerto para recoger a Leslie y a las dos chicas que iban a llegar para pasar el verano en la pensión. Todavía no eran Marta y Sheri las que llegaron, sino Janet y Karen. Las llevamos a la casa y luego me puse a platicar con la Señora van den Berg, quien me dijo claramente, "Carlos, mañana van a llegar dos chicas del estado de Texas, ¡debes de regresar el viernes para que las puedas conocer!" Sabía que había acertado, desde la primera vez que la vi, caminando por la Flamencos hacia la casa y reluciendo una belleza extraordinaria e imprevista. Hubo una chispa de magia entre nosotros dos, me encantaba ella y estaba envuelto en toda su esencia, pero sentí que también se había fijado bien en mí. Tenía que entrar en acción desde luego, sabiendo que no habría más que una sola jugada para conquistarla, y que pronto estarían todos los chicos de la UNAM fijándose en su belleza y haciendo fila para conocerla. No pude dormir aquella noche por la emoción, tenía la camisa planchada y todo ya listo, estaba deseando tanto que se acercara la hora del picnic. Lo único que le había pedido a Pavo antes de llegar por ella, fue que yo necesitaba sentarme a su lado en el carro. El chofer de Greyhound se detuvo en un solo semáforo, revirtiéndome brevemente al presente. Yo miré alrededor del camión, que no iba muy lleno. Rolando ya estaba bien dormido en la fila opuesta a mí, medio apoyado entre su asiento y la ventana. Entonces aceleró con el verde. No tardamos en salir de Eagle Pass, pasando rápidamente por lo sobrante de Main Street y volteando a la izquierda para tomar la carretera 57 estadounidense hacia un ensueño sumamente dulce y placentero.

*　　*　　*

Nuestro tiempo en Austin fue maravilloso y genial en cada sentido, disfrutamos muchos días juntos, aunque todo se tergiversó aquella mañana cuando me llegó el aviso por parte de Marta de una llamada inesperada de mi papá, quien había recibido otra noticia de La Salle. Lo decente es que él le había hablado con mucha cortesía, diciéndole que si por casualidad yo estaba en Austin, que me tocaba presentar el examen de geometría descriptiva, si no iba a reprobar. Rolando y yo nos apresuramos a llegar al siguiente camión y volver lo antes posible a México, pasando rápidamente por la frontera y luego encontrándonos nuevamente a bordo de los Autobuses Anáhuac. Ya estando en el camión y saliendo de Piedras Negras por la carretera 57 mexicana, ¡todo se sintió abruptamente truncado! Mi papá me había ubicado, arrancándome de mis noches de encanto y de la plena felicidad que había estado viviendo con ella. ¡Aun así, qué lindos recuerdos! Su amigo Harlem nos había recibido muy bien en su departamento, proporcionándonos un lugar muy cómodo para dormir. Era muy activista el tipo y una tarde nos llevó a una marcha de protesta de la guerra en Vietnam, en donde la mayoría de los integrantes eran afroamericanos. Rolando entró en su máxima expresión cuando alguien lo identificó como mexicano y le dio una pancarta exponiendo nuestro lema de Benito Juárez, para alzar por todo el movimiento. Era revelador conocer a todos los amigos que Marta tenía en la universidad. Ya no era como con Fernando de la UNAM, a quien le podía decir sencillamente que le iba a romper toda la madre. Allí estaban todos estos chicos compartiendo la etapa de vida con ella, mientras que yo vivía miles de kilómetros al sur. Lo único que podía hacer yo era tener confianza en nuestra relación, agradeciendo cada vez que me presentaba como su novio y tratando de no meter la pata, como solía hacer, mostrándome demasiado celoso o inseguro. Desde el primer día, me aferré a su horario para colmar cada oportunidad de estar juntos. Me había prestado su Galaxie blanco, para que Rolando y yo pudiéramos conocer la capital, el lago y los jardines, mientras que ella asistía a sus clases. Yo siempre estaba allí para esperarla, justo como hacía en la UNAM, cuando salía del aula. Qué bonitas las tardes que pasamos por la Avenida South Congress, tomados de la mano, y luego en su departamento, donde ella nos hacía picadillo o una lasaña. Ya habíamos asistido a la fogata en la universidad, que vislumbraba entre pistas y segmentos de la lucha revolucionaria del Che Guevara. Ya habíamos coronado mis veinte años de vida el sábado con una fiesta en College House, donde todos nos encontramos con la enorme sorpresa de que Sheri estaba encinta. Ya la había llevado al restaurante de alta moda en el río, donde nos prometimos que íbamos a estar juntos toda la vida. Aprovechamos bien el tiempo que tuvimos, besándonos sin límite, reafirmando la intención de que ella se viniera a finales del verano para quedarse en México, muy a tiempo para empezar su maestría en la UNAM, y añorando cada amanecer que nos guardaba el destino.

* * *

Martes, 10 de octubre de 1967

Mis sueños me acompañaron vivamente hasta Uvalde, que era la primera parada entre Eagle Pass y San Antonio. Era genial viajar con Rolando, sabía que a él no le importaba cuántos días íbamos a estar en Texas, y que además, la había pasado bien con Sheri aquella noche en el hotel. Desde que cruzamos la frontera, cada encuentro fue intercalado por el capricho de Che Vela y su inexistente inglés, cosa que me hacía sentir como un verdadero experto lingüístico. Salimos del camión para ver lo que había, no tardando en divisar una gran máquina expendedora reluciendo en el sol, llamándonos la atención desde en medio de la planicie.

—¡Mira todas las galletas! —dijo Rolando, muy entusiasmado por comprarse algunas.

Nuestras cuatro manos profundizaron en todos los bolsillos, desafortunadamente, nos faltaban todas las monedas que necesitamos y no pudimos hacer nada frente al resplandor de la máquina. Entonces vi a un campesino, guardando un periódico debajo del brazo.

—Ve con aquel señor y pídele cambio por una peseta —le dije.

Lo vi desde lejos, evidentemente fracasando desde la primera cosa que le dijo. A los pocos segundos regresó con el periódico, cuya portada parecía reafirmar: *"CHE GUEVARA KILLED"*.

—¡No nos entendimos muy bien, pensó que se lo quería comprar y se quedó con toda la peseta!

—Dame el papel —le dije— yo voy a pedirle monedas de diez.

Rolando trató de redimirse poco tiempo después, cuando llegó una señora para comprar chicle.

—¿Cómo le pido cambio? —me preguntó.

—Tú le puedes decir: *Can you make change for a dime?*

Lo escuché llegando con ella y hablándole en su acento pesado, pesado, graciosamente pesado.

—*Change for a dime?* —le preguntó ella, viéndose muy confundida—. *What do you want, pennies??*

—*For cents* —le contestó.

—*Cents??* —lo miró incrédula, como si le fuera a pegar con la bolsa—. *Who wants change for cents??*

Solamente me reí del Che Vela, dejándolo andar por sí solo.

—¡Güey, no sabía que los centavos tenían un apodo! —dijo cuando regresó conmigo, orgullosamente enseñándome cuántas monedas de cobre tenía en la mano, mientras nos atacábamos de risa.

—¿Para qué le estás pidiendo centavos? —le reclamé—, ¡necesitamos de cinco!

Nos entregamos a la suerte, echando todas las monedas a la máquina para ver si le sacábamos algo, pero se las tragó sin devolvernos galletas ni nada.

—¡Todo esto es una trampa! —exclamó en fin Rolando—, ¡máquina insolente!

Retomamos nuestros asientos en el camión, los disimulados habiendo devenido los infructuosos, y le seguimos por la carretera 90 hacia el este y la ciudad de San Antonio.

* * *

Así, de repente, me encontraba de vuelta en mi casa. Allí estaba el aviso de La Salle, que tenía que presentar examen al día siguiente, a un lado de una pila de cartas nuevas que me habían llegado de Marta. ¡Ella me había estado escribiendo todos los días, incluso los que compartimos juntos! No las abrí de inmediato, quería guardar la anticipación y preservar todo el encanto en una botella, como un recurso precioso que se repartía en medidas para aprovecharlo al máximo o cuando más se necesitaba.

Pasé todas las clases para avanzar a segundo, incluyendo el venerable taller de diseño arquitectónico de primer año y la prueba final de geometría descriptiva, jamás siendo obligado a confrontar a mi papá por el viaje a Austin. Mi profesor me citó en su oficina, enalteciéndome por haber pasado a segundo y hablándome con mucha avidez sobre un proyecto de vivienda que se estaba realizando en Nezahualcóyotl. Me dijo que estaba buscando a alguien para ayudarle con los conceptos de diseño; al inicio me interesé, divisando un camino muy oportuno hacia unos pesos hasta que me explicó que no se trataba de trabajo renumerado, sino algo que a la larga me serviría como muy buena experiencia. Le dije que gracias, pero no gracias, saliendo de allí. Al fin y al cabo, no tenía tiempo para perder en sus chingaderas. Yo fui el único de nuestros amigos que pasó, Arturo y todos los demás reprobaron. A partir de entonces, él hablaba seguido de cambiarse a administración de empresas. Quizás no lo hubiera pensado por mi propia cuenta, aunque ambos teníamos mucho coraje acumulado con la escuela de arquitectura, que no nos dejaba vislumbrar ningún camino hacia un puesto con sueldo decente, sin pasar por décadas de servidumbre. No estaba para nada feliz de la posibilidad de perderlo como colega. Un día a finales de noviembre, Arturo y yo nos topamos con Miguel Ángel y algunos de sus colegas en la biblioteca de administración en La Salle. Entre ellos, estaba Daniel Esquivel Díaz Ordaz, sobrino del presidente actual de la república, y otros tres que se llamaban Luis.

—Es oficial, amigos, su estimado Arturo Hernández ha reprobado su primer año de arquitectura —compartió con su sarcasmo amable.

—Felicidades, Arturo —entró Luis Barrientos con unos aplausos.

—Muchas gracias —sonrió— fíjense, el que de veras merece aplausos es Carlos. Él sí pasó.

—Muy bien hecho, señor René —dijo Daniel, extendiéndome un apretón que llevó a los tres Luis a hacer lo mismo.

—¿Y qué quieres hacer como arquitecto? —me preguntó Luis Pacheco Obregón.

—Todavía me faltan dos años —me reí— así que no lo he pensado bien.

—¿Pero has de tener alguna ambición en mente o una filosofía?

—Naturalmente, va a obrar en servicio al pueblo —habló Arturo por mí; agradecí que me estaba alabando frente a todos, aunque no sabía qué tanto lo merecía.

—¿En qué sentido? —preguntó Miguel Ángel.

—Diseñando y edificando en beneficio de la esfera pública —dijo Arturo a continuación; todas las palabras representaban sus propios anhelos en el campo.

—Eso no quiere decir nada —irrumpió— son puros espejismos…

—No son espejismos —defendí— México siempre ha pensado en grande cuando se trata de sus edificios, espacios y monumentos…

—¡Suenas como todo artista! Al final, ¡eso no aporta nada de valor tangible!

—¿Y quién aportó el concepto de este mismo edificio en el que estamos? —remató Arturo—. ¡Esta grandeza no se diseñó sola!

—Obviamente, estoy de acuerdo con ellos —intercaló Daniel— la arquitectura es indispensable para la sociedad.

—Todos empiezan con esa ambición, pero la mayoría fracasan —mantuvo Miguel Ángel—, ¡solamente el uno por ciento va a llegar a tal altura!

—No hay que menospreciar su ambición —le dijo Luis Pacheco Obregón— si yo pudiera hacerlo… A ver, ¿quién no soñaba de niño con ser arquitecto?

—Yo sí —dijo Luis Navarro.

—Ese es mi punto, amigos, que solamente corresponde a un sueño —enfatizó frente a todos, sin mirar a ninguno directamente—. Se los he dicho antes y se los vuelvo a decir, si quieren abrirse un camino a la lana las únicas puertas viables son administración, leyes, o medicina.

—Hazte a un lado con esas babosadas —le puso el alto Luis Barrientos.

—¡Parece que este tiene algo contra la arquitectura! —reaccionó Daniel.

—Está ofuscado porque la novia lo dejó y no hay nadie que le hable en las fiestas —añadió Luis Navarro, riéndose de él.

Se sonrojó Miguel Ángel mientras los demás nos beneficiamos a su costa.

—Sin duda hay más prestigio en arquitectura… —resumió Arturo astutamente, como solía hacer a su estilo— todas las chicas se enamoran en principio de los artistas y los arquitectos.

Ya que se estaba acercando diciembre, Arturo tomó todos los pasos para hacer el cambio oficial, antes de su viaje a Cleveland. Cuando hablé con Marta, le dije que la quería visitar durante las mismas fechas en diciembre, aunque no había arreglado los detalles y seguía sin nada de dinero. Ella me detuvo, diciéndome que no había visto a sus papás en mucho tiempo y que necesitaba hacer un viaje a Big Spring para verlos. En lugar de visitarla entonces, me pidió si podía ir a verla para su *spring break* en 1968, cuando ya no faltaría mucho más tiempo hasta que se viniera a vivir a México. Vi la lógica en lo que me decía y obviamente me aferré a aquel plan, aunque caí nuevamente en la inmensa profundidad de extrañarla cuando nos dijimos adiós y colgamos, hundiéndome en mi cama para llorar el resto de la noche, sintiendo una soledad abrumadora que no me iba a soltar hasta el Año Nuevo.

—¿Y tú ya no vas a misa? —me preguntó mi mamá un domingo lluvioso, en medio del Adviento.

—De hecho no —admití, no temiendo decirle la verdad.

—¿Y a qué se debe este cambio?

—No es un cambio oficial, solamente que ya no me atrae tanto…

—¿Cómo que no te atrae? Nosotros te bautizamos y te criamos en la iglesia católica —me amonestó en su tono malhumorado.

—Ya sé, pero yo no tuve nada que ver con aquello.

—¡Carlos René! —me pellizcó el brazo fuertemente.

—Perdón, mamá, pero es la verdad. Yo no opté por eso.

—¿Eso quiere decir que nos estás rechazando?

—No estoy rechazando a nadie, mamá, solamente estoy optando por mí.

—¿Estás optando por ti o por Marta?

—¡Caray! Yo nomás estaba aquí leyendo tranquilo…

—Nomás te voy a decir que si ustedes se piensan casar, espero que lo vayan a hacer por la iglesia católica —me apuntó con el índice.

—Por favor, mamá. ¡Ni estaba hablando de eso!

—Bueno, no vayas a terminar en una casa de locos como Lucas y aquella comunista de provincia —enfatizó, dejando clara su posición—. Y por mientras, no te haría mal ir a misa. Nos puedes acompañar en Nochebuena.

—¿Y por qué tengo que ir?

—Porque somos una familia, y vamos juntos a la misa de obligación.

—Pero…

—¡Me alegra saber que nos vas a acompañar! —exclamó sarcásticamente, juntando las manos, como si se trataba de una victoria—. ¡Elda Rosa y Alonso también se alegrarán!

La misa de Nochebuena era muy prolongada dada la temporada, aburridísima, y fundamentalmente insoportable. Me sentí superior a todos los que vi haciendo reverencia ciega e hipócrita a la ceremonia. Más que eso, sentí una vergüenza tremenda que me provocaba compartir la banca con mi familia, como si no tuviera mejor lugar en donde estar, como si todavía fuera un inmaduro como el payaso de mi hermano, quien había sacado su chicle masticado de la boca justo antes de darme la mano para el padrenuestro. Sentí la bola toda mojada y pegajosa entre nuestras palmas, mientras que me apretó la mano, al mismo tiempo que yo sostenía la mano de nuestra mamá por el otro lado. Entonces, Alonso me pisó "sin querer" cuando pasó frente a mí para ir a comulgar, como yo era el único René que no se levantó para tomar la hostia… "Ya deja de buscarme", le advertí cuando retomó su lugar a mi lado y se arrodilló, "si no te voy a dar tus cinco minutos de fama, hijo de la chingada".

De allí empezó otro sinfín de oraciones y canciones. Sentí que yo era mucho, mucho más que aquel Carlos, apretado entre su hermano menor y su mamá, fingiendo la más nimia alabanza al escenario. Sobre todo, estaba extrañando demasiado a Marta y sabía que la iglesia no era un lugar para ella.

Llegué con mi papá el 10 de enero y le dije que había estado pensando en cambiarme a administración de empresas.

—A ver, siéntate y explícate, si acabas de pasar a segundo año —me pidió.

—Estoy trabajando para presentar el examen a título de

suficiencia para las materias de administración de primer año y así no perder el tiempo —le dije claramente.

—¿A título de suficiencia? —me miró, alzando las cejas.

—Así es.

—Bien allí —admitió lentamente—. ¿Y qué quieres hacer en administración? —me preguntó, mientras se encendía un cigarrillo.

—Necesito tomar las riendas y conseguirme independencia —le dije.

—¿Independencia de qué?

—¡De vida! ¡Tengo mucha ambición y no te puedo seguir pidiendo dinero!

Quizás era desmedido hablarle así. Quizás había renunciado a cualquier posibilidad de pedirle dinero o su consentimiento para hacer otro viaje a Austin, pero se lo tenía que decir. Se quedó pensando por otro rato, aparentemente tomando su tiempo para entendernos bien.

—Esto no se trata de dinero, sino de la encrucijada y la decisión. Para que quede claro, yo nunca te iba a negar el paso de ser un arquitecto.

—Ya sé —respondí automáticamente.

—Tu mamá y yo siempre te apoyamos en eso.

—Ya sé —le dije, llevándonos a otro periodo de silencio.

—Pues yo pienso que esto te puede abrir puertas y acercar al mundo empresarial, además, siempre he dicho que tú tienes muy alta capacidad y un fuerte lado emprendedor, aunque impulsivo y temerario. Yo creo que pudiera ser buena decisión, pero necesitas estar seguro…

—Sí, estoy seguro —le dije animado.

Alzó la mano instantáneamente, como solía hacer, para pedir

mi silencio. Súbitamente, se escucharon muy frenéticos todos los canarios piando en la sala.

—Pudiera ser muy buena decisión, pero necesitas estar seguro de tu lado. No quiero recibir más envíos de La Salle de que estás reprobando o que vuelvas conmigo en otro año para decirme lo mismo.

—Estoy tan seguro de este cambio —traté de decirle con convicción— que ya estoy sumergido en los libros y estudiando para presentar el examen.

—¿Y este cambio acaso tendrá algo que ver con aquella muchacha que tienes allá en el norte?

—Ella todavía no lo sabe —le dije la verdad— es mi decisión.

—Bueno —me miró convencido—. Ahora, ¿qué necesitas de mí?

—Pues tu apoyo… Y obviamente la matrícula.

—Puedes seguir contando con todo eso —me dijo, exhalando y apagando el cigarro en el cenicero con determinación—. ¿Qué más necesitas de mí?

—Estoy bien —le dije, estando contento de recibir la bendición de mi papá y llevarla conmigo, y no deseando pedirle nada relacionado con Marta para entonces.

—¿Y ahora qué estás haciendo? —me interrogó Arturo a finales de enero, ya que yo había presentado el examen exitosamente y me había inscrito en administración—. ¡Mi plan era ser un arquitecto a través de ti!

—Ya sé…

—Te recuerdo que tú sí pasaste a segundo… ¡Soy yo el que reprobó!

—Ya sé… —sentí un último trozo de mi conciencia preguntarse lo mismo, si acaso había sido demasiado impulsivo, o si iba a extrañar arquitectura o lamentar la decisión.

—Nomás asegúrame que no lo estás haciendo por este charro vendido, Miguel Ángel.

—¡Para nada! —le aseguré—. Obviamente, estoy motivado para no convertirme en un peón del imperialismo como aquel.

—Muy bien dicho… ¡Nomás fíjate que los tres Luis tampoco son de aquella persuasión, ni el sobrino del presidente de la república! O sea que nosotros podemos tomar el camino empresarial y aún seguir representando el comunismo y los ideales del pueblo. ¡Todo corresponde, en fin, a nuestro libre albedrío!

—Sí, aunque no tengo décadas para pagar tributo a la arquitectura sin ganar buen sueldo. Yo le prometí casa y todo a Marta, una luna de miel… Aquella es mi verdadera ambición, ¡pero ni tengo para llegar al sábado ni para llegar a Piedras Negras! Por eso, estoy dispuesto a jugármela en administración.

—Te entiendo… ¡Es todo lo que yo quiero con Leslie!

Me aferré desde el inicio al horario escolar y a las clases nuevas, estudiando diligentemente para sobresalir en las calificaciones y frente a los profesores. Así podría pedirle apoyo económico a mi papá algún día, esa fue parte de mi motivación. Sabía que él contaba con dinero y que había invertido bastante en mis hermanos mayores, otorgándoles la radiodifusora y la agencia de aduanas, además de todos los terrenos en Piedras Negras, y me era natural esperar un trozo de lo mismo para mí. Mientras, seguía encontrando billetes de pesos esperándome de vez en cuando, debajo de las cartas de Marta que me dejaban en la recámara. Los recibí con mucho agradecimiento, siempre guardándolos con mucha cautela en la profundidad de mi armario.

A partir de entonces, puse todo en marcha para recibirla a

finales de aquel verano y para casarnos poco después. Era todo lo que me regía por dentro, que dominaba entre día y noche, entre mis ambiciones de corto y mediano plazo y todo lo que tendría que cumplir para darle la vida que merecía tener en México.

Acabé volándome el carro de mi hermano Raúl en Piedras Negras, cruzando la frontera y llevándolo hasta Austin para llegar al *spring break*. Era un viaje de mucha suerte y mucho amor, en el que llenamos más páginas en nuestra libreta de nostalgias compartidas, visitando la impresionante exposición internacional HemisFair '68 en San Antonio, buscando anillos y pensando en nombres para el bebé de Sheri, quien estaba muy avanzada en su embarazo y ansiosa en su felicidad. La buena suerte me acompañó de regreso a la casa de mi hermano, quien naturalmente estaba muy encabronado conmigo por todo el fastidio y la molestia generados por la interrupción; básicamente le robé su carro, pero acabó dándome el enorme beneficio de la duda y su perdón cuando le conté de Marta, asegurándome al final que no le iba a decir nada a nadie. El bebé Diego nació a pocos días de que Marta y Sheri se recibieron de UT Austin.

*   *   *

Una mujer se subió al techo de un carro con altavoz y exclamó entre la muchedumbre: "¡Únete, pueblo!" Marchamos unidos, marchamos tomados de los brazos y las manos, marchamos hacia y alrededor de ella y el carro, en filas que se extendieron a lo largo de la calle. Yo estaba consciente de los más cercanos a mí, de los chicos y las chicas que se habían unido al coro, "¡únete, únete, únete!", ninguno era conocido por su nombre, pero todos íbamos juntos en nuestra energía y afán, en el resonante rugir de nuestro lema. ¡¡Era nuestro comunismo!! Lo que nos llevó a tomar lo amplio de la Avenida Insurgentes, alzando las voces, repartiendo volantes y exigiendo que todos se unieran al movimiento era palpablemente nuestro: "¡Únete, únete, únete!" Surgimos en grande. La chica que iba a mi lado alzaba una pancarta que decía: "¡DEFIENDE TU VERDAD Y LIBERTAD!" Marchamos juntos, apretados entre toda la gente que había, casi pegados de los cuerpos: "¡Únete, únete, únete!" Empezamos a hablar mientras marchamos, ella y yo, casi en los oídos. Se llamaba Chantal, era de la Escuela de Ciencias Políticas y Sociales de la UNAM. Era casi de la misma altura que yo, vestida de negro, salvo por los zapatos blancos y las pulseras de algodón que llevaba en ambos brazos, morena y delgada, de cabello negro y fino, recogido en una colita. "Yo soy Carlos", le dije, "perdí a mi amigo que se quedó atrás volanteando, él y yo somos de La Salle". Tomé un lado de su pancarta y así empezamos a marchar juntos. Pasamos por donde había unos chicos encima de un camión exclamando: "¡Libertad a los presos del Poli!" Nuestro coro se acomodó a los suyos y se amplificó a través de la tarde: "¡Libertad, libertad, libertad!" Seguimos marchando. Íbamos como un enorme desfile, exigiendo la atención de la gente en las banquetas y de los comercios, la densidad de nuestro andar siempre acrecentándose. Chantal compartió que vivía en la Colonia Nápoles, no muy lejos del café del mismo apodo. "Yo estoy cerca", reaccioné, "yo vivo en la Del Valle". Toda su energía y su modo de ser me cautivaron. Empezamos a compartir más y más entre nosotros, intereses, sonrisas, miradas muy cómodas de lado, un estilo de hablarnos casi íntimamente entre toda la gente que había. Para cuando llegamos al otro lado de la marcha y con la entrada de la noche, le había dado uno de los volantes de Arturo. Compartimos además nuestros números de teléfono y la intención de vernos alguna vez en dicho Café Nápoles con un beso amistoso.

No volví a ver a Arturo hasta el día siguiente en La Salle, para la reunión que él había entablado, como nuestro delegado al Consejo Nacional de Huelga, el órgano que orquestaba el gran movimiento. Había mucha energía frenética y humo circulando por todo el salón, que él trataba de coordinar y consolidar en disciplina y acción.

—¡Se están llevando a los del Poli a la prisión de Lecumberri! —exclamaban algunos alumnos de la escuela de arquitectura frente a él.

—Calma, jóvenes —pedía Arturo— calma, por favor. Estamos atentos a lo que está pasando en el Poli.

—¡No solamente los del Poli, también los de la UNAM y de Chapingo!

—¡A todos!

—Así es. Esto evidentemente está impactando a todos nuestros compañeros de las distintas universidades y preparatorias.

—¿Y ahora qué vamos a hacer?

—Exigir diálogo transparente y abierto con Díaz Ordaz.

—¿Y cómo se va a lograr eso?

—Coordinando con el Consejo Nacional de Huelga. Así es como La Salle va a aportar su mayor esfuerzo al movimiento.

—No veo cómo, si todos los sindicatos nos están descartando como enemigos del estado.

—Nos lo tiene que ceder. El diálogo es nuestro derecho fundamental y así se lo vamos a llevar al Palacio Nacional.

—¡Al inicio querían suprimirnos con los granaderos y ahora están entrando las fuerzas armadas!

—Es solamente para intimidar —explicó Arturo— Díaz Ordaz

desea mostrar orden para las Olimpiadas y aquella es nuestra palanca para hacerlo llegar con nosotros.

—¡El gobierno se está gastando todo su dinero en las Olimpiadas en vez de dárselo al pueblo! —seguían las voces quejumbrosas con sus reclamos.

Pronto hablé con Marta por teléfono, habíamos estado hablando más seguido últimamente, había mucho que coordinar y tener listo para su llegada. Yo solía gastar los primeros minutos de cada llamada hablando de lo tanto que la quería y extrañaba, y de todo lo demás dentro del límite de tiempo que ella dejaba, siempre consciente de los gastos. Compartió que había terminado la obra de Borges, no habiéndole entrado hasta después de que terminó sus estudios, pero leyéndolo con mucho fervor durante las últimas noches, mientras vigilaba el sueño de Dieguito para darle a Sheri la oportunidad de descansar. Ya se oía tan lista para empezar la maestría e identificada con la visión de la literatura latinoamericana. Le conté sobre algunos departamentos que había visto para nosotros, que eran opciones adecuadas por un rato. Ella pensaba contar con algún dinero de sus papás, como no les iba a decir nada de nosotros estaban dispuestos a seguir apoyándola mientras estudiaba. No podía calibrar bien la emoción cuando le dije que ya contaba con dos meses de renta, como si fuera un gran logro, pero que seguiría buscando trabajo de corto plazo para darnos más alcance. Antes de colgar, le aseguré que seguiré marchando por los dos, sabiendo que ella se sentía involucrada desde lejos al movimiento y que le pertenecía, igual que la ola de comunismo que se veía extendiendo a través de todo el continente.

Unos días después, Arturo y yo regresamos a la UNAM.

—¡Qué impresionante! —exclamé, cuando pisamos la tierra

firme del campo—. ¡Es muy distinto al verano pasado!

—Sí, es algo extraordinario —concordó Arturo—. ¡La CU se ha convertido en la máquina detrás del movimiento!

—¡Allá es donde veníamos a esperar a las chicas! —empecé a jalarme el cabello de la emoción, mientras íbamos caminando por la explanada; yo solamente podía pensar en Marta y todo lo que ella se estaba perdiendo no estando allí.

—¡Y mira aquellos por la Rectoría! —señaló a los alumnos alzando la voz, haciendo pancartas y coordinando la distribución de volantes.

Arturo me presentó como su secretario frente al Consejo Nacional de Huelga, entonces escuchamos que el órgano debatía con cierta mezcla de urgencia y avidez sus principios primordiales, desviándose para disputar acaloradamente lo tan revolucionario que era el movimiento, entonces entablando un discurso muy prolongado sobre sus exigencias incondicionales, que poco a poco empezaron a moldearse aquel día. Arturo siempre era muy diplomático frente al consejo, jamás hablando de base espuria o exigua, y consciente del papel menor que tuvo La Salle relativo a la UNAM y el IPN, reservando la palabra para obtener el máximo impacto. Su aportación característica se cimentaba en abrir sendero hacia el presidente de la república para dialogar frente a él; tan clara era su visión. Antes de partir del campo, tomamos dos cajas de volantes recién mimeografiados para llevarlos a La Salle y distribuir en bultos para que se repartieran por toda la ciudad, y así difundir los llamados del movimiento y los detalles de los mítines que teníamos por delante.

—¡Ha llegado nuestra revolución! —llegó Rolando muy emocionado cuando nos encontramos rumbo a una marcha.

—¡Anda, Che Vela! —le dije—, ¡te ves listo para darle con todo!

El comunismo de Rolando era muy distinto al de Arturo. No era un comunismo teorético ni acomodado por el aula del marxismo, sino que tendía fuertemente hacia lo visible y lo revolucionario, siempre basado en apoyar a la gente. Lo conocía desde niño de un barrio duro en Piedras Negras, donde la jerarquía que mandaba se derivaba de la destreza con la palanca y la maniobra callejera. No temía la bronca ni los enfrentamientos cotidianos, que para él eran deporte.

Chantal se unió a nosotros en la esquina de Hamburgo y Niza, y de allí nos unimos a la marcha que iba por Paseo de la Reforma, alzando las voces al decir: "¡No nos van a reprimir, no nos van a silenciar!" Así pasamos por las Avenidas Juárez y Cinco de Mayo, ella y yo tomados de los brazos entre la densidad, hasta que llegamos al Zócalo. El escenario era desbordante en cada sentido. La suma de los integrantes parecía ser diez veces mayor que las marchas anteriores y lo que se sentía más que nada era un involucramiento unánime y contundente, manifestando claramente su pliego petitorio. Había un contingente muy fuerte que se dirigía con altavoces hacia el Palacio Nacional, con todas las pancartas que exponían las seis exigencias, entre ellas, la libertad de los presos políticos, y la derogación del artículo 145, que deseaba criminalizar lo que hacíamos, y el lema enorme por encima de todo que difundía: "¡VIVA CHE GUEVARA!" De repente Rolando llegó frente a las fuerzas armadas y les empezó a decir: "¡Ustedes son pueblo como nosotros!" Era surreal todo el espectáculo, con las filas de gente extendiéndose por todas las avenidas que radiaban del Zócalo ante la atemporalidad de la Catedral, en el centro de lo que era la ciudad antigua de Tenochtitlan. En un tiempo las campanas empezaron a sonar, imponiéndose libremente sobre todo el espacio, mientras que Rolando les seguía implorando muy de cerca a los militares, suplicándoles entender: "¡Ustedes son pueblo!"

Ya era muy noche cuando Chantal y yo regresamos a la casa de la familia Hernández, llegando exaltados, pero desgastados a la vez, tras todo el día en la calle.

—¡René Mediero, qué gusto verte!

—¡Cuñado, no puede ser! —estallé, cuando nos dio la entrada Pavo a la pequeña reunión que estaban teniendo allí.

Me di cuenta de que andaba tomado cuando nos envolvimos en un fuerte abrazo, que hablaba genuinamente por los dos. Los demás conocieron a Chantal, entonces nos echamos en los sofás donde encendimos unos cigarrillos y nos pusimos a platicar y deshacer el todo.

—¿Y tus papás? —le pregunté a Pavo.

—Se fueron a Michoacán.

—Oye, ¿no has visto a Marcel?

—Fíjate que sí lo vi hace rato, con aquellos de su sesión. Ahora temo que se los han llevado a Lecumberri.

—¿En serio? ¡No manches! —exclamó Chantal, irguiéndose a la vez.

—¿Y cómo sabes? —le pregunté.

—Porque se sabe —dijo exhalando—. Nomás fíjate, ayer vi a los militares entrando en uno de los cafés en Insurgentes, allí muy cerca del Manacar, aparentemente buscando a dos o tres chavos del Poli… Nadie los quería delatar, así que se llevaron a toda la banda. Eran una docena en total que se llevaron los cabrones.

—Híjole, Marcel… ¿Sabían que ya es papá?

—¡Deja de joder! —reaccionó Pavo.

—¡No es broma! Su hijo acaba de nacer en Texas, no recuerdo qué día de mayo. Se llama Diego. Supongo que ni Marcel lo sabe.

Caímos en un silencio prolongado, cada uno envuelto en sus

pensamientos. Fue cuando Chantal se inclinó hacia mí en el sofá, espontáneamente tomándome de un brazo. No me deshice de ella, aunque me era algo incómodo que ella lo hiciera frente a todos.

—Tú necesitas tener mucho cuidado con esta Chantal —me advirtió Arturo al día siguiente, tratando de sacudirme la neblina que adivinó en mí.

—Ya sé…

—¡Claramente, le gustas mucho a ella!

—No hay cuidado —aseguré, no logrando suprimir la sonrisa orgullosa que brotó fuertemente de mi interior— es solamente una amiga.

—¡Es lo que todos dicen!

La verdad es que se sentía a todo dar que yo le gustara y, si fuera otro universo, indudablemente me hubiera gustado ella también.

Ya había amanecido para cuando regresé a casa, me acosté con todos los coros de las últimas manifestaciones haciendo eco en mi mente y fecundando mis sueños, "¡únete pueblo, fuera granadero, únete…!" Marta me habló aquella tarde, me dijo que había hablado con Camila van den Berg para ponerse al día. Mientras seguía haciendo sus arreglos para la maestría había recibido unos papeles importantes por correo que estaba repasando, por mi lado yo le conté todo lo que habíamos visto en la UNAM, todavía era temprano para precisar la fecha para que ella volara a México, sin embargo, ya se oía lista para venirse y sumarse a todas las marchas, hablando animadamente de su profesor de poesía. Cuando bajé al comedor, escuché a mis papás platicando frente a la televisión, mi papá se estaba quejando de que los manifestantes eran descarados enemigos del estado, muy revoltosos, que no respetaban la ley. ¡Le quise decir que él y Díaz Ordaz eran enemigos del pueblo! Me dio lástima al mismo tiempo, sabiendo que era de la misma calaña que el presidente, que tanto nos deseaba sofocar. Logré esquivarlos, adaptando mi coro automáticamente a ellos, "¡no nos van a reprimir, no nos van a silenciar!", pasando por el correo para enviarle un sobre a Marta, que llevaba una carta y los últimos volantes mimeografiados, entonces regresando con Rolando para llevarnos la lucha y nuestro lema de libertad a Lecumberri, encontrando a todas las voces bien instaladas alrededor de la prisión, incluyendo un grupo de chicas cantando versos de amor y de solidaridad para alentar a los presos.

Todo se desmoronó para la siguiente vez que Arturo y yo procuramos regresar a la UNAM. Sin adentrarnos mucho en el campo, vimos que había sido tomado por un enorme batallón, compuesto de tanques y soldados, manteniendo un control absoluto. Ya no había grupos alzando la voz o mostrando sus pancartas, ni alumnos andando entre salones, ni los *happenings* espontáneos que aportaban su mayor sabor cultural único e indeleble a la universidad, ni los vendedores ambulantes, ni los puestos de agua fresca, ni nada. Pensé que nos habíamos equivocado de lugar, tan fuerte era la disociación de la realidad y no había ningún referente para lo que estábamos viviendo. Sin detenernos mucho o exponernos innecesariamente, regresamos a su carro para salir de allí, yo empecé a lagrimear unos minutos después, todavía en Coyoacán, cuando los Beatles entraron por la radiodifusora con la favorita de Marta, cantando *And I Love Her…*

—No nos vamos a desanimar —alentó Arturo— hay que seguir haciendo todo lo nuestro.

—Es que estuvo aguado y desabrido el mole de mediodía… —ofrecí una explicación satírica, que colindaba, para despistarlo y no caer más— …qué puta melancolía.

—Yo te entiendo —me miró dos o tres veces mientras que él manejaba, probablemente no llegando a conocer la raíz más cercana de mi tristeza en aquel entonces.

Mi mamá me pasó el recado de que me había hablado Chantal, le di las gracias y fui directamente al teléfono, no hablándole a ella, sino a Marta. "Cerraron la UNAM y han suspendido todas las clases", le dije, no llegando al fin de mis palabras sin estallar en el llanto que había suprimido antes. "Ya sé", me dijo, explicándome que le había hablado Camila aquella mañana para decirle lo mismo. Compartió que las chicas ahora habitando la pensión estaban bien, pero sin clases para asistir, y que nos había ofrecido a nosotros dos una recámara en donde quedarnos, si acaso la necesitábamos. Los papás de Marta también estaban al tanto de las cosas, y ya no estaban dispuestos a dejarla regresar a México hasta que esto pasara. Empecé a pegarle el escritorio con un puño desesperado. Le recordé que mis tíos también nos habían ofrecido lo mismo, una recámara en la quinta, cuando ella dijo que debería aplazar su viaje hasta que se resolviera todo. Así, mientras podía seguir viviendo tranquilamente con Sheri para ahorrar dinero y ayudarla con Dieguito. La realidad nos pegó muy fuerte a los dos, no habiendo suficiente tiempo para descifrar adecuadamente lo que esto significaba.

Al día siguiente, me levanté sintiéndome completamente desmoralizado. No podía distinguir la angustia de estar sin Marta indefinidamente y la sensación de que el gran movimiento estaba fracasando. Me llevé este peso conmigo al salón, donde Arturo hablaba frente a los lasallistas. Cuando llegué, pensé que sus palabras iban a coincidir con mi propio estado emocional, pero no fue así. Al contrario, Arturo resaltaba la enorme potencia del movimiento y el saldo de integrantes, que ya superaba los cien mil, y que seguía acrecentándose cada día.

—Ya se ven más y más sectores de la población sumándose a las marchas y apoyándonos en lo que hacemos, incluyendo maestros, obreros y personas de todas las generaciones. Ya estamos llegando a la prensa. Ya estamos teniendo mucho éxito con los mítines relámpago y reclutando gente con los volantes. Cuando nos expulsan de un sitio, al otro día estamos en tres nuevos, exponiendo nuestras pancartas. ¡Nuestras exigencias representan la lucha social del pueblo y el movimiento es el mejor lente para que la sociedad entienda el comunismo de nuestra generación!

El entusiasmo que Arturo ocasionaba con sus palabras y la solidaridad que abarcaba el movimiento eran tremendos, tanto que para cuando salimos de allí yo estaba nuevamente resuelto a seguir con la marcha. Incluso llegaron a desviar mi tristeza de extrañar constantemente a Marta, vinculando su regreso a México con nuestro éxito y el cumplimiento de todas las exigencias. Ya no había cansancio a partir de entonces, ni tiempo para aquello, cada hora de cada día involucraba movimiento y acción. Participamos en los mítines espontáneos y los coordinados, desde el Museo de Antropología hasta el Zócalo y a través de la Avenida Insurgentes, nos seguimos subiendo a los camiones y adueñándonos de todos los espacios para alzar las voces, reclamando justicia y libertad. Nuestros coros eran de quintaesencia, dándonos dominio pleno de cada tiempo espacio, proveyendo ritmo a nuestros pasos, aferrando a los espectadores y transeúntes a lo que hacíamos, y arraigándose en la conciencia del movimiento y la gente. Había un mitin un jueves entre unos callejones en el centro que se puso muy apretado, vimos a unos granaderos acorralando a un grupo de estudiantes agresivamente con sus macanas, tratando de detenerlos, mientras que otro grupo les aventaba piedras y cocteles molotov improvisados, desde otro lado. Rolando llegaba sin miedo a imponerse frente a los granaderos, gritándoles con toda su convicción inquebrantable que eran pueblo, de su barrio y de su calle. Hubo un soldado que llegó a advertirle que estaba impidiendo al estado y que debería regresar a su abuela en la provincia o lo iban a encarcelar con los demás y adoctrinar con toques eléctricos en los huevos, si no dejaba de hacerlo. Se lo dijo con respeto, pero con toda seriedad, como si le estuviera haciendo un enorme favor. Por lo menos, así es como lo parecía tomar Rolando, cuyo fervor se vio atenuarse en gran medida después del encuentro.

Más acá de la batalla urbana, Arturo seguía muy bien coordinado con el Consejo Nacional de Huelga, difundiendo cada novedad con los lasallistas para que se lo llevaran a la calle, los últimos volantes apuntaban al siguiente mitin en la Plaza de Tres Culturas, que pintaba para ser el más exitoso de todos, diez días antes de que empezaran las Olimpiadas. El discurrir del tiempo era tan chingón, ¡hacía un año estaba haciendo todos mis arreglos para visitar a Marta por primera vez en UT Austin! Justo estaba pensando en eso cuando sonó el teléfono. Allí estaba ella, al inicio escuché su voz alegre entrar normalmente y luego percibí la decaída súbita que terminó dejándola en lágrimas, diciéndome que me amaba y extrañaba tanto, pero que se había estado sintiendo tan abrumada desde que los militares tomaron la UNAM y la cerraron, ya no sabía a dónde iba o cómo todo se iba a solucionar. Ella típicamente era la que mantenía la mejor moral y perspectiva frente a las cosas. Afortunadamente hubo algo interno que se activó, haciéndome saber por instinto que ahora me tocaba a mí ser el fuerte y sacarla de algún modo de este abismo en que se encontraba. Acudí a las palabras que Arturo había dado en La Salle, palabras que yo ya casi creí por mi propio lado y que le podía decir con verosimilitud, que habíamos avanzado tanto en el movimiento y que en pocas horas íbamos a desatar uno de los mítines más impactantes que se hubiera visto en toda la huelga, para lograr las metas y hacerle justicia a nuestra lucha social. Era difícil discernir qué tanto la había levantado de su desesperación, porque las lágrimas correspondían a su propio reloj, y el silencio en que la dejaron me hablaba de su incertidumbre. Le prometí que le volvería a hablar al día siguiente, recordándole que los monumentos hawaianos de la Ciudad de México esperaban atentos para marcar su regreso con su más frondoso y elegante resplandor.

—*I love you, Carlos* —me dijo entonces, con la ternura de un ángel— *please be careful!!!*

Sus palabras entraron tan claras, como si estuviera allí conmigo.

—¡Y yo te amo a ti!

Dejé el teléfono y me pasé por la sala, había un silencio muy amplio, además de los canarios, debido a que nuestros papás se habían ido a Acapulco por unas noches para celebrar su aniversario de bodas, habiendo dejado el vocho a mi disposición. Supuse que era el único en la casa, cuando entró Elda Rosa descalza, sorprendiéndome.

—¿Quieres ir conmigo al mitin en Tlatelolco? —le pregunté espontáneamente.

—No, gracias —me sonrió— no creo que eso sea para mí. ¡Pero llévate a Alonso!

—No, para nada —me reí— él está en sus cosas.

—Ja, ja, bueno. Oye, ¿pero cómo puedes andar afuera en esos zapatos desgastados que tienes? ¡Llévate los buenos!

—Tienes razón, hermana —le dije y me los fui a cambiar.

Pensé de últimas en el vocho, sintiendo una ola repentina de languidez, pero opté por no usarlo, sabiendo que no habría un buen lugar en dónde estacionarlo. Ya íbamos tarde, a mi juicio, para cuando Rolando y yo por fin nos acercamos al sitio, unas horas más tarde. Empezamos a escuchar desde lejos las voces emanando de las bocinas, que parecían ser los meros dirigentes del consejo, como si estuviéramos llegando al cine ya entrada la película.

—A ver si encontramos a Arturo y los demás lasallistas —le dije a Rolando, mientras íbamos caminando resueltamente hacia el núcleo, donde había un helicóptero dando vueltas por encima.

—Nomás date un vistazo de aquellas luces fulgurantes… —señaló—. ¿Están tronando cuetes o qué pedo?

—No son cuetes, güey, parecen luces de bengala.

—¿Y aquella amiga que tienes va a estar aquí?

—¿Quién, Chantal?

¡Ta-ta-ta-ta-ta! Escuchamos un estallido muy fuerte que nos frenó en nuestro lugar, todavía en las afueras de la explanada de Tlatelolco. Los primeros tiros se ralentizaron brevemente y luego dieron la entrada a más, provenientes de lugares distintos. Siguió llegando una voz a través del micrófono, exigiendo la calma. ¡Ta-ta-ta-ta-ta-ta-ta!

—¡Balazos!

El tiempo se congeló, en donde los ecos de los tiros retumbaban por todo el sitio. Entonces adiviné que no eran ecos de los disparos anteriores, sino disparos nuevos. ¡Ta-ta-ta-ta-ta-ta-ta! No sabíamos hacia quién se dirigían o de dónde venían o de qué lado, solo que eran muy estruendosos y tenían la calidad de hacernos saber que toda la vida estaba en juego.

—¡Ya viene el segundo apocalipsis!

El caos y el pánico masivo nos envolvieron a todos y se empezaron a escuchar unos alaridos profundamente estremecedores entre los impactos de los balazos, mientras que la tierra rápidamente decayó en un infierno. ¡Ta-ta-ta-ta-ta-ta-ta-ta-ta!

—¡A correr!

Nos echamos a huir, regresando por instinto de donde veníamos, cuando nos topamos con otras personas corriendo desde allá hacia nosotros con la máxima velocidad. Sin precisar lo que era, sentimos una fuerza absoluta impidiendo todo el acceso de donde estuvimos a Paseo de la Reforma. De repente cayó uno no muy lejos de nosotros.

—¡Hijo de la chingada! —exclamé, sintiéndome como un blanco para cualquiera que quisiera acabar conmigo.

Había una señora, implorando desesperadamente: "¡… NUESTROS HIJOS, POR EL AMOR DE DIOS, NO DISPAREN…!"

—¡Por acá! —gritó Rolando.

Desviamos la dirección y arrancamos nuevamente, siguiendo instantáneamente a una ola de jóvenes que iban vertiginosamente por uno de los costados del sitio hacia el edifico de Relaciones Exteriores, pasando velozmente a las calles menores que daban hacia el oeste.

—¡ALTO! ¡NO CORRAN!

Rolando se atropelló rudamente entre tanto desmadre, dándose una paliza tremenda en la banqueta, pero se levantó él solo y se desató nuevamente como relámpago. ¡Ta-ta-ta-ta-ta-ta-ta-ta-ta-ta-ta! Sonaba como una ametralladora detrás de nosotros, descargando sin cesar. Le seguimos dando a toda velocidad por unas cuadras, tomando apresuradamente la calle y las banquetas y todos los espacios disponibles, corriendo como ciegos a merced, o no, de lo que nos iba a tocar. En un tiempo volteamos hacia el sur, corriendo en medio de la bola de gente a la que nos habíamos sumado. Sentí el corazón latiendo frenéticamente y la respiración desesperadamente tratando de mantenerse al paso que exigía la sobrevivencia. ¡Ta-

ta-ta-ta-ta-ta-ta-ta-ta! Le seguimos dando en chinga por todas las cuadras hacia el sur, en un momento divisé a un chico más adelante de nosotros corriendo con un chaleco gris, que parecía ser el de Arturo. Le di con cada onza de adrenalina que me restaba para casi alcanzarlo unas cuadras después, no pudiendo gritar su nombre por falta de oxígeno, pero cuando volteó el chico, no era él. ¡Ta-ta-ta-ta-ta-ta-ta-ta-ta-ta-ta-ta-ta! En ese momento, pasé corriendo a toda prisa frente a un tipo que solamente estaba parado, con una pistola apuntada hacia donde veníamos nosotros, pero no disparaba. Al instante hubo un atropello abominable entre varios en la esquina, vi a uno con la cabeza ensangrentada y otro que se quedó jadeando y medio doblado en medio de la encrucijada. Rolando y yo llegamos con él y lo levantamos entre nosotros, ayudándolo a volver a andar por sí mismo, entonces le dimos todas las cuadras que faltaban para por fin regresar a Paseo de la Reforma.

Habíamos bajado todo hasta la calle Mina, donde nos permitimos parar brevemente para recuperar el aliento. Las manos me estaban temblando furiosamente y no podía distinguir entre los latidos de mi corazón, los balazos, que seguían muy fuertes y constantes, y todos los retumbos recurrentes que hacían eco conmigo. Todo era tan surrealista. Sentí tan fuerte la gravedad del peligro al margen de la fachada más ecuánime de Reforma, como una pesadilla endemoniada, devuelto fugazmente al refugio de la cama de la niñez.

—¿Estamos a salvo? —preguntó Rolando, jadeando desesperadamente.

Vi que se había cortado el brazo y raspado toda la cara, que estaba manchada de sangre y los escombros de no sabía qué, todo suavizado por la llovizna.

—¿Estamos a salvo? —volvió a preguntar.

—No lo creo —contesté.

Todavía había muchas personas que seguían corriendo más y más allá de donde estuvimos entonces. Le seguimos dando hacia el suroeste por Reforma, ya lejos de correr, pero lo más rápido que pudimos, espantados y adoloridos, muchas veces oscilando entre trotando y caminando por necesidad, ya de noche, todo, todo, todo, a través de Insurgentes y Oaxaca, hasta que por fin llegamos a la Condesa.

Cada vez que descansábamos, Rolando aún nos preguntaba lo mismo: "¿Estamos a salvo?"... "¿Estamos a salvo?" En una de las veces le pregunté, "¿te sientes seguro?", y me dijo que no y nos echamos otra vez a correr. Ciertamente, no nos íbamos a sentir seguros en ninguna parte de la selva urbana aquella noche. Seguíamos siendo estudiantes, claramente identificados con el movimiento y despavoridos, no disimulando en lo absoluto que acabábamos de salir de una verdadera zona de guerra.

Pasamos por La Salle y luego por la casa Hernández, pero no había nadie en ningún lugar. Me apresuré a dejar una nota: "Arturo y Pavo, ha de ser la una de la mañana, 3 de octubre. Rolando y yo estamos bien, La Salle está vacía, me avisan cómo están lo antes posible. Carlos."

Por más que le dimos, la noche no sosegaba. Rolando seguía profundamente alterado del todo, seguro de que lo iban a buscar y encarcelar o matar, e insistiendo en que necesitaba conseguir un camión y regresar a Piedras Negras lo antes posible. Le dije que primero teníamos que llegar a la casa, eso más que nada. Llegamos en un tiempo a escuchar las campanas totalmente inesperadas de medianoche, provenientes de una iglesia humilde cercana, que nos sacaron totalmente de onda. Por primera vez nos dimos cuenta de que ya no había gente corriendo, así que nos dejamos caminar desde allí hasta la Colonia Nápoles, llegando a la casa de un amigo de la preparatoria del Poli. Se sobresaltó al vernos, pero nos brindó una ayuda esencial, dejándonos desinfectar las heridas de Rolando y atendernos en su lavabo, entonces llevándonos rápidamente a mi casa en su carro. No me había dado cuenta de los enormes raspones que yo tenía en los brazos y las piernas, ni de lo mugriento y sucio que estaba, hasta que me metí en la ducha para lavarme del todo.

Al día siguiente le hablé a Marta, pero no contestó ella, sino…

—Tu amor no está, salió con una amiga al restaurante italiano, ji, ji, ji. Ahora dile hola a Dieguito… ¡Hola, tío Carlos!

Solamente quería llorar al escuchar su español y su risa, y los arrullos del bebé, que sonaron tan felices e inocentes, desde donde yo estaba. Le compartí lo que era esencial, que las extrañaba tanto a las dos, y que estaba sintiendo toda la envoltura de amor y de suerte que nos propiciaba el Dieguito.

Arrancamos y llevé a Rolando escondido dentro del vocho a su casa, para hacer maleta y todo lo demás que necesitaba hacer, asegurándome de que llegara a la hora de la partida de los Autobuses Anáhuac y viéndolo salir sin impedimentos hacia el norte. Por fin regresé a la casa, quería decirles a mis papás y mis hermanos que estaba bien para que no se preocuparan por mí, pero no había nadie. Me había quedado yo solo, en los albores de un vacío desgarrador. Yo estaba tan agotado, pero sin posibilidad de dormir, regido por una capa de energía sobrenatural. Me fui a lavar todos los trastes acumulados del día anterior, para atenuar los nervios, incluyendo los platos sucios que eran de Alonso. ¿Y ahora qué hago yo?, fue la siguiente insistencia que sentí. Fui al teléfono y le hablé a Chantal, ella sí contestó.

—¿Estás bien? —le pregunté.

—Estoy con los nervios de punta y un susto tremendo… ¡No capto la inmensidad de lo que acaba de pasar!

—Yo tampoco.

—¿Y tú, dónde estás? —me preguntó.

—Delirando… ¿No podría pasar a verte?

—Sí, sí, sí —respondió ella— por favor, aquí voy a estar.

—Bueno, ya voy.

—Vale.

Le dejé una nota a Elda Rosa diciéndole que estaba bien y que había salido a casa de un amigo, añadiendo la hora y la fecha precisas, y me fui.

* * *

Martes, 10 de octubre de 1967

La noticia de la noche anterior nos siguió llegando en pistas y especulaciones, como vientos soplados a través de la mañana. Todo iba de poco creíble a absurdo, que la muerte del Che había sido una noticia fabricada, que él había sido capturado o lesionado, pero aún con vida, sobre quién lo había matado, desde el ejército boliviano a Estados Unidos, hasta el mismísimo Fidel Castro. Rolando se quedó mirando el periódico que nos había obsequiado el campesino, aun habiéndome devuelto las monedas.

—¿Qué dice aquí? —me preguntó.

—Nada más que lo mataron.

—¿Y esto aquí?

Se me dificultó leerlo, pero sabía que no tenía nada que ver con el Che Guevara.

—¿Qué nos va a decir un diario de provincia? —le dije, llevándolo a abandonar el papel.

En un tiempo el camión empezó a frenar sin motivo aparente, llegando a pararse a la orilla, cerca de donde se había encendido una bengala de humo. El chofer se detuvo solamente por un minuto, abriendo la puerta cuando se acercaron tres tipos, para dejarlos entrar. Los tres subieron a bordo cargados de sus bultos, pasando rápidamente por el pasillo y tomando asientos en la parte trasera del camión. Notamos que algunos pasajeros se quedaron hablando de ellos, mirándolos sospechosamente, pero el chofer le siguió dando como si nada.

—Uno de aquellos carnales era Che Guevara —dije en voz baja.

—¡Ja, ja, ja! Imposible… ¡El Che se hubiera quedado en Piedras Negras!

Pasamos lentamente por una encrucijada, donde había una señal marcando 34 millas a San Antonio y un puesto humilde al lado de la carretera, vendiendo tamales y elotes. Más allá, había unos rancheros a caballo y unos tractores verdes John Deere trabajando en una tierra de cultivo.

—Todo aquí es muy plano y muy seco, vaquero —notó enseguida.

—Nomás fíjate qué lejos estamos de todas las lluvias que nos pescaron anteayer en el carro de Arturo.

—¿Apenas fue anteayer?

—Sí, pero ya casi llegamos… ¡Ya la voy a poder ver, güey!

Habíamos superado al 90% de la distancia a Austin y solamente faltaban unas pocas horas más para por fin llegar. Me erguí un poco, con el propósito de que no se me arrugara mucho la camisa.

—Yo estoy de acuerdo con que fue Estados Unidos —dijo entonces.

—¿O qué tal si sigue vivo? —musité—. Seguramente no ha terminado su revolución.

—¡Otro día la haremos nuestra! —se animó Rolando, viéndose listo para meterse a la lucha desde luego.

—Sea lo que sea que pasó, esto sin duda lo hará más fuerte. Eso por lo menos pienso yo.

*　　*　　*

Me sentí desolado por mucho tiempo. No solamente yo. Chantal también. Rolando, en Piedras Negras. Arturo, desde Buenos Aires, donde se había refugiado por un tiempo indefinido. Los innumerables, tenía que suponer yo, los afortunados, que salimos con vida y que nos habíamos esparcido a través del infinito, ante la imponente reverencia y exclusividad que se daban a las Olimpiadas, perdidos en nuestro propio silencio, aún conscientes de los demás, los que habían sido directamente impactados de una u otra forma, los desconocidos que pertenecían al movimiento y al pueblo, sobre todo, las familias, que poco a poco empezaban a apelar a recordatorios y a la justicia.

No había ningún reconocimiento que empezara a estar a la altura, ni chisme que pescara viento, para difundir adecuadamente lo que pasó. Sí había una incertidumbre muy amplia y generalizada, salpicada por las noticias de prensa, que estaban formuladas para exponer lo que requería el estado. A veces, sí percibía algo más, como una sombra que deseaba vislumbrar más de lo que tocó, pero otras veces, era como si nada hubiera pasado. Todo esto era sobrepuesto al vacío del movimiento, que efectivamente desapareció de la noche a la mañana. Ni mis papás sabían lo que me había tocado.

Revertí a lo mío, mayormente en fidelidad a la sobrevivencia y la rutina, sabiendo que todo era relativo, a mis clases de administración, ¿quién era yo en pensar o decir que me había ido de la chingada?, a la convivencia reconfortante y clandestina con Chantal, que aportó mucho desahogo y alivio a los dos en aquel tiempo, y además, la enorme sorpresa de un pastel de tres leches que me había hecho para mi vigésimo primero cumpleaños.

Hubo un acontecimiento en medio de las Olimpiadas, solamente dos semanas después de Tlatelolco, cuando dos medallistas afroamericanos llegaron al podio. Allí, frente a las cámaras y a todo el mundo, cada uno de los dos alzó su mano, vestido de guante negro, en un gesto que desbordaba pura potencia, voluntad y resolución. "¡Por eso hacemos las cosas!", estallé frente a Chantal, cuando vimos la imagen por primera vez. Ella se quedó impactada por el contraste que los guantes negros de los medallistas hacían con los guantes blancos que llevaban los miembros del Batallón Olimpia, para poder identificarse entre sí, además de los guantes blancos, iban vestidos totalmente de civiles para disimularse entre la muchedumbre, explicándome que eran aquellos los que habían iniciado los disparos desquiciados en Tlatelolco. Con todo el trastorno, no me había fijado en los guantes blancos. "Es que uno no se entera", le admití, preguntándome si quizás Rolando los habría divisado dentro del caos. La imagen de los medallistas afroamericanos desató en nosotros un impulso tremendo y una vindicación breve, pero real, para nuestra pertenencia al movimiento que nos sacudió un poco de los escombros.

Con los días, me dejé caer en el desarrollo natural entre nosotros, que devino, en su esencia, una relación amistosa, divertida y algo más. La verdad es que me gustaba mucho pasar el tiempo con ella, a pesar de que yo necesitaba mantenerla en un rincón de mi vida. Nos acurrucábamos en su sofá y nos envolvíamos mutuamente en un bienestar ostensiblemente mutuo y merecido y en besos que, en aquellos días, eran esenciales para nosotros.

Una noche salimos por unos tacos y luego pasamos por el taller de una de sus amigas, la fotógrafa, quien nos sirvió copas generosas de vino a los tres antes de proponer que nos sacara unas fotos improvisadas de Chantal y yo. Al inicio me sentí incómodo por esto, como si estuviera tomando pasos decisivos hacia no sabía dónde, pero noté frente a mí la felicidad de Chantal como un amanecer hermoso de una noche larga y había algo tan contagioso en aquello, que entre más y más tragos que le di al tinto, yo iba perdiendo cualquier motivo o razón para negársela, incluso dándome permiso de sentirme feliz con ella.

Sentí que volvimos a tocar fondo el día en que Pavo me buscó hasta debajo de las piedras para encontrarme y decirme que Melia Hidalgo y su abuela estaban desesperadas por saber algo de Marcel, a quién no habían visto en algunas semanas, y pidiendo que yo la contactara lo antes posible, si acaso llegara a saber algo.

—No manches, Pavo, diciéndome todo esto —empecé a arrancarme el cabello del miedo—. ¿Y ahora qué fregados está pasando con Marcel?

—No sé, güey, la neta es que no sé.

—Tú pensaste que se lo habían llevado a Lecumberri…

—Ya sé, güey, es lo que pensé. ¿Pero qué puedo saber yo?

—¿Y dónde lo habías visto tú?

—En aquella fiesta de la segunda sesión, cabrón.

—¿Y a quién más se lo has dicho?

—¡A nadie más, güey!

—¡Hijo de la chingada! —grité, con todo lo que tenía.

—Perdóname, René Mediero, no sabía qué hacer o cómo más decírtelo…

Tuve que apartarme de donde yo estaba para no sufrir un infarto o romperle la madre a todo lo frágil y quebradizo que había frente a mí. Me pasé kilómetros y kilómetros deshaciéndome de la llamada, más días y días pensando en Marcel y preguntándome qué le habría pasado, si acaso seguía en la cárcel, o mejor o peor, volviéndome loco y no sabiendo qué hacer. Lo compartí solamente con Chantal, quien encendió una vela, en la cual enfocamos todas nuestras intenciones y plegarias hacia él. Al fin y al cabo, la magnitud de la cosa y la imposibilidad de saber qué le había pasado nos eran insondables.

Marta y yo nos seguimos hablando cada domingo, aunque ya no nos escribíamos tanto en aquella época. Había algo vagamente confundido entre nosotros, que se podía justificar con base en tanta cosa. Peor que todo, fue que empecé a dudar si nuestro compromiso entero de casarnos seguía en vigor, como si ya no estuviera seguro de eso mismo. Obviamente, no se lo iba a preguntar, sabiendo que la podría regar, así que opté por quedarme con las dudas, preguntándome si solamente eran ficciones de la mente.

Jamás llegué a contarle lo que me tocó en Tlatelolco, solamente se lo mencioné por encima, para no espantarla desmesuradamente. Yo había crecido con todas las leyendas de Emiliano Zapata y Pancho Villa de la Revolución, y había cierta perspectiva coloquial de que aquellas simplemente eran las siguientes olas de balazos que se iban a dar en la gran epopeya mexicana. Por el otro lado, no quería que ella se fuera a quedar decepcionada por lo que acababa de pasar, ni que le entrara miedo de venirse a México. Ella aún era más cuerda y podía ver las cosas con mayor nitidez que yo, notando que el gobierno necesitaba ocultar todo lo que tenía que ver con el movimiento para mostrar la fachada limpia de las Olimpiadas, y haciendo referencia entonces al Che Guevara, resaltando que un año después de su muerte todavía no se sabía lo que pasó.

No parecía haber otro bien por delante o novedad hasta finales de noviembre, cuando supe que habían votado para abrir la UNAM y regresar a las clases. Fue el mismo día en que Arturo me habló de Buenos Aires para decirme que iba a hacer un viaje a Cleveland, con el propósito de pedirle la mano a Leslie.

—¿Quieres venir conmigo, compadre? —me pidió de buenas.

—¡A huevo que sí! —reaccioné, dispuesto y emocionado hasta fondo—. ¡Ese boleto sí se lo puedo pedir a mi papá!

Le hablé a Marta tan pronto como pude para contarle todo. ¡Qué maravilla! Todos nuestros planes, añoranzas y motivaciones fueron instantáneamente resucitados aquella noche, y nos emocionamos tanto, desde luego, retomando lo que había sido nuestra intención de siempre, como si nada. ¡Era un verdadero milagro! Hablamos casi una hora, algo que jamás habíamos hecho. Para cuando colgamos, yo estaba listo para poner manos a la obra y hacerlo todo.

Primero tenía que hablar con Chantal. Me subí al vocho y le di a su casa, a la hora acostumbrada de verla ya de noche, todavía no sabiendo cómo se lo iba a decir. Cuando llegué, ella llegó muy animada conmigo a besarme y viéndose dispuesta a llevarnos la buena onda a su sofá.

—Tengo algo que decirte —empecé.

Ella se inclinó en mí y me siguió besando, como para amortiguar mi intención de hablar.

—Chantal, espera —le pedí— no sé por dónde empezar.

—De tin marín de do pingüe —se rio ella, menospreciando lo que fuera que le iba a decir; entonces me distrajo brevemente la pulsera que llevaba en el brazo, que matizaba todos los anaranjados—. El tejido es un bucle de puro sol —me la mostró—. ¿Te gusta?

—Pienso que deberíamos dejar de salir —se lo dije así como salió.

—A ver, ¿qué me estás diciendo? —se irguió un poco—. ¿Me estás hablando en serio? —me preguntó.

Yo asentí con la cabeza, haciéndole saber que sí.

—¿Y por qué? A ver dime, ¿acaso yo hice algo?

—No nada —le quise asegurar— es solamente lo que tengo que hacer.

—¿Pero, por qué? —insistió naturalmente en saber—. ¿Por qué necesitas dejarnos?

Por alguna razón, suponía desde antes que lo tenía que hacer, sin decirle nada de Marta, sin llegar a la raíz, probablemente para no meter la pata, como solía hacer, y para no causar un problema mayor, afuera del rincón que le había dedicado a ella. Pero ver a Chantal y tenerla de cerca me hizo consciente de que lo estaba haciendo todo mal.

—Carlos, mírame —exigió nuevamente, cuando yo desvié la mirada—. ¡DIME LA VERDAD, CABRÓN!

—Lo siento mucho —solté rápidamente— nunca quise decepcionarte.

—¿Decepcionarme? ¿A qué te refieres, Carlos? ¿A poco tienes una novia, hijo, esposa, qué?

—*Me sorry!* —solté lastimosamente, como un idiota.

—¡¿Qué fregados?! —se deshizo de mí con un empujón, viéndose verdaderamente enojada y sacada de onda por todo.

Me sentí exactamente como aquella vez en el baile, cuando

Marta supo que le había mentido sobre mi edad. Además, me sentí como un verdadero imbécil, procurando dejarla así como si nada, sobre todo pensando en lo tanto que nos habíamos levantado desde el 2 de octubre. Incluso me imaginé a Marta, mirándonos entonces y exigiendo lo mismo de mí: ¡DILE LA VERDAD! Me quedé así por un tiempo, hundido en las consecuencias de mi propia obra. Ella ya estaba llorando, cuando por fin me abrí y me entregué por completo a ella.

—Lo siento de todo corazón, Chantal, la verdad es que me gustas y me importas mucho, y esto me afecta a mí también, pero tengo una novia que vive en Estados Unidos y que no he visto desde marzo —ella guardó silencio; una vez que había empezado, se lo tenía que decir todo— nuestras intenciones se desmoronaron con todo lo que pasó este verano, con la huelga y cuando cerraron la UNAM, y por un rato no sabía qué iba a pasar entre ella y yo, pero ahora ya está lista para venirse a México y estar conmigo.

Dejé de hablar, abriendo espacio para los dos. Ella se quedó en sus pensamientos, cuando me arrasó la ola inmensa de lo que pasó. De repente me sentí mejor, habiéndole dicho la verdad, además, ya sabía en el fondo que no había involucrado ningún riesgo el hacerlo.

—Gracias por decirme la verdad —fue lo primero que me dijo— obviamente, no voy a estar lista para regocijarme por esto, pero la verdad sí cuenta para algo.

Traté de efectuar mi entendimiento y empatía sinceras, mediante una sonrisa mermada y una dedicación renovada de terminar bien con ella.

—¿Cómo se llama? —me preguntó, algo para mi sorpresa.

—Marta. Es de Texas.

—¿Y cómo es ella o qué le gusta hacer?

—Le gusta leer —le dije, llevando a los dos a acercarnos al inicio de la más nimia risa liviana.

Vi una de las fotos de nosotros que ella había colocado en un marco, sobre el escritorio que estaba al fondo del cuarto. Lamenté mucho tener que dejarla, y aunque ya se lo había dicho, todavía no quería irme o dejarla sola así. De repente ella propuso que nos fuéramos a caminar para despejarnos. Caminamos unas cuadras hacia una plaza, encontrando un banco tres cuartos vacío en donde nos sentamos. No lejos de nosotros, había unos músicos alentando tranquilamente el seguir andando de todo México.

—Gracias por habérmelo dicho, méndigo cabrón, yo no quise estar enojada contigo y tampoco quisiera llevar ningún rencor dentro de mi corazón.

Permanecimos así por un tiempo, deshaciéndonos de nuestra relación tácita, cuando sentí, más que nunca, todo el impacto de haberla conocido, recordando la primera vez en que llevamos su pancarta por encima de nosotros entre la muchedumbre, sabiendo que la iba a añorar y agradeciendo en grande que le había dicho la verdad.

*   *   *

La máquina nos dio una serie de sacudidas, como montaña rusa, ondulando vertiginosamente entre las capas progresivas de nubes, iluminadas solamente por las luces de navegación, aún descendiendo con fortaleza e insistencia, determinado a dar ruedas en la pista a toda costa.

—*My Leslie Bell!* —exclamó Arturo un tiempo después, corriendo hacia Leslie y envolviéndola cuando se alcanzaron en la terminal del aeropuerto.

—*I can't believe you all are here!* —se expresó ella desde adentro del abrazo, con una sonrisa que daba sin cesar—. *God, I missed you so much!*

¡Qué emocionante verlos juntos y felices! Su reunión se instaló fuertemente en mi mente, añadiendo una nueva dimensión a cómo me imaginaba que iba a ser cuando por fin estuviéramos juntos Marta y yo. Pero aquel tiempo seguramente les pertenecía a ellos, y era algo inolvidable.

—¡Leslie, tremendo hola!

—*Look at you, Carlos! My goodness, you both look so good! Welcome to Cleveland!*

Ella andaba bien abrigada para el clima y tenía el cabello más corto, pero aparte de eso, era la misma Leslie que antes. Nos subimos los tres a su Ford Mustang y nos adentramos en la noche.

—Este es el carro divertido de mi papá —dijo ella, dándole bastante gas—, ¡es más rápido que la patrulla!

—¡Agárrate, ahora te vas a dar cuenta de cómo maneja ella! —dijo Arturo.

—¡Es mucho más rápido que el Galaxie! —exalté.

—A ver, ¿tienen hambre, tienen frío?

—¡Yo sí! —ofrecí.

—¿Y no se trajeron los guantes y la gorra? Por lo que veo, ¡ninguno!

—Es que tú sabes que no conseguimos de los buenos para este frío en México, amor.

—Bueno, primero el hambre, y luego le pueden entrar al baúl de invierno que está en la casa...

—¿Qué es el baúl de invierno?

—¡Pronto lo vas a saber, mi amigo! —me prometió ella,

mirándome brevemente por el retrovisor mientras que manejaba—. ¿Y cómo están tú y Martha?

—La extraño un chorro, pero bien, bien, bien…

—¿Ya no les falta tanto tiempo, verdad?

—Mes y medio.

—¡Qué maravilloso que pronto van a estar juntos en México! Yo hablé con ella hace unas semanas, se oía muy feliz —explicaba en lo que empezó a desviarse lentamente hacia el carril que venía en contra, revirtiendo de repente a su lado— me estaba contando sobre la visita de Janet en octubre, parece que ellas la pasaron genial en Austin. ¿Y has conocido al niño de Sheri?

—No, de hecho la vi a ella para su *spring break*, cuando estaba muy embarazada, pero al niño solamente lo he escuchado por el teléfono.

—¿Y cómo se oye?

—¡Ya es polisilábico!

Llegamos a un *diner* donde nos atascamos de sopa de tomate, hamburguesa, pollo y bistec, puré de papas, zanahorias, panecillos y pastel de manzana.

—¡Parece que no les dieron de comer en los vuelos!

—Es que no se compara con estar aquí, amor —le sonrió Arturo.

Los papás de Leslie nos dieron una bienvenida muy cordial a la casa, abrazando a Arturo con todo el entusiasmo de verlo, su mamá llevaba una copa de vino consigo en lo que nos presentó nuestra recámara, había dos camas que se veían muy cómodas, una abundancia de cobijas de lana y enormes estantes de libros, entonces nos sentamos todos juntos alrededor de la chimenea, su papá llegó a echar más leña encima de las llamas, puso el nuevo disco de Frankie Valli, nos ofreció vino y luego se sentó con su martini a preguntarnos con mucho interés sobre todo México. Las luces navideñas estaban encendidas y había una sensación muy acogedora en estar allí con ellos, bien guarecidos de la intemperie. Fue de últimas que Arturo y yo nos quedamos hablando quedito, ya acostados y apagadas todas las luces, antes de rendirnos al sueño.

—¿Cuándo piensas hacer la cosa?

—No sé, primero hay que evaluar.

—Pues yo creo que la tienes hecha, compadre, los papás de Leslie se ven muy buena onda y es obvio que les agradas mucho.

—Pues habrá bastante tiempo para hacerlo correctamente.

—Solamente, no te esperes hasta la última noche —le aconsejé.

—¡Uno diría que me conoces! —se rio.

Al día siguiente nos quedamos dormidos hasta la una de la tarde, sin que fuera nuestra intención; afortunadamente, Leslie nos despertó con un llamado muy oportuno al café y los huevos, almorzamos juntos los tres en lo que su mamá nos habló de todo lo que había que hacer en Cleveland, ella se rio de que ya nos habíamos pasado dormidos más de la mitad del día, entonces nos acordamos del baúl de invierno, era justo lo que nos tocaba hacer antes de salir de la casa.

—¡Todo es para ti, Carlos! —dio la entrada Leslie, abriendo el pestillo y destapando el baúl, que estaba lleno de todo lo que nos faltaba, botas, guantes, gorras, bufandas, calcetines de lana, ropa de esquí...

—¿Una linterna? —me ofreció Arturo, encendiendo la luz.

—¡Ya estamos listos para hacer la expedición al polo sur!

El Mustang arrancó, entrando fuertemente en vigor en contra del frío e impulsándonos como si fuera la tercera olla de café. Leslie nos llevó de paseo por Euclid Avenue y luego a la orilla de Lake Erie, donde Arturo y yo sufrimos una helada severa, siendo sumariamente vencidos por los vientos congelados en pocos minutos.

—¡Al carro! —decretó Arturo, coincidente con el atardecer que nos pescó de sorpresa por lo temprano que fue.

—Todavía les faltan las capas interiores —sonrió Leslie— hay que tomar otra ronda con el baúl.

Regresamos a Euclid Avenue, a petición mía, para entrar en todas las joyerías. Arturo y Leslie estaban tan atentos a lo que procuraba hacer, mirando las opciones conmigo y ayudándome en elegir, terminé comprando un pequeño anillo de compromiso con un diamante para Marta, gastando todos los dólares que tenía a cambio de la pequeña cajita, que llevaba el anillo y la promesa del porvenir por dentro, más todas las ansias de dársela tan pronto como estuviéramos juntos.

Todavía estaba Cleveland. Un día la mamá de Leslie nos llevó al museo, otro día el papá nos llevó a un club de tiro, donde nos enseñó cómo disparar rifles Winchester, al siguiente fuimos los tres a esquiar, decir que Carlos René esquió hubiera sido un comentario generoso, quizás discutible, pero sí lo intenté, pasando más tiempo tratando de levantarme de todas las caídas. Arturo era un experto en comparación. Una vez escuché a la mamá de Leslie decir que iba a haber *pork chops and beans for dinner*, me enganché instantáneamente con la visión de lo que venía y me llevé esa anticipación conmigo hasta la hora de la cena, cuando estrenó una charolita que llevaba unas chuletas, un plato hondo de ejotes y unos panecillos, yo solamente me quedé esperando, ¡¿dónde están los frijoles?!

—¡Es que *beans* son los frijoles como tú los conoces en México! —le reclamamos a Leslie aquella noche—, ¡no estos *green beans*!

Arturo y yo nos quedamos platicando más allá de la medianoche, ya que se acostaron los demás. Era lo que hacíamos todas las noches, salvo por las veces en que nos echamos a hojear libros o revistas, o empezar un ajedrez interminable.

—¿Entonces tú piensas que el movimiento fracasó? —le pregunté, retomando el hilo de la plática que habíamos tenido antes con el papá de Leslie.

—El movimiento no fracasó —contestó defensivo— lo que quería decir es que no se lograron las metas, obviamente debido a que fue suprimido por la fuerza más devastadora y absoluta y total, pero no se lo iba a decir así al señor Bell.

—¿Y qué temía en fin Díaz Ordaz? ¿Nuestro comunismo? ¿Los mítines? ¿Que íbamos a socavar las Olimpiadas?

—No sé, supongo que todo —admitió consternado— pero se me hace tan descabellado que acudió a la máxima descarga de armas para acabar con nosotros, en vez de dialogar. O sea, ¿a poco le era tan difícil entablar conversación? Es algo que jamás voy a entender.

—Pues espero que el tiempo se lo cobre —dejé las palabras perdurar así por un tiempo—. ¿Y no has hablado con Daniel sobre lo que pasó?

—Para nada.

—Yo creo que le hizo al clandestino, ¿no?, como no le quedaba otra opción…

—Claro.

Me di cuenta de que el tema no nos estaba llevando a buen lugar, así que dejé de perseguirlo más. Pasamos mucho tiempo en el silencio oscuro, hasta que supuse que se había quedado dormido, cuando lo escuché dando vuelta en la cama.

—¿Estás despierto?

—Sí.

—¿Un ajedrez?

—No, qué hueva.

—¿Quieres que prenda la lucecita para leer?

—No, ya quiero dormir.

—Órale, yo también.

—Están muy cómodas las almohadas y todas las cobijas.

—Sí, todo está con madre aquí con la familia Bell… Gracias por haberme invitado.

—Solamente espero que no vayas a roncar como anoche.

—Tú nomás aviéntame una almohada si lo llego a hacer.

—Bueno.

Pasamos otro rato en silencio, ya estaba empezando a caer entre las capas de conciencia.

—Feliz Navidad, cuñado.

—Eso sí, Feliz Navidad.

Me pasé la larga noche, el amanecer y la ascendencia del sol muy calientito en la cama, pasando por alto todo lo demás que estuviera pasando, el girar de la tierra, Santa Claus, la levantada de la familia Bell, los detalles detrás del olfato muy rico que empezó a emanar de la cocina, hasta que por fin llegó la hora en que Leslie irrumpió en nuestra recámara para abrir las persianas y declarar: "¡Despierten, está nevando!" Nos desatamos instantáneamente de las camas y nos vestimos rápidamente para salir. "¡Está nevando!", decíamos como niños gozando la felicidad plena de la feria, divisando la pura gloria de los copos cayendo del cielo, "¡está nevando!"

Pasamos todo el día del 25 jugando barajas, mirando fotos de la niñez de Leslie, y comiendo delicioso. Arturo, por su lado, sabía lo que le tocaba hacer; sin embargo, seguía muy nervioso, perdiéndose oportunidades y resguardándose hasta que llegaran las condiciones precisas. Ya que habíamos tomado unas copas de vino decidí tomar las riendas cuando vi al papá de Leslie preparándose su segundo martini y subiendo al segundo piso, yo lo seguí a su cuarto y le empecé a decir, "Señor Bell, vengo en nombre de Arturo para pedirle a usted el enorme honor de su consentimiento y la mano de Leslie para que ellos se casen", yo estaba muy nervioso cuando se lo dije, de pronto me pregunté si había sido desaforado o atrevido en hacerlo de tal forma, o si había faltado alguna expectativa o norma cultural, cuando él sonrió y se levantó, llevándome consigo al primer piso con su martini en una mano y dándome palmadas en la espalda con la otra, donde dio su consentimiento frente a todos, constatando que nada les haría más felices que Leslie y Arturo se casaran.

Los prometidos estaban inseparablemente felices a partir de entonces, los papás se la pasaron haciendo planes para viajar y conocer a la familia Hernández, hablando de comprarles una casa a la joven pareja en la Ciudad de México y pasar allá los meses de invierno. Por su lado, Arturo me agradeció abundantemente aquella noche, diciéndome una y otra vez que yo era su gallo y que sabía que de alguna forma yo lo aseguraría.

El señor Bell se levantó temprano en lo que era nuestro último día en Cleveland, para hacernos torres enormes de sus panqueques, la especialidad de la casa, viéndose tan orgulloso y feliz. Más tarde le hablamos a Marta para contarle la novedad, ella estuvo con Sheri y Dieguito por el otro lado del teléfono, nos turnamos pasando la bocina entre todos para colmar la línea de nuestra alegría estruendosa y unas cuantas cuerdas de la guitarra, para lograr la más caprichosa y digna reunión de la banda de Flamencos 95.

—Solamente falta una semana para 1969 —anunció Leslie, llevándonos a efectuar un brindis espontáneo encima del rasgueo.

Era nuestro tiempo.

* * *

El vuelo de Marta aterrizó en la Ciudad de México el sábado, 1 de febrero de 1969. Daniel y yo habíamos estado esperando en una oficina especial, a falta de mejor apodo, fumando para pasar el tiempo y aplacar los nervios, que me tuvieron más revuelto que los huevos que había desayunado aquella mañana en casa, cuando por fin anunciaron la llegada.

—Ahora sí —dio la señal.

Salimos al tiro y nos dirigimos a la pista, donde los guardias nos recibieron y asimilaron en su centro. De allí, la formación se encaminó hacia el lugar de la descarga de pasajeros, llegando justo cuando el personal del aeropuerto estaba alineando la escalera con la puerta del avión.

—¡Gracias por organizar todo esto! —alcé la voz para decirle a Daniel en medio de la pista—, ¡no se la va a acabar!

Yo llevaba puesto un traje con mis zapatos negros, recién boleados, y un corte de pelo nuevo. Empecé a girar las distintas llaves que tenía dentro del bolsillo, las acostumbradas, que eran de la casa y del Galaxie, y la otra, que daba la entrada al departamento provisional que le había conseguido por unos días y donde había colocado flores, pan dulce, tamales y unas cervezas. Ya estaba todo listo, los detalles, los papeles en la UNAM, el consulado mexicano, el consentimiento sincero, pero muy entre nosotros, de Elda Rosa, el anillo de compromiso, incluso había ahorrado una lana…

—¡Espero le guste! —me dijo, pudiendo disfrutar todo tranquilamente, sin nada de los nervios que se adueñaron de mí—. ¡Fíjate, ya no han de tardar en salir!

Daniel permaneció a mi lado mientras abrieron la puerta y

empezaron a desembarcar los primeros pasajeros. No salió y no salió y no, no, tampoco, no, seguían pasando más personas por la puerta, familias, niños, una asistente de la tripulación, saliendo de la máquina y bajando sucesivamente por los escalones, me empecé a preguntar cuántas personas cabían en el avión, cuando hubo la formación repentina de una chispa y un destello, que se esclarecieron para lucir en grande su belleza y felicidad, recibiendo la gloria del aire mexicano desde lo alto de la escalera.

—¡Es ella! —exclamé, sintiendo un pulso de adrenalina recorriendo por todo mi cuerpo.

El gran aparato de las guardias presidenciales ejerció su digno proceso, llegando frente a ella con la bandera de México para darle la bienvenida oficial en nombre del presidente de la república y abriendo espacio entonces para que se fijara en nosotros; allí estaba yo, saludándola primero con la mano y deviniendo enseguida la segunda mitad de los abrazos y besos que constataron nuestra reunión tan anhelada y esperada.

—¡Qué recepción!

—¡Es todo por ti, mi amor!

—¿Pero cómo le hiciste?

—¡Bienvenida a México! Yo soy Daniel Esquivel Díaz Ordaz —llegó extendiéndole una mano.

—¡Muchas gracias por la increíble bienvenida, Daniel!

Uno de los uniformados llegó conmigo para pedir los billetes de equipaje, que ella le entregó, entonces el contingente de guardias presidenciales nos dirigió a la oficina especial, donde llegó el agente aduanal para verificar sus documentos, seguido por unas funcionarias del aeropuerto para saludarla y extenderle su bienvenida. "Muchas gracias", les decía con su máxima atención y amabilidad sincera.

Cada aspecto de su esencia estaba radiando tan fuerte. ¡No podía creer que estaba allí!

Daniel nos estaba explicando algo de los retratos presidenciales que había en una de las paredes cuando entraron los maleteros portando su equipaje: eran nueve velices y dos baúles enormes en total.

—¿Cómo lograste sacar todo eso de Texas?

—¡Yo tengo mis métodos!

—¡De veras que te viniste con todo!

De repente, el agente aduanal me llamó a su lado.

—¡Ya sé que viene con la invitación del presidente, pero le puedes decir que tenemos ropa en México!

Nos reímos juntos y luego los maleteros nos ayudaron a llevar todo al Galaxie, fue un verdadero milagro que logramos hacer caber todo en el carro, ambos nos despedimos entonces de Daniel, agradeciéndole la grandeza de tal experiencia tan inolvidable, arrancando y dándole exprés hacia el departamento, donde subí todas las piezas lo más rápido que pude para por fin llegar a la cama y empezar a besarnos. Desde el inicio, ella parecía resistir mis intenciones de llevarnos horizontales, quedándose sentada en la orilla.

—Yo te amo y te quiero tanto, Carlos, pero primero que nada, tengo algo que confesarte. Te había prometido que jamás iba a estar con otro en Estados Unidos... —desenvainó con tanta ternura, amortiguando mi alcance hacia ella y la urgencia física de tenerla.

Me confesó que ella anduvo con alguien por un tiempo, que todas las vicisitudes y contrariedades del año pasado la habían dejado sintiéndose tan desolada y desamparada, después de tanto tiempo extrañando y permaneciendo separados, que ella temía que ya no la íbamos a hacer. Entendí todo lo que me estaba diciendo y su sentido literal, no obstante, sus palabras devinieron la espada más elegante y fina y delgada que me apuñaló recto en el pecho. Fue una estocada veloz, dada con tanto amor y cariño, en el centro de mi corazón.

—Pero lo que me pasó en fin, fue darme cuenta tan fuertemente, hasta lo más profundo de mi ser, que tú eras el único y el verdadero amor de mi vida…

Me vio llorando y ella misma empezó a perder su ecuanimidad.

—Nunca te quise lastimar —suplicó— pero te lo tenía que decir, para que no hubiera esta vil mentira entre nosotros.

Me encerré en mí mismo. Allí estaba el rincón donde yo había ocultado mi propia verdad. Estaba tan afligido por la herida en mi pecho y la severidad de la pena. ¿Cómo podría yo hacerle lo mismo? Jamás, jamás, jamás.

—Ahora lo sabes todo, mi amor, ya no hay secretos o mentiras entre nosotros. Yo me traje toda mi vida para estar aquí contigo y casarnos. Ahora puedes elegir lo que quieras hacer.

Allí estaba sentada, al borde de la cama, habiéndose entregado a mi disposición. Se veía tan preciosa, todavía iba a ser novedad por mucho tiempo tenerla cerca, tras tantas noches y meses añorando su regreso. Parpadeé para estar seguro de que no era un sueño. Allí estaba. Se apartaron las nubes, permitiéndome divisar el camino que nos llevaría al infinito. Acepté el duelo como castigo merecido, por no haber cumplido con la misma regla existencial que yo exigí en ella. Acepté la carga que me había ordenado el destino, de suprimir aquel rincón que sabía de Chantal, por siempre. La perdoné desde luego y hasta el fondo, sin renuencia, sin vacilación, no haciéndolo a medias, sino enteramente. Había una sola jugada para tenerla en mi vida. Saqué el anillo de compromiso, me arrodillé y me dirigí a ella.

—Marta, tú eres el amor de mi vida, solamente quisiera hacerte tan feliz, por el resto de tu vida. ¿Te quieres casar conmigo?

—¡Sí! Yo me caso contigo, Carlos —me miró como nadie más en la vida— y te amo más de lo que te pudieras imaginar.

Nos tallamos los ojos mutuamente de las lágrimas y nos abrazamos tan fuerte, dejando las sensaciones enjuagar nuestra envoltura como una lluvia de primavera y devenir la fila de besos que procuraban llevarnos juntos hacia la eternidad.

A partir de entonces, el fluir natural del seguir andando empezaba a colocar todo milagrosamente bien en su lugar. Marta regresó muy dichosa a la UNAM y pronto conoció a dos alumnas, Kiki de San Francisco y Apolonia de Canadá, quienes decidieron alquilar un departamento de tres recámaras en Miguel Laurent y la Avenida Universidad. Era amplio el lugar, con buena circulación entre sala, comedor y cocina y sumamente adecuado, tomando en cuenta que las tres tenían novios. Yo seguí viviendo oficialmente en la Del Valle, aunque pasaba todo el tiempo que podía con ella en la casa. Uno de los novios era José de Toluca, cuyo tío era un juez, ¡qué gran fortuna!, no tardamos en hacer todos los arreglos para que él llegara a presidir nuestra pequeña ceremonia civil y clandestina en el departamento.

—¡Güey! —le hablé muy animado a Rolando en Piedras Negras, sabiendo que él podría sentirse a gusto regresando a la Ciudad de México—. ¡Tienes que estar aquí para el primero de marzo!

—¿Por qué, Carlos?

—¡Porque me voy a casar con Marta!

—¡Achis! ¿Y qué van a hacer?

—¡No sé, güey! Lo único que me importa es estar con ella…

—¡Órale! ¿Y quién más va a estar allí de Piedras?

—Mira Rolando, deseamos que nuestra boda sea discreta, así que no vamos a decirle a nadie. Solamente seremos tú por mi parte y Sheri por la parte de Marta…

—¡Pues, qué honor que me invites a mí! ¡Cuenta conmigo!

—¡Gracias, Rolando! Lo agradezco un chingo, güey… ¡Solamente vístete bien! ¡Tráete tu saco y una corbata!

Pensé en decirle a Arturo, pero él estaba mucho más apegado a mi familia y tenía que dejarle el camino sencillo de hacerse el desentendido, además de que Marta y yo habíamos acordado en solamente tener un testigo de cada lado, para no dejar que se hiciera más grande la cosa.

A finales de febrero, me llevé los dos baúles de Marta vacíos a mi casa, sin que nadie de mi familia se fijara. Poco a poco los iba llenando con mi ropa y mis pertenencias, zapatos, papeles, libros, fotos, todo lo que me quería llevar, hasta el día 1 de marzo, cuando cerré la puerta de mi recámara y una etapa de vida.

Estaba bajando con los dos baúles pesados, andando sigilosamente, como solía hacer en la casa, cuando apareció mi papá y empezó a subir hacia mí.

—¿Y a dónde vas ahora? —me preguntó con su tono áspero, no necesariamente intentando algo más severo o específico, simplemente siendo quien era.

—Ya me casé con Marta —le dije, registrando su tufo desagradable— me voy a vivir con ella.

Bajé y salí de la casa, tomando un taxi con los dos baúles hacia nuestro hogar, no habiendo escasa palabra más con mi papá.

Empecé a caer en el encanto de la risa de Sheri desde la banqueta, cuando subí allí estaba Marta dichosamente botando al Dieguito en sus brazos, con ella a su lado, vi tintes de Marcel en el niño, que ya estaba bastante grandecito. Se me dilataron las pupilas y mi corazón fue tomado por un asombro espectacular al tenerlos allí.

—Hola, tío Carlos, ¡ji, ji, ji!

—¡Muchas gracias por estar aquí con nosotros y por traer al Dieguito! —le di un abrazo enorme a Sheri.

—¡No nos lo íbamos a perder! Además, ¡yo les dije que podían contar conmigo como testigo para la fuga!

Aquella tarde llegaron Rolando de los Autobuses Anáhuac y el juez de Toluca. Además de ellos, solamente eran las compañeras de Marta con sus novios, Kiki y Cecil, Apolonia y José. Éramos diez en total en la sala cuando nos casamos, constatado por los anillos y las flores, el registro y las firmas alrededor de las seis de la tarde, el juez alzó la primera copa de vino con nosotros antes de regresar a Toluca, dejando a los demás y las primeras cuerdas de guitarra llevar la fiesta seguramente hacia la noche.

Marta y yo nos abrazamos fuertemente. La gravedad de la ralentización del tiempo por delante nos envolvió rápidamente en la contundencia de lo que habíamos logrado. Detrás de todos los obstáculos y preguntas, al otro lado de tantos sueños, anhelos, cartas enviadas y recibidas, tras tantas noches largas, extrañándonos en desvelo, por fin habíamos llegado. El vínculo entre Rolando y Sheri se reencontró aquella noche, cuando se dieron cuenta de lo que tenían en común, nosotros éramos el lazo que los unió en una alegría, que se expresaba en parte como una nostalgia por la inocencia perdida, ambos nos alentaron entonces a imaginarnos la vida en 1, en 5, y en 20 años, ante la fortuna emitida por Dieguito. Nos regocijamos con nuestros amigos de siempre, entrelazados entre los nuevos que coincidieron con nosotros, y con el bebé, agradeciendo enormemente a todos los que estuvieron allí, festejando y compartiendo su entusiasmo por vernos felices, haciéndonos saber que nunca lo iban a olvidar.

*   *   *

Martes, 10 de octubre de 1967

—Esta ciudad todavía es muy mexicana —declaró Rolando orgullosamente cuando pasamos hasta dentro de la terminal de Greyhound en San Antonio con nuestras maletas.

Había un grupo de personas manifestando el lema universal de paz y oponiéndose a la guerra, un puesto ofreciendo tacos de frijoles y carne guisada, y carteles por todos lados anunciando la exposición HemisFair '68.

—Mira, aquellos dos güeyes seguramente son mexicanos —me dijo entonces.

Preguntamos sobre el camión a Austin y luego me empeñé en hablarle a Marta y decirle la hora de nuestra llegada, encontrando la cabina de teléfono allí en la estación. Llegué directamente con los tipos para preguntarles si sabían cómo marcar a Austin, uno me pidió mi nombre y el número de teléfono y luego me hizo el favorzote de hacer la llamada, todo a su costo, pasándome la bocina cuando había contestado ella.

—¡Ya llegamos a San Antonio! —le dije, en lo que me eché instintivamente el cabello para atrás, colmado de emoción—. ¡Vamos a llegar a las dos de la tarde!

—¡Qué increíble que estés aquí! —me recibió con su máxima expresión—. *Welcome to Texas!!!*

Su voz se oía distinta a como sonaba desde México, ahora entraba mucho más clara y amplificada. Me prometió que allí nos estarían esperando y colgamos con la enorme esperanza de vernos pronto.

—¿Ahora tenemos tiempo para unos tacos?

—¡Definitivamente, güey! —le confirmé, encendiendo nuestros cigarrillos y sintiendo acercarse la pura victoria.

—Oye, ¿quién es Marcel? —me preguntó entonces, mientras hacíamos fila para pedir.

—Marcel Hidalgo es un amigo del Poli, ¿por qué?

—Anoche en la cena dos o tres de tu familia me llamaron Marcel…

—¡Ja, ja, ja! —me cayó el 20—, ¡es que le dije a mi papá que venía a Piedras Negras con un amigo llamado Marcel!

Les echamos bastante salsa a los tacos y luego nos subimos al camión, donde Rolando compartió lo que tocó, que los dos mexicanos le habían preguntado quién era yo y qué relación tenía con Santiago y Raúl René.

—…Yo les dije que eras su hermano y los dos se espantaron, yéndose muy rápido de allí.

—¡No inventes! ¿Y quiénes eran aquellos cabrones o qué querían?

—Ni idea, pero se escabulleron como unos felinos —me dijo, entrándole con ganas a su primer taco.

—¡Ja, ja, ja!

*   *   *

Fue una tarde, a mediados de marzo, cuando Lucas me cayó de sorpresa en el campo de La Salle.

—Disculpe, señor, estoy buscando a un tal semejante René Mediero.

—¡Hermano, qué suerte verte! ¿De dónde saliste?

—¡Qué suerte la mía, uno ya no sabe cómo ubicarte! —entramos y nos dimos un fuerte abrazo.

—¿Y cómo has estado? —le pregunté.

—Estupendo. Oye, acabo de enterarme de que ya estás casado y te quería felicitar. Sabes bien la historia de nuestra familia y lo que nos ha tocado a nosotros, espero que no sea así para ustedes —él fue directamente al punto; la índole de Lucas era que no había venido a buscarme con babosadas, sino con la intención de profundizar.

—¡Lo agradezco, hermano!

—Lo otro que te quería preguntar es, ¿cómo andas de chamba?

—Estoy sin chamba, pero pues tú sabes, tocando todas las puertas a ver dónde me sale algo…

—Recién casado ya no puedes andar de vago —me habló como un sabio—. Mira, mi negocio de consultores en administración quedaría bien con tu horario escolar. Nuestro gerente es director de administración en la UNAM y le gusta invertir en alumnos que tengan, digamos, aquel espíritu emprendedor. ¿Cómo ves? Puedes empezar este lunes si quieres.

—Sí, sí, sí, ¡dime dónde y a qué hora y allí estaré!

—Bueno, primero que nada, apúntame tu teléfono y tu dirección para no tener que venir a buscarte aquí… Nosotros estamos en el edificio Rioma en la Insurgentes.

—¡¿El Rioma de Cantinflas?!

—Ese mero. ¡Te confieso que no te hubiera tenido de buena opción como arquitecto!

—¡Mil gracias, hermano!

Con el primer pago de sueldo, Marta y yo tomamos nuestra luna de miel en Acapulco, pasando cuatro noches en el Hotel Playa Hornos, con los siguientes nos compramos unos muebles de segunda, más sartenes, platos, vasos y cubiertos para la cocina. Marta estaba sobre todo feliz de que tenía un trabajo que me permitía continuar en los estudios. Aún no sabían sus papás que se había casado y no se los quería decir, para que no dejaran de mandarle dinero para la renta. La vida de pronto pareció normalizarse, entre la escuela y mi trabajo, caímos en un ritmo muy lindo y encantador de besos y abrazos constantes, de cocinar juntos y hacer del departamento nuestro hogar, de tocar guitarra y cantar, de colmar todos los vacíos y rincones posibles haciendo el amor, a cada hora de cada noche y cuando la espontaneidad nos pescaba de día, de envolvernos y decirnos cada vez más lo tanto que nos queríamos. Yo aprendí algo de la literatura por primera vez en mi vida, ayudándola con sus ensayos y con traducciones alternativas y divertidas, como podía, y presenciando además la emotividad intelectual que ella emitía cuando profundizaba en una obra o un autor. ¡Qué tiempos! Estábamos viviendo una verdadera embriaguez perpetua de encanto y felicidad. A través de todo, era francamente imposible acabar con el sexo. Cada momento solía llevarnos atropelladamente y con insistencia mutua hacia la desnudez y la cama.

Un día a finales de mayo, Marta despertó sintiéndose enferma. Después de un tiempo, pan dulce y un café, logró recobrar su ánimo para irse a la UNAM. Solamente dos días después le pasó lo mismo. Supuse que algo le había caído mal, así que la llevé con un doctor en Insurgentes aquel sábado, ya no queriendo nada que ver con nuestros doctores familiares. La enorme sorpresa y el resultado de todos los exámenes confirmó que ella no estaba enferma, sino embarazada. Para el Año Nuevo, nos dijeron. Por dentro, yo estaba tan emocionado y feliz al escuchar la noticia, abrazando a Marta para dejar sentir entre nosotros la dichosa novedad, que nos llevamos así a la casa. Kiki y Apolonia naturalmente estaban muy felices por nosotros y ambas se ofrecieron a Marta para ayudarle en todo lo que podían, pero ellas tampoco sabían de esto. A través de las noches, nuestro regocijo inicial devino un remolino creciente de inquietud y ansiedad que nos hizo sentir tan jóvenes y solos, sin experiencia, sin familia a la que pudiéramos acudir. Marta le hablaba a Sheri cada vez que podía, ambas compartieron la emoción de saber que Dieguito iba a ser un primo mayor, y con el tiempo, las llamadas devinieron algo de esencia para ellas, como si los gastos ya no importaran.

Había una energía muy poderosa que se activó en mí desde que supe que iba a ser papá, que me regía por dentro y me hacía enfocarme constantemente en su bienestar. Siempre estaba atento a su horario escolar, a cada cosa que sentía o necesitaba. De noche, la envolvía en un brazo al dormirnos y luego ajustaba el ritmo de mi respiración al suyo, que solía ser algo más rápido que el mío, para así modularnos. De repente, me di cuenta de que ya no éramos dos en la cama, sino tres. A veces no dormía bien ella, yo despertaba a menudo y la veía escribiendo en su diario o sumergida completamente en un libro, con la escasa luz de la lámpara.

Una vez, a finales de verano, estuve allí cuando Marta se dio un golpe muy fuerte en la cabeza, mi preocupación por ella se extendió mucho más allá de su dolor físico, tanto que terminé llevándola con el mismo doctor en Insurgentes. Allí en la sala de espera, me contó del tremendo susto que tuvo Sheri unas semanas antes de que naciera Dieguito, cuando un ciclista vino y le pegó por detrás, haciéndola caer directamente en el concreto, el suceso terminó llevándola de emergencia al hospital con un pánico espantoso, afortunadamente ella y el niño estaban perfectamente bien, y solamente había que llevar su corazón a latir tranquilo.

Al fondo de todo, Pavo y yo seguimos sin saber nada más de Melia sobre Marcel, aunque él mantenía buen contacto con ella. Una vez le pregunté a Marta cómo le había ido a Sheri con el niño y todo, como obviamente no estaba el papá. Ella me dijo que Sheri estaba resuelta a seguir la cosa, que era muy fuerte cuando tenía que serlo, y que contaba con toda la ayuda incondicional de sus amigas y su familia.

—¿Sabes que él la dejó de la noche a la mañana? —me dijo entonces, como si no lo supiera—. Ella ya no quiere involucrarse en el pasado, abriendo aquella puerta para buscarlo…

Mis pensamientos se tergiversaron. Quizás en otras circunstancias le hubiera dicho que Marcel no sabía que era papá, que quizás se merecía una nueva oportunidad para redimirse con ella y conocer a su hijo. ¿Pero cómo? ¿Y diciéndole qué? No podía llevar a ninguna de las dos a ningún mal. Lo único que podía hacer era guardar en secreto el abandono muy triste que compartimos Pavo y yo, y detrás de aquello, la certidumbre de la pesadilla eterna que estaba viviendo Melia.

Me pescó totalmente desprevenido la conciencia de que ya había pasado un año desde Tlatelolco. Todavía no había ningún reconocimiento por parte del gobierno, que ejercía su función inagotable de barrer y borrar, como si fueran los conquistadores de antaño de los mexicas. Me permití un tiempo en La Salle para profundizar con Arturo en aquello, debajo del lema "¡2 de octubre no se olvida!", que se había estado sembrando paulatinamente por toda la sociedad. El silencio y la incertidumbre eran tan agobiantes, sobre todo pensando en los desaparecidos, aunque uno siempre mantenía la esperanza de volver a saber algo. No encontrándonos con otra opción, arrancamos la hoja diaria del calendario para dar la entrada a la siguiente, aun sosteniendo la fe de que todo era un péndulo y que tendrá que haber otro tiempo para acercarnos más a la verdad y la justicia.

Marta y yo regresamos al San Ángel Inn para mi vigesimosegundo cumpleaños, entonces de regalo nos compramos una cuna, que yo armé el fin de semana enseguida de nuestra cama mientras ella se recostaba en unas almohadas. Hablamos de nombres y nos pusimos a imaginar, si acaso nos iba a tocar un niño o una niña, mientras que yo giraba todos los tornillos y las tuercas. Sin precisar cómo, estábamos muy seguros entre los dos de que iba a ser una niña. A través de todo, sentí que me había ganado la lotería en la vida con ella, y ya no podía esperar a que llegara nuestra bebé.

A finales de noviembre, tuvimos una reunión para marcar el día de acción de gracias estadounidense, Kiki, Apolonia y Marta me dieron 200 pesos y me mandaron con una enorme lista a la Comercial Mexicana, llené dos canastas de toda la comida que necesitamos, más las cervezas y Coca-Colas, entonces tiré la palanca de la máquina de suerte y me tocó la única pelota dorada, que significaba que yo no tenía que pagar ni un solo peso en el mercado. Marta se emocionó en grande aquella noche, después de que la radiodifusora nos obsequió *Turn! Turn! Turn!* por The Byrds. Estábamos sentados alrededor de la mesa con las otras parejas, disfrutando la separación tranquila entre la cena y el postre cuando empezó a lagrimear ella. Compartió que estaba sintiendo muy fuerte el cambio de la temporada y luego se disculpó, diciendo que le urgía hablarle a su mamá y contarle todo. Yo estaba muy nervioso y me acerqué para medio escuchar su plática desde un espacio colindante, la oí constatando que yo la amaba a ella, y que ella a mí, explicándole que ambos seguíamos muy dedicados a nuestros estudios, y pasando mucho tiempo con ella para entenderse bien.

—Ella quiere que tenga a la bebé en Big Spring —me dijo— para ayudarme y poder estar a mi lado, además me prometió que no nos iban a cortar el dinero.

—Qué bien —reaccioné, sintiendo mucho del mismo alivio que ella.

—También le hizo muy feliz saber más de ti —añadió— sobre todo el hecho de que seguías muy bien y determinado en tus estudios.

—No obstante que no le haya interesado en lo absoluto en tiempos previos… —solté sardónicamente, aun arraigado en agravios reales.

—Así es ella —me explicó— no te lo puedo justificar, pero por hoy, necesito tomar la pequeña victoria en esto. La vida está a punto de dar un vuelco tremendo y vamos a necesitar su ayuda… ¿Qué sabemos nosotros de tener una bebé?

—Ya sé… —le admití.

—Quizás haya en esto un posible sendero hacia la aceptación…

—Solamente no me esperaba esto, o sea, que se fueran… Temo que ahora te voy a extrañar más que nunca —la acaricié para envolvernos a los tres y ver si se sentían las patadas de adentro.

—Te prometo que regresaremos lo antes posible —me dijo, inclinándose en mí.

Nos besamos y abrazamos mil millones de veces más entre entonces y el 6 de diciembre, cuando la acompañé en un taxi al aeropuerto. Traté de deshacerme de la asociación, saliendo de allí, diciéndome que no tenía que ser como antes, que no había que caer en ningún abismo de soledad, que no habría tarifa familiar, ni misa de obligación, ni nada pernicioso, ni nada que iba a estar necesariamente en mi contra. Solamente tenía que perdurar el tiempo sin ellas y no hacerle caso omiso a la petición de parte de mis papás de ir a verlos. Le di largas al asunto, enfocándome primeramente en mis estudios, y ya pasados los exámenes, teniendo la enorme suerte de encontrarme con Luis Barrientos, quien nos involucró muy ventajosamente a Arturo y a mí en La Feria del Juguete, para realizar toda la venta asociada con el 6 de enero. Las jornadas eran largas, pero netamente divertidas con ellos y los tacos en todos los puestos cercanos eran deliciosos. A fin de cuentas, gané lo equivalente de un medio año de salario en los diez días chambeando con ellos.

Una noche, a finales de diciembre, tuve la suerte de caer en un sueño profundo, seguramente alentado por los tamales deliciosos que cené cerca de la medianoche. "¡Marcel Hidalgo está en Piedras Negras!", me estaba diciendo Santiago por teléfono, "lo vi caminando en el centro y luego se pasó hasta dentro de una casa cerca del Río Bravo, donde había una fiesta." Sin colgar, me fui muy determinado para decirle a Pavo. "¡Se la está pasando bien!", me aseguró mi hermano mayor. De repente, yo estaba en la Zona Rosa buscando la entrada a la casa de la fiesta a la que había pasado. Era muy iluminado de noche con el ambiente navideño y todo tuvo la calidad de colindar y sentirse simultáneo. La transición del sueño era muy lenta, haciéndome sentir un bien muy reconfortante en el corazón al despertar, que agradecí profundamente. Era algo inesperado, que simplemente podía llevar tranquilamente conmigo, así como fue.

El cinco de enero recibí la noticia magnánima de que Marta había dado luz a nuestra hija, que ambas se encontraban bien, y pidiendo que yo fuera a Big Spring tan pronto como me fuera posible, para sumarme a la familia y poder regresar los tres juntos a México. A darle que es mole de olla, me dije, empacando de inmediato y haciendo los arreglos con la aerolínea. Sentí un orgullo tremendo, como si la vida me había subido de rango, ¡ya era papá! Me puse a cantar, alabando y gozando el día tan glorioso.

Unas horas antes de volar, me arremangué y pasé por la casa en la Del Valle.

—…Ha sido demasiado temerario en todo lo que ha hecho —llegué a escuchar a mi papá desde la entrada.

—¿Y de quién crees que sacó eso? —le replicó insistentemente mi mamá.

—Hola —me anuncié, pasando a la sala.

—¡Ay, Carlos! —se levantó precipitadamente ella y me tomó en sus brazos—. ¿Cómo estás? ¿Cómo está Marta?

—¡Bien! —exalté— todos estamos bien.

—Ven y siéntate, por favor.

—¿Elda Rosa y Alonso? —pregunté en lo que tomé un asiento opuesto a ellos.

—Tu hermano está arriba. Elda Rosa ya se fue a Estados Unidos para comenzar su nueva gira, no regresa hasta marzo.

—Qué bueno por ella.

—¿Por qué no nos dijeron que se iban a casar? —me preguntó directamente, de una manera que resaltaba su insistencia emocional por saber— esto nos impactó mucho a los dos y ahora ni siquiera vienen a vernos.

—¿Y qué les iba a decir? O sea, ustedes condenaron a Marta de antemano igual como hicieron con Nayeli —le dije honestamente.

—A ver, ¿qué carajo tienen Lucas y Nayeli que ver con esto? —se ofuscó mi papá.

—Tiene todo que ver. Ustedes jamás le dieron una bienvenida plena o sincera.

—¿De quién hablas, de Nayeli o de Marta?

—De las dos.

—¿Pero cómo puedes decir eso? Cada vez que llegaba Marta la recibíamos con los brazos abiertos, ¿a poco no?

—Háblame de la vez en que me dijiste que tenía que ser una

boda católica, sabiendo bien que ella era judía.

—¡No le contestes a tu mamá! —se alteró mi papá, tosiendo y apuntándome amenazante con la mano—. ¡Mal educado!

—Esteban, sosiégate por favor —le pidió— estamos aquí para entendernos.

—¿Recuerdas esa vez? —le pregunté a mi mamá.

Se podían escuchar los canarios debido a la larga espera en que ella no lo negó.

—¡Ay, mira el gran Tribilín! —llegó Alonso, cortando el aire con su entrada.

—¿Qué onda, hermano? —me levanté para darle la mano—. ¡Feliz año!

—¡Feliz año! Oye, ¿qué te crees, capitán, que ya no vienes a vernos?

—Sí, nomás déjame hablar con ellos, por favor, y ahorita subo a verte.

—¿No quieres que los acompañe en la plática?

—Ándale, vete, no seas güey.

—Sí lo recuerdo, Carlos, pero jamás fue mi intención que se fueran a fugar sin decirnos y ahora no queremos que nos corten de sus vidas —me imploró honestamente, ya que había salido Alonso.

—Eso está bien, mamá, pero ¿qué iba a hacer yo entonces?

—Pues, sí —dijo algo resignada.

—¿Por qué no nos han venido a ver? —preguntó mi papá—. ¿Ya no quieren contacto con nosotros, o qué?

Su voz era brusca, pero las intenciones detrás de sus palabras me empezaron a emitir señales de su corazón. Empecé a verlos menos como dos individuos, sino como una unidad. Ya no eran solamente mamá y papá, sino que eran los abuelos de nuestra hija.

—Sí lo queremos —se los dije con ternura y sinceridad.

—¿Tienes algo más que decirnos? —preguntó mi papá.

—Sí queremos contacto con ustedes y verlos y todo… —reafirmé.

—¿Tienes algo más que decirnos? —me dio otra oportunidad.

—De hecho, sí.

Supe entonces que era tiempo de hacerlo, y hacerlo bien. Me fui a sentar entre los dos y les extendí las manos para unirnos mejor.

—¡Ustedes son abuelos de mi lado! —declaré—. Voy a volar a Texas para conocer por primera vez a los papás de Marta y para conocer a nuestra hija, que acaba de nacer hace dos días. Cuando regresemos los tres a México aquí estaremos para verlos y presentarles a su nieta.

Se los dije porque lo tenía que hacer por Marta y mi hija, y se los dije porque los había escuchado bien, en mi corazón.

—¡Felicidades, Carlos! —estalló mi mamá, cayendo en mi lado para perdurar en un abrazo de años—. ¡Ya eres papá!

—¡Gracias, mamá!

—Les tenemos algo —trató de hablar entonces mi papá— les tenemos algo para los dos, discúlpame, para los tres —dijo, tallándose los ojos, me sacó de onda verlo llorando discretamente, era algo que muy pocas veces lo había visto hacer en la vida, sacando entonces algo de su bolsillo— esta llave es para el departamento nuevo que nos consiguió Lucas para ustedes, y esta es para el carro nuevo que te tenemos, para ya no tener que andar de vago, ya que eres papá.

—¡Muchas gracias! —le dije, cuando me pasó las llaves, apenas empezando a captar la magnitud de lo que estaba pasando—. ¡Qué maravillosa bienvenida será para Marta y nuestra hija!

Permanecí un tiempo con ellos, mirando algunos de los retratos de nuestros familiares que había en la sala, antes de subir a estar con Alonso. Nosotros no éramos como aquella banda de niños y niñas lindamente ordenados por edad y altura, como en la foto que me enseñó el señor en Matehuala, aún éramos una familia.

El vuelo del DF a Texas duró más o menos lo mismo que los Autobuses Anáhuac hacían solamente para llegar a Querétaro. Rolando hubiera dicho que el aeropuerto de Dallas ya no era tan mexicano, como la terminal en San Antonio. Hubo una escala y luego un vuelo corto a Midland. No me podía imaginar qué esperar, solamente que iban a estar Marta y nuestra hija allá cuando llegaba al destino. ¿Cuántas veces en la vida iba a saber que había nacido mi niña y que solamente faltaba una hora para conocerla y tenerla en mis brazos?

Encontré a la pareja en el aeropuerto con el letrero que decía mi nombre. No eran los papás de Marta, sino los que habían mandado venir por mí. Eran muy amables y todo, aunque temía que los papás no iban a querer tener nada que ver conmigo cuando no llegaron. Nos subimos a su carro y el señor le dio, mientras que ella trataba de comunicarse conmigo y darme la bienvenida, naturalmente en inglés. Era muy plano y polvoriento el lugar y seguía siendo así, casi todo hasta Big Spring. No podía saber hasta dónde o por qué calles íbamos a llegar, pero cuando por fin se estacionó el señor reconocí de inmediato el Galaxie blanco de Marta y el Cutlass azul de Sheri, estacionados allí a la entrada.

Nos bajamos del carro, el señor se ocupó de mis velices en lo que la señora me alentó con la mano a seguir el camino. Al acercarme, escuché un estruendo por dentro de la casa, ya sabían que había llegado. Entonces oí a alguien abriendo la alambrera y pasando a la terraza sombreada. Allí estuvieron los papás de Marta, esperando a que llegara. Subí los tres escalones para llegar y me recibieron, él primero, saludándome efusivamente con su mano enorme y diciéndome: *"Welcome to our family, son!"* Enseguida estuvo ella con la bebé, se vino directamente hacia mí, pegándose a mi cuerpo y pasándome la niña con tanto cariño y cuidado.

—Aquí está Alexia con su papá, bienvenido a la familia.

Sábado, 10 de enero de 1970

* * *

Martes, 10 de octubre de 1967

El camión siguió adelante, empujando con languidez a través del río y adentrándonos en la cuadrícula de la capital de Texas. Nuestro largo viaje por fin había culminado. Rolando y yo nos miramos eufóricos y empezamos a tomar nuestras cosas para salir del Greyhound. Qué cosa la vida. Tomé un solo vistazo por la ventana difuminada antes de desembarcar, allí estaban las siluetas de Marta y Sheri en sus blusas y faldas, desbordadas de sonrisas y emoción, saltando bien para desplegar su destello hacia el infinito.

Ernesto Mireles ha escrito historias, poemas y cuatro novelas: *El amor es a tiempo*, *Vistazos de la frontera*, *Entre naciones y sopaipillas* y ahora *El verano del amor, CDMX*. Creció en la frontera entre México y los Estados Unidos, donde fue criado por un periodista, un alcalde, una maestra de ballet, un abogado y hamburguesero de enorme corazón y por la mejor mamá de todo el universo. Su obra celebra la diversidad y fusión de culturas, trascendiendo los rieles impuestos por la colonización, reflejando las narrativas, artes, añoranzas y nostalgias que entretejen nuestra sociedad.